Wohnung mit Opa zu vermieten

Ingrid Geiger

Roman

 SILBERBURG

Ingrid Geiger, geboren 1952 in Reutlingen. Ihre Jugend-
und Studienzeit verbrachte sie in Köln. Nach ihrer
Heirat kehrte sie nach Baden-Württemberg zurück. Sie
lebt heute in einer ländlichen Gemeinde am Fuße der
Schwäbischen Alb. Ab 1988 veröffentlichte sie zunächst
Kinderbücher, dann Gedichte in schwäbischer Mundart
und mehrere heitere Familienromane.

Sollte dieses Werk Links auf Webseiten
Dritter enthalten, so machen wir uns
die Inhalte nicht zu eigen und übernehmen
für die Inhalte keine Haftung.

1. Auflage 2018

© 2018 by Silberburg-Verlag GmbH,
Schweickhardtstraße 5a, 72072 Tübingen.
Alle Rechte vorbehalten.
Umschlaggestaltung: Christoph Wöhler, Tübingen.
Coverfoto: © bowie15 – iStockphoto.
Lektorat: Gertrud Menczel, Böblingen.
Druck: Gulde-Druck, Tübingen.
Printed in Germany.

ISBN 978-3-8425-2116-2

Besuchen Sie uns im Internet
und entdecken Sie die Vielfalt
unseres Verlagsprogramms:
www.silberburg.de

*Manchmal meint es
der Himmel gut mit uns
und schickt uns einen
Lieblingsmenschen.
(Kartini Diapari-Öngider)*

*Für meine Lieblingsmenschen –
meine Mutter und meine drei Männer
Peter, Michael und Christian.
Wie schön, dass es Euch gibt!*

Traumschwiegersohn ade

*Ein guter Nachbar ist besser
als ein Bruder in der Ferne.
(Deutsches Sprichwort)*

»Saskia, schön, dass du dich mal wieder sehen lässt«, sagt Franziska und nimmt mich herzlich in den Arm. »Such dir einen Platz aus, noch hast du die freie Wahl.«

Ich schaue mich um. Es hat sich nichts verändert, seit ich das letzte Mal hier war. In dem langgestreckten Raum mit der Fensterfront zum Garten stehen verschiedene Sofas, Sessel und Tische und dazwischen Regale mit Büchern und einigen Dekoartikeln. Um sich ihren Traum von einem Buchcafé zu erfüllen, hat Franziska vor einigen Jahren ihr Wohnzimmer geräumt. Dass hier nichts wirklich zusammenpasst und die Möbel schon bei der Eröffnung nicht mehr neu waren, tut dem Charme von Franziskas Café keinen Abbruch, im Gegenteil, es sorgt für eine heimelige Atmosphäre. Eigentlich heißt es »Theas Café«, so steht es auch auf dem Schild über der Eingangstür. Denn Thea ist es gewesen, die mit Franziska diesen Traum geträumt und ihr das Haus vererbt hat. Genau genommen die Hälfte des Hauses, aber das ist eine andere Geschichte.

Ich steuere den kleinen Tisch in der Ecke beim Fenster an und nehme in dem bequemen Ohrensessel Platz.

»Hatte deine Mutter keine Lust mitzukommen?«, will Franziska wissen.

»Sie ist beim Friseur«, erkläre ich, »und ehrlich gesagt ... ich, na ja, ...«

»Hattest Lust, mal ein bisschen Ruhe vor ihr zu haben«, vermutet Franziska.

»Klingt jetzt vielleicht nicht besonders nett, aber es trifft die Sache wohl«, gebe ich zu. »Sie hat dir ja sicher schon erzählt, warum ich wieder zu Hause eingezogen bin.«

»Du meinst deine Trennung von Eckart? Ja, davon hat sie mir erzählt.«

»Kann ich mir lebhaft vorstellen, vermutlich in allen Einzelheiten. Wie konnte ich ihr das auch antun, ihrem Traumschwiegersohn den Laufpass zu geben! Keine Aussicht mehr auf das sichere Einkommen des Herrn Studienrat und seine gute Pension im Alter. Und die Hoffnung auf baldige Enkelkinder ist auch dahin. Sie hat's gerade nicht leicht mit mir«, bemerke ich ironisch.

»Und du vermutlich nicht mit ihr«, schmunzelt Franziska. »Das hört sich so an, als könntest du einen starken Kaffee und ein Stück Kuchen vertragen. Den Kaffee zum Aufmuntern und den Kuchen zum Beruhigen. Also, ich habe heute gedeckten Apfelkuchen, Kirschstreusel, Zitronenrolle ...«, beginnt Franziska, ihre Kuchensorten aufzuzählen. Mir fällt die Wahl schwer. Franziskas Torten und Kuchen sind alle ausgesprochen lecker und inzwischen über Neubachs Grenzen hinaus bekannt.

»Einen Kirschkuchen«, bestelle ich nach kurzem Überlegen. Beim Getränk ist die Wahl einfacher, denn bei Franziska gibt es weder Latte macchiato noch Cappuccino, sondern nur Filterkaffee mit oder ohne Koffein, und der wird wie zu Hause aus der Thermoskanne serviert. Bei Franziska ist eben alles ein bisschen anders.

»Kommt sofort. Soll ich Karl Bescheid sagen, dass du da bist?«

»Wohnt er denn noch immer hier?«, frage ich verwundert. »Ich dachte, er wäre schon längst mit seiner Marga zusammengezogen.«

»I wo. Ich glaube, der würde seine Rentner-WG zu sehr vermissen. Er behauptet, dass er und Marga getrennte Wohnungen haben, erhalte ihre Liebe jung. Und so glücklich, wie die beiden aussehen, muss es wohl stimmen.«

Karl bewohnt mit seinen Freunden Ernst und Hugo die Wohnung im ersten Stock. Und er ist um ein paar Ecken herum sogar mit mir verwandt. Meine Großmutter und Karl sind Cousin und Cousine. Ich mag Karl. Wo er ist, gibt es immer was zu lachen.

Meine Trennung von Eckart ist wirklich ein mittlerer Weltuntergang für Mama. Er war ihr Traumschwiegersohn in spe. Nicht nur in Hinblick auf seine gesicherte Existenz. Eckart ist höflich und freundlich, er hörte Mama zu und brachte ihr manchmal Blumen mit. Er zog seine Schuhe aus, wenn er das Haus betrat, auch bei schönem Wetter. Und wenn Papa es mal wieder im Kreuz hatte, dann mähte er sogar klaglos den Rasen. Objektiv betrachtet ist gegen Eckart wirklich nichts einzuwenden. Aber es ist eben ein Unterschied, ob man den perfekten Schwiegersohn sucht oder den perfekten Partner.

»Endlich amal a hübschs jungs Mädle in deim Café«, stellt Karl fest, als er wenig später die Tür öffnet, gerade als Franziska mit der Kaffeekanne aus der Küche kommt. »So wie du«, fügt er mit Blick auf Franziska schnell hinzu, um keine Missverständnisse aufkommen zu lassen. »Komm, lass dich drücke, Mädle. Wie geht drs denn? Was macht dr Liebeskummer?«

»Sag mal, weiß eigentlich ganz Neubach von meiner Trennung?«

»Ganz Neubach vielleicht net, aber halb Neubach ganz bestimmt«, stellt Karl schmunzelnd fest, bestellt Kaffee und Kuchen bei Franziska und setzt sich mir gegenüber.

»Bin ich froh, dass ich inzwischen in Esslingen wohne, bis vor vier Wochen jedenfalls und hoffentlich bald wieder«, seufze ich. »Und von Liebeskummer kann keine Rede sein. Schließlich habe ich Eckart verlassen.«

»Hat r dich betroge, der Schuft?«

»Nein.«

»Oder etwa gschlage?«

»Eckart? Wo denkst du hin? Niemals!«

»Ja, was hat r denn na gmacht?«, will Karl wissen.

»Gar nichts. Das ist es ja.«

»Also, des isch mr jetzt z hoch. Des musch mr erkläre.«

»Na ja, er ist langweilig, todlangweilig. Den musst du zum Jagen tragen. Das wird auf die Dauer echt anstrengend.«

»Und des hasch erscht jetzt gmerkt? Wie lang wared r denn zamme?«, fragt Karl.

»Sechs Jahre.«

»Ach Mädle, woisch«, erklärt Karl, »des isch doch dr Lauf dr Welt. So prickelnd wie am Afang bleibt's halt net. S Herzklopfe geht und dr Alldag kommt, oder umkehrt. I woiß scho, worum i mit dr Marga net zammezieh. Wenn mr net dauernd umanander rom isch, na nervt mr sich au net so. Also mit em Hugo und em Ernst han i viel öfters Streit wie mit dr Marga. Aber dass d Liebe mit dr Zeit a bissle Roscht asetzt, des isch doch normal.«

»Hör zu, Karl, ich weiß, du meinst es gut. Aber so was höre ich gerade den ganzen Tag von Mama. Eigentlich bin ich hergekommen, um mal was anderes zu hören. Könnten wir vielleicht das Thema wechseln?«

Mein Handy brummt. Ich krame suchend in meiner Handtasche herum. Eigentlich sind meine Handtaschen immer zu klein, aber wenn ich etwas drin suche, scheinen sie gewachsen zu sein.

»Was war denn des?«, will Karl wissen.

»Mein Smartphone. Da ist gerade eine SMS gekommen.«

»Zeite sin des. Net mal in Ruh Kaffee trinke und sich unterhalte kann mr«, brummelt Karl verärgert.

Inzwischen habe ich mein Telefon gefunden. Ich drücke auf die Taste mit dem Kuvert, lese die Nachricht, hüpfe begeistert in meinem Sessel auf und ab und quietsche aufgeregt los.

»Was isch denn jetzt scho wieder los?«

»Lena schreibt, dass sie vielleicht eine Wohnung für mich hat.«

Lena ist meine beste Freundin.

Ich springe auf, falle Karl um den Hals und drücke ihm einen schmatzenden Kuss auf die Wange.

Karl strahlt. »Kannsch gern weitermache.«

»Ich muss sofort Lena anrufen.«

Ich wähle, horche auf das Tuten, wippe nervös mit dem Fuß und drücke schließlich genervt auf »abbrechen«, als sich der Anrufbeantworter einschaltet. »Mist. Lena meldet sich nicht.« Schnell tippe ich »Klar!!!« in mein Smartphone und schicke die Nachricht los.

»Was war denn jetzt des?«, will Karl wissen. Die neuen Zeiten scheinen ihn heillos zu überfordern.

»Ich glaube, ich muss dir mal ein Handy schenken, Karl. Du lebst ja total hinter dem Mond. Mit einem Handy kannst du deiner Marga Liebesgrüße schicken.«

»Soll des romantisch sei? Vielen Dank, aber i ruf se lieber a.«

»Also, um deine Frage zu beantworten: Lena wollte wissen, ob ich heute Abend Zeit habe. Und weil ich sie am Telefon nicht erreicht habe, hab ich ihr eine SMS geschickt.« Als ich Karls fragenden Blick sehe, füge ich erklärend hinzu: »Das ist eine schriftliche Nachricht aufs Handy.«

Karl lebt wirklich noch im letzten Jahrhundert. Selbst meine Oma weiß inzwischen, was eine SMS ist. Sie überlegt sich sogar, ob sie sich WhatsApp anschaffen soll, damit sie Fotos von ihren Enkeln empfangen kann.

»Oh Mann, das wäre so toll, wenn das mit der Wohnung klappen würde!« Ich verstaue das Smartphone wieder in meiner Tasche.

»Vielleicht bassed ihr zwoi wirklich net zamme, dei Eckart und du. Der isch vielleicht langweilig. Aber mit dir muss mrs au aushalte könne, so hibbelig wie du bisch«, stellt Karl fest.

Ich versuche, Karl zu erklären, dass ich schon viel zu lange wieder zu Hause wohne, weil in Esslingen schlichtweg keine Wohnung zu finden ist. Entweder es handelt sich um die letzten Bruchbuden, oder ich kann die Wohnung nicht bezahlen oder es sind außer mir noch dreißig andere Bewerber da, gegen die ich keine Chance habe.

»Kannsch doch in Neubach wohne bleibe«, schlägt Karl vor. »So weit isch's doch gar net nach Esslinge. Deine Eltern freued sich bestimmt und billig und bequem isch's au. Hotel Mama isch doch a feine Sach.«

»Wenn man mal ein paar Jahre von zu Hause weg ist, ist das nicht so einfach, wieder in seinem Kinderzimmer einzuziehen«, erkläre ich ihm.

»Das ist für beide Seiten nicht einfach«, bemerkt Franziska, die Karl gerade Kaffee und Kuchen serviert. »Man fällt automatisch in die alten Rollen zurück. Wenn Sarah in den Semesterferien zu Besuch ist, dann finde ich das wunderschön, aber nur für eine Weile. Und dann genieße ich erst mal meine gewohnte Ruhe und Ordnung, wenn sie wieder abgereist ist. Und freu mich trotzdem schon aufs nächste Mal«, fügt sie lachend hinzu.

Ich esse meinen Kuchen und verabschiede mich. Es ist höchste Zeit zu gehen, wenn ich heute Abend Lena in Esslingen besuchen will. Da sie mich nicht nur zum Abendessen, sondern auch zum Übernachten eingeladen hat, muss ich auch noch ein paar Sachen zusammenpacken.

Wohnung mit Opa zu vermieten

Ich kenne eine Menge Leute,
die hunderttausend Dollar hergeben würden,
um einen Großvater zu besitzen,
und noch viel mehr für ein Familiengespenst.
(Oscar Wilde)

Ich fahre auf der B 10 um diese Zeit glücklicherweise gegen den Strom des Feierabendverkehrs. Eigentlich würde ich gut voran-kommen, wäre da nicht die blöde Geschwindigkeitsbegrenzung. Ich bin so gespannt, was Lena zu berichten hat. Sie hat sich zwar noch telefonisch bei mir gemeldet, war aber durch nichts dazu zu überreden gewesen, die Katze aus dem Sack zu lassen. Außer einem geheimnisvollen »Wart's ab« war ihr nichts zu entlocken.

Lenas Wohnung liegt in einem alten, inzwischen verputzten Fachwerkhaus, nur wenige Gehminuten von der Altstadt ent-fernt. Wie immer ist es ein Problem, um diese Zeit einen Park-platz vor dem Haus oder wenigstens in der Nähe zu finden. Als ich genervt die sechste Runde um den Block drehe, setzt endlich ein roter Kleinwagen seinen Blinker und macht eine Lücke für mich frei.

Falls es mit der Wohnung tatsächlich klappen sollte, werde ich vielleicht mein Auto verkaufen müssen. Meine finanzielle Lage ist nicht rosig, und die Mieten in Esslingen sind teuer. Nun, in der Stadt würde ich das Auto nicht unbedingt brauchen, dort würde ich mit S-Bahn und Fahrrad gut zurechtkommen. Ein Stück Freiheit würde ich damit natürlich aufgeben, aber alles im Leben kostet seinen Preis. Auch der Entschluss, sich von seinem gut verdienenden Freund zu trennen.

Ich trete durch den großen Torbogen in den Innenhof des Hauses. Er sieht ein bisschen aus der Zeit gefallen und … ja, ir-gendwie verwunschen aus. An drei Seiten ist er von anderen hohen

Häusern umrahmt, deren Fassaden teilweise mit Kletterpflanzen bewachsen sind. Ganz hinten steht ein großer Kastanienbaum mit einer Holzbank darunter, und rechts breitet ein Mirabellenbaum seine Äste aus. Ein paar wilde Büsche vervollständigen das Bild des etwas ungepflegten, wohlwollend könnte man auch sagen: naturbelassenen Innenhofs. So recht scheint sich keiner für seine Pflege zuständig zu fühlen, anscheinend auch der Besitzer des Hauses nicht, aber vielleicht macht das ja gerade den Charme des Ganzen aus. Im Haus wohnen überwiegend junge Leute, die sich im Sommer gern dort treffen. Ich war auch schon zum Grillen eingeladen.

Ich steige die wenigen Stufen zu dem nach oben hin offenen Laubengang hinauf, der zu Lenas Wohnungstür führt. Als ich an ihrem Küchenfenster vorbeigehe, klopft es von innen an die Scheibe, und Lilis grinsendes Gesicht mit den lustigen Zahnlücken strahlt mich an, während ihre kleine Hand so heftig winkt wie mein Scheibenwischer bei Starkregen. Dann verschwindet ihr Kopf vom Fenster, und kurz darauf öffnet Lili die Haustür und läuft mir entgegen.

»Da bist du ja endlich! Wo warst du denn so lange? Ich warte schon ewig auf dich«, beschwert sie sich und umklammert meine Taille.

Lili ist Lenas Tochter und mein Patenkind. Unsere Zuneigung beruht auf Gegenseitigkeit.

»Ich hab mal wieder keinen Parkplatz gefunden«, erkläre ich, während ich zusammen mit Lili die Wohnung betrete. Lena steht in der Küche und rührt in einem Topf, in dem dunkelrote Soße blubbert. Es duftet verführerisch.

»Lass mich raten«, sage ich schmunzelnd zu Lili, »heute gibt's dein Lieblingsessen: Spinat mit Salzkartoffeln.«

»Falsch geraten«, quietscht Lili lachend, »heute gibt's Spaghetti Bolo..., Bolo..., mit Tomatensoße. Siehst du doch!«

»Stimmt. Spinat ist ja grün. Jetzt, wo du's sagst. Hallo Lena.« Wir umarmen uns. »Also, jetzt aber endlich raus mit der Sprache. Du hast mich lange genug zappeln lassen. Was ist denn nun mit der Wohnung?«

»Später. Ihr könnt schon mal den Tisch decken. In der Küche. Für vier.«

»Wieso vier? Wer kommt denn noch?«, will ich wissen. Aus der Tatsache, dass der Tisch in der Küche gedeckt werden soll, schließe ich, dass es jemand aus Lenas engerem Umfeld sein muss.

»Geheimnis. Ist ein Überraschungsgast.«

»Also weißt du, langsam reicht es mir mit deinen Geheimnissen«, beschwere ich mich, während ich vier Teller und Besteck aus dem Schrank nehme und beginne, den Tisch zu decken.

»Ich weiß, wer kommt«, verkündet Lili triumphierend und hüpft grinsend von einem Bein aufs andere.

»Na, wer denn?«

»Sag ich nicht.«

»Wetten, dass?«, frage ich, strecke meine Hände nach Lili aus und zapple vor ihren Augen mit den Fingern. »Wer nicht redet, wird totgekitzelt.«

»Nein«, ruft Lili, dreht sich um und flitzt lachend davon. Als ich ihr nachrenne, mischt sich in Lilis Lachen hohes Kreischen, das »Achterbahngefühl« macht sich breit, diese seltsame Mischung aus Freude, Aufregung und auch ein bisschen Angst. Ich folge ihr ins Kinderzimmer. Dort wirft Lili sich auf ihr Bett und windet sich kichernd und japsend unter meinen kitzelnden Händen.

»Na, verrätst du's jetzt?«, frage ich sie, ein wenig außer Atem.

In dem Moment schellt die Türglocke. Lili nutzt den kurzen Moment der Unaufmerksamkeit. Sie entwischt mir und saust zur Tür. Ich folge ihr. Unter der offenen Haustür steht der Überraschungsgast, Lenas Nachbarin Andrea.

Andrea hat schon im Haus gewohnt, als Lena nach ihrer Scheidung dort eingezogen ist. Und als letztes Jahr die Wohnung über Lena frei wurde, hat Andrea ihren Großvater nachgeholt. Er ist nach dem Tod seiner Frau nicht mehr allein in seinem Haus zurechtgekommen.

»Ich hab alles für ihn organisiert, eine Frau, die putzt, eine Frau, die die Wäsche macht, eine, die mit ihm spazieren geht, aber er hat sie mit der Zeit alle vergrault.«

Das kann ich mir vorstellen. Ich habe Andreas Opa zwar erst zwei- oder dreimal gesehen, aber da ist er mir sehr missgelaunt und unfreundlich vorgekommen. Deshalb finde ich es erstaunlich, wie rührend Andrea sich um ihn kümmert. Aber seit Lena mir Andreas Geschichte erzählt hat, kann ich es besser verstehen. Als Andrea neun war, hat sie durch einen Autounfall ihre Eltern verloren und ist dann bei ihren Großeltern aufgewachsen.

»Früher waren meine Großeltern für mich da, als ich sie gebraucht habe. Jetzt bin eben ich an der Reihe«, hat Andrea erklärt. Das sei wie mit einem Familienkonto. In guten Zeiten zahle man Liebe darauf ein, Zuwendung, Unterstützung und Zeit, in schlechten Zeiten hebe man davon ab. »Als meine Eltern gestorben waren und ich bei Oma und Opa lebte, da haben sie kräftig auf das Konto eingezahlt. Jetzt muss Opa abheben und ich weiß, dass ihm das nicht leichtfällt«, meinte sie.

Wir begrüßen uns.

»Ich hab's nicht verraten«, verkündet Lili stolz.

»Komm rein, Andrea, das Essen ist gleich fertig«, ruft Lena aus der Küche. »Wenn die zwei albernen Hühner endlich den Tisch gedeckt haben, kann's losgehen«, fügt sie scherzhaft tadelnd hinzu.

Später sitzen wir gemeinsam um den Tisch, trinken Wein und essen Spaghetti. Lili hat ihren Teller schon vor einiger Zeit von sich geschoben und ist in ihrem Zimmer verschwunden, weil die Gespräche der Erwachsenen sie langweilen. Andrea erzählt mir, dass sie bald zu ihrem Freund nach Freiburg ziehen wird. Sie führen seit fünf Jahren eine Fernbeziehung. Jetzt hat Andrea die Zusage für eine Stelle in der Nähe von Freiburg bekommen.

»Schneller, als ich dachte«, seufzt Andrea.

»Freust du dich denn gar nicht, dass ihr endlich zusammenziehen könnt?«

»Schon, aber es geht plötzlich alles so schnell. Das Problem ist Opa. Er will nicht mitkommen. Zweimal lasse er sich in seinem Alter nicht verpflanzen. Er bereue schon, aus seinem Haus ausgezogen zu sein, hat er gesagt. Aber ihn hier ganz alleinlassen, das geht auch nicht. Ich bin drauf und dran, die Stelle nicht anzunehmen. Aber ich fürchte, das wäre das Ende meiner Beziehung. Markus hat das Pendeln gründlich satt und will endlich eine gemeinsame Wohnung.«

»Das kann ich verstehen. Und dein Opa würde nicht wollen, dass du für ihn dein eigenes Leben aufgibst«, wirft Lena zwischen zwei Gabeln Spaghetti ein. »Übrigens, Saskia, merkst du eigentlich nichts?«

»Was soll ich denn merken?«

»Hallo? Andrea erzählt gerade, dass ihre Wohnung frei wird.«

Ich halte verdutzt im Kauen inne.

»Du meinst, ich könnte ...?«

»Genau. Aber mach erst mal deinen Mund leer, bevor du weitersprichst, sonst fällt womöglich noch was raus«, lacht Lena.

Ich schlucke.

»Mein Gott, das wäre mein Traum! Das Haus hat mir schon immer so gut gefallen. Aber auf die Wohnung sind doch bestimmt hundert Leute scharf. Und Vermieter lassen sich heute fast immer einen Einkommensnachweis vorlegen. Und ich mit meinem Job als freiberuflich arbeitende Lektorin bei einem kleinen Verlag und den paar Stadtführungen, mit denen ich mein Einkommen aufbessere – das reicht doch vorne und hinten nicht. Au Mann, es wäre so toll gewesen. Vielleicht hätte ich doch Lehrerin werden sollen, wie Mama es immer wollte.« Ich leere mein Weinglas in einem Zug.

»Du musst dich nicht gleich aus Verzweiflung betrinken. So schlecht sieht es gar nicht für dich aus. Das ist nämlich nicht nur ein besonderes Haus, es hat auch eine besondere Vermieterin«, erklärt Lena.

Sie erzählt, das Haus gehöre einer alten Dame. Die besitze noch zwei andere Mietshäuser, eins in Esslingen, in dem sie selbst eine Wohnung bewohne, das andere in Tübingen. Geld habe sie also genug, aber keine Kinder, denen sie es vererben könne. Es ginge ihr also nicht ums Geld, sie wolle eine nette, friedliche

Mietergemeinschaft, die ihr keine Probleme bereite. Die Mieten seien sehr moderat und seit etlichen Jahren nicht mehr erhöht worden. Und bei einem Auszug würden der alten Dame meist Nachmieter vorgeschlagen. Ihre einzige Bedingung sei: Die Miete müsse pünktlich bezahlt, Haus und Wohnung in Ordnung gehalten werden und alle Hausbewohner müssten mit dem neuen Mieter einverstanden sein.

»Und was soll die Wohnung kosten?«, will ich wissen, bevor ich anfange, mich richtig zu freuen.

»Ich hab 490 Euro warm bezahlt. Und ich glaube nicht, dass Frau Bausch die Miete erhöhen wird. Außerdem ...«, Andrea zögert und nimmt einen großen Schluck aus ihrem Glas. »Also, du könntest von mir einen Zuschuss zur Miete bekommen. Aber der ist sozusagen an eine Bedingung geknüpft.«

Also doch. Die Sache hat einen Haken. Zu früh gefreut, denke ich.

»Na komm, nun sag's schon.«

»Also, die Sache ist so ...«

»Die Wohnung gibt's nur zusammen mit Andreas Opa«, macht Lena dem Gestotter ein Ende.

»Was?«

»Also, so kannst du das nicht sagen«, mischt sich jetzt Andrea ein. »Es ist so: Wenn du dich ein bisschen um Opa kümmern könntest, einmal am Tag nach ihm gucken, ihn mal zum Arzt begleiten oder mal für ihn einkaufen gehen, dann würde ich dir hundert Euro im Monat zahlen. Fürs Putzen und die Wäsche kommt eine Frau, und mittags bekommt er Essen auf Rädern. Es wäre also wahrscheinlich nicht allzu viel Aufwand für dich. Es müsste halt jemand ein Auge auf ihn haben. Im Kopf ist er noch topfit.«

»Sag mal, spinnst du?«

»Sind dir hundert Euro zu wenig? Oder willst du's gar nicht machen?«

»Natürlich mach ich das. Aber doch nicht gegen Geld oder um Miete zu sparen. Das ist Nachbarschaftshilfe, dafür nehm ich doch kein Geld!«, schimpfe ich.

»Du kennst Andreas Opa nicht. Die Sache ist nicht vergnügungssteuerpflichtig. Das ist hart verdientes Geld. Das kannst du ruhig nehmen«, wirft Lena ein.

»Sei nicht so gemein«, empört sich Andrea. »Du hättest Opa mal erleben sollen, bevor Oma gestorben ist. Da war er der netteste Mann der Welt.«

»Das kann ja schon sein. Aber davon hat Saskia nichts. Sie soll sich ja jetzt um ihn kümmern, und jetzt ist er leider ...«, Lena zögert, als sie Andreas warnenden Blick auffängt, »ein bisschen schwierig. Aber Opa hin oder her, ich finde, du solltest es machen«, sagt sie dann zu mir. »So eine Wohnung findest du so schnell nicht wieder. Ist ein echter Glücksfall. Und wenn du nicht klarkommst, hast du schon mal ein Dach überm Kopf und kannst dich in Ruhe nach etwas anderem umschauen. Und was deine Finanzen angeht – vielleicht kannst du unten in der Kneipe ab und zu kellnern und dir was dazuverdienen. Die suchen immer Aushilfen. Und ist doch besser für den Familienfrieden, wenn du dich über den Opa aufregst als über deine Mutter.«

»Willst du dir die Wohnung nachher mal anschauen?«, fragt Andrea.

Was für eine Frage!

Andrea schließt die Wohnungstür auf, und ich folge ihr neugierig.

»Die Wohnung ist ein wenig anders geschnitten als die von Lena. Jede Wohnung hier im Haus ist ganz individuell. Meine ist auch kleiner und hat nur ein Schlafzimmer.«

Von einem kleinen Flur kommt man in einen großen Raum. Die rechte Hälfte ist der Wohnzimmerbereich, links führen zwei Stufen über die ganze Breite des Raums in einen erhöhten offenen Küchen- und Essbereich. Licht bekommt das Zimmer nur über die Fensterfront in der Küche, denn an die rechte Wand schließt Lenas Wohnung an.

»Darf ich?«, frage ich und deute auf die Essküche.

»Klar, schau dir nur alles genau an, deshalb sind wir ja hier. Die Küche würde ich dir drinlassen, wenn du willst.«

Wollen schon. Die Küche ist weiß, in offensichtlich gutem Zustand und praktisch an die Räumlichkeit angepasst. Eine Küche würde ich ohnehin brauchen. Und neue Küchen sind teuer. Vor meinen Augen blinken schon wieder die Eurozeichen, so wie die Dollarzeichen bei Dagobert Duck, nur dass ich nicht wie er ans Sparen denke, sondern ans Ausgeben.

»Was möchtest du denn dafür haben?«

»Darüber hab ich ehrlich gesagt noch gar nicht nachgedacht«, gesteht Andrea, »aber da werden wir uns schon einig werden. Ich kann dir auch die Vorhänge dalassen, wenn du willst, das Unterschränkchen im Bad und vielleicht noch ein paar andere Sachen. Markus und ich werden uns für die gemeinsame Wohnung das meiste neu kaufen. Ich werd's einmal auflisten und meine Preisvorstellung dazu. Dann kannst du's dir ja überlegen.« Andrea deutet auf eine raumhohe Glastür an der Außenwand. »Die Tür hier führt über eine Metalltreppe nach unten in einen kleinen Garten. Na ja, Garten ist fast zu viel gesagt, er ist winzig klein und ziemlich verwildert. Ich bin nicht so der Gärtnertyp, weißt du. Aber für einen Liegestuhl oder einen kleinen Gartentisch samt Stuhl reicht der Platz. Und du bist da ganz für dich. Die anderen sitzen in der Regel im Innenhof oder auf dem Laubengang.«

Ich schaue hinaus. Es wird bereits dämmrig und ich kann nicht allzu viel erkennen. Aber was Andrea gesagt hat, das hört sich wunderbar an. Hier würde ich im Sommer ungestört an meinen Korrekturen arbeiten oder in Ruhe ein Buch lesen können.

»Die andere Tür führt ins Bad«, erklärt Andrea und deutet auf die Holztür an der Rückwand der Küche. »Ist vielleicht ein bisschen ungewöhnlich, das Bad neben der Küche, aber mich hat's eigentlich nie gestört. Ein extra Gäste-WC gibt's leider nicht, und die Kacheln ... na ja, siehst du ja selbst. Wohlwollend könnte man es Retrolook nennen«, lacht Andrea. »Ist halt schon lange nichts mehr renoviert worden im Haus, aber dafür ist es günstig.«

Wir steigen die Stufen wieder hinunter.

»Ins Schlafzimmer kommt man nur durchs Wohnzimmer«, erklärt Andrea. »Es ist ein bisschen dunkel, weil die

Hauswand vom Nachbarhaus nur drei Meter entfernt ist. Da kommt auch im Sommer nicht viel Licht rein. Aber wenn man nur drin schläft, ist das ja eigentlich egal. Für einen Schreibtisch ist sowieso kein Platz.«

Gut, dass Andrea nicht Maklerin geworden ist. Ich habe das Gefühl, als wollte sie sich für alle Unzulänglichkeiten der kleinen Wohnung entschuldigen. Dabei habe ich mich bereits bis über beide Ohren in sie verliebt. Sie hat Charme, sie ist gemütlich, hat einen Sitzplatz im Freien, liegt günstig zur Altstadt und zu meiner besten Freundin sowieso – sie ist wie für mich gemacht. Was stören mich da die grau-braunen Kacheln im Bad, das fehlende Gäste-WC, die schiefen Böden oder das dunkle Schlafzimmer? Wenn man sich in einen Mann verliebt, dann stört es einen schließlich auch nicht, wenn er eine große Nase hat oder einen Bauchansatz. Wenn man sich verliebt, dann zählt nur noch das Gesamtpaket.

»Ich nehme die Wohnung«, sage ich entschlossen.

»Mit Opa?«

»Mit Opa.«

»Super. Aber vielleicht solltest du sie dir nochmal bei Tageslicht anschauen und den Opa auch. Ich mach bis dahin auch die Liste fertig. Passt dir übermorgen Nachmittag? Da hab ich frei.«

»Ja, prima. Das passt mir gut.«

»Hallo«, meldet sich da ein helles Stimmchen hinter meinem Rücken. Ich drehe mich erstaunt um. Da steht Lili mitten im Zimmer, barfuß und in einem kurzen, pinkfarbenen Nachthemdchen mit Lillifee-Aufdruck. Wir haben wohl die Wohnungstür nicht richtig geschlossen, als wir hereingekommen sind.

»Was machst du denn hier?«

»Du hast versprochen, mir eine Gutenachtgeschichte vorzulesen. Ich warte schon ewig auf dich. Ich bin fast eingeschlafen«, beschwert sich Lili.

»Na, das ist doch prima. Du sollst ja schlafen«, lache ich.

»Aber nicht ohne Geschichte. Du hast's versprochen.«

»Mama kann dir doch eine Geschichte vorlesen.«

»Aber du hast's versprochen. Und was man verspricht, muss man halten. Sagst du immer.«

»Geh ruhig. Der kleine Quälgeist gibt sonst doch keine Ruhe. Und wir sind ja eigentlich auch fertig«, mischt Andrea sich ein. »Wir sehen uns dann übermorgen.«

»Weiß Mama eigentlich, wo du bist?«

Lili schüttelt den Kopf.

»Na, dann aber los, bevor Mama eine Vermisstenanzeige aufgibt.«

»Was ist eine Vermisstanzeige?«, will Lili wissen.

»Erklär ich dir ein anderes Mal«, vertröste ich sie und gehe vor ihr in die Hocke. »Los, aufsteigen, das Pferdchen ist bereit. Sonst frieren deine Füße noch am Boden fest.«

Kichernd klettert Lili auf meinen Rücken und schlingt ihre Beine um meinen Bauch. Ich nehme ihre kleinen Füße in meine Hände.

»Puhh, die sind ja wirklich eiskalt. Wie aus der Kühltruhe. Gute Nacht, Andrea.«

»Bis übermorgen.«

»Ich mag Andrea«, sagt Lili, nachdem die Tür hinter uns ins Schloss gefallen ist. »Aber dich mag ich noch lieber. Wenn du hier wohnst, dann kann ich dich immer besuchen. Und du kannst mir jeden Abend eine Gutenachtgeschichte vorlesen.«

»Mal sehen, ob ich das kann.«

»Klar kannst du«, stellt Lili im Brustton der Überzeugung fest. »Und mit Mama abends ganz viel Wein trinken kannst du dann auch, weil du nicht mehr Auto fahren musst.«

Wenn das keine herrlichen Aussichten sind!

Harte Schale – weicher Kern?

*Nicht die Vollkommenen,
sondern die Unvollkommenen brauchen Liebe.
(Oscar Wilde)*

Andrea und ich beugen unsere Köpfe über die Liste, die Andrea zusammengestellt hat.

»Und du willst wirklich alles übernehmen?«, stellt Andrea überrascht fest. »Auch das Bett und die Couch? Hast du gar nichts aus eurer Wohnung mitgenommen?«

»Es war ja Eckarts Wohnung. Ich bin aus dem möblierten Studentenzimmer bei ihm eingezogen. Ich hab nur Kleinkram beigesteuert, ein bisschen Geschirr und Gläser, CDs und Bücher und so. Das hab ich auch wieder mitgenommen. Aber damit kann man sich keine Wohnung einrichten.«

»Hat Eckart sich nie mehr bei dir gemeldet? Versucht, dich zurückzuholen?«

Ich schüttle den Kopf. »Er ist eingeschnappt. Ein bisschen kränkt's mich schon. Ich meine, wenn er mich wirklich lieben würde, dann würde er mich doch nicht einfach so gehen lassen.«

»Sei doch froh. Was hast du schon davon außer endlosen Diskussionen und Ärger. Vorbei ist vorbei. Platz für Neues.«

»Du meinst wohl für einen Neuen? Nein, vielen Dank. Ich heiße schließlich nicht Lena. Ich brauche jetzt erst mal ne Beziehungspause.«

Seit Lena geschieden ist, ist sie ständig auf der Suche nach einem neuen Partner, angeblich weil Lili einen neuen Vater braucht. Aber ich halte das für ein vorgeschobenes Argument. Lili hat schließlich einen Papa, auch wenn der inzwischen eine neue Familie hat.

»Du willst also alles übernehmen, was auf der Liste steht?«

»Fast. Alles außer der Stehlampe, dem Bücherregal und dem Rollo im Bad. Ich hab da einen hübschen Stoff, da näh ich mir Vorhänge draus.«

Andrea beginnt, die einzelnen Posten zusammenzuzählen, und kommt auf einen Betrag von 2270 Euro.

»Sagen wir 2000«, sagt sie.

»Hör mal, Andrea, ich will keine Almosen. Ich hab ein Sparbuch, das ist kein Problem«, protestiere ich.

»Ich bin doch froh, wenn du die Sachen übernimmst. Ich fang doch nichts mehr damit an.«

»Aber du könntest sie im Internet verkaufen.«

»Ach, vergiss es. Ist mir viel zu aufwändig. Betrachte es als Mengenrabatt. Außerdem kann ich dir gar nicht sagen, wie froh ich bin, dass du dich um Opa kümmerst. Apropos Opa, sollen wir mal zu ihm raufgehen?«

»Dr. Robert Deppert« steht auf dem Namensschild neben der Tür. Ich muss lachen.

»Heißt dein Opa wirklich so?«

»Ja«, bestätigt Andrea. »Blöd, nicht? Ich hab mich inzwischen dran gewöhnt. Aber ich bin schon froh, dass er der Vater von Mama und nicht von Papa ist, sonst würde ich auch so heißen. Stell dir mal vor, wie die mich in der Schule gehänselt hätten.«

Bestimmt ist auch Andreas Opa gehänselt worden. Kein Wunder, dass ein alter Griesgram aus ihm geworden ist.

»Ich klingle immer zweimal lang, dreimal kurz, bevor ich aufschließe. Dann weiß Opa, dass ich es bin und er nicht extra zur Tür gehen muss.«

Die Wohnung kommt mir ziemlich düster vor. Es kann am trüben Wetter liegen, an der matten Glühbirne im Flur, den dunklen Möbeln oder an allem zusammen, auf alle Fälle erscheint mir die Umgebung nicht besonders einladend.

Andrea öffnet die Wohnzimmertür. In einem Sessel am Fenster sitzt Andreas Opa und schaut uns entgegen. Andrea geht auf ihn zu und küsst ihn auf die Wange.

»Hallo Opa. Ich hab dir Besuch mitgebracht. Das ist Saskia. Ich hab dir doch von ihr erzählt.«

»Ah, meine neue Aufpasserin«, sagt Saskias Opa, schiebt seine Lesebrille auf die Nasenspitze und mustert mich mit durchdringenden graublauen Augen über den Brillenrand. »Hat die junge Dame auch einen Nachnamen?«

»Ich heiße Liebe, Saskia Liebe, Herr Dr. ...« Oh Gott, jetzt bloß keinen Fehler machen. Sein Name beginnt mit D, daran kann ich mich erinnern. Und es war so etwas Ähnliches wie »doof«. Dussel vielleicht? Oder Depp?

»Deppert«, flüstert Andrea mir leise zu.

»Dr. Deppert«, wiederhole ich und beiße mir von innen in die Lippe, weil ich spüre, wie mir der Reiz zu lachen von der Brust die Kehle hinaufkriecht. Das ist mir schon als Kind so gegangen, wenn ich aufgeregt war, und das hat mich manchmal in peinliche Situationen gebracht.

»So, so, Liebe heißen Sie also. Ein vielversprechender Name. Obwohl, man soll nicht zu viel auf Namen geben. Nicht immer stimmt der Spruch: ›Nomen est omen.‹ Das sieht man ja an mir.«

Sollte Andreas Opa tatsächlich Humor haben? Aber wie soll ich auf seine Bemerkung reagieren? Wäre er verärgert, wenn ich lache? Oder erwartet er es im Gegenteil und hält mich für eine unhöfliche Spaßbremse, wenn ich es nicht tue?

Zum Glück schaltet sich Andrea ein und sagt: »Ich hab Kuchen mitgebracht, Opa. Ich mach uns mal Kaffee.«

»Kann ich dir helfen?«, frage ich, in der Hoffnung, vor dem strengen Blick des Dr. Deppert in die Küche entfliehen zu können.

»Nein, nein, leiste du Opa ein bisschen Gesellschaft. Ich mach das schon.«

Na toll, vielen Dank, Andrea!

»Warum stehen Sie denn so ungemütlich in der Gegend herum?«, fragt Dr. Deppert. »Sitzen kostet bei mir das gleiche Geld.«

Angespannt nehme ich auf der Kante des Sofas Platz. Ich weiß, dass Andreas Opa früher Richter war. Und unter seinem strengen Blick fühle ich mich tatsächlich wie eine Angeklagte. Ich weiß nur nicht, welches Vergehen mir zur Last gelegt wird.

»Sie müssen wirklich knapp bei Kasse sein«, stellt mein Gegenüber fest, »dass Sie sich Ihr Geld damit verdienen müssen, einem alten Kerl wie mir Gesellschaft zu leisten.«

»Oh, ich mache das nicht wegen dem Geld.«

»Wegen des Geldes«, fällt mir Dr. Deppert streng ins Wort. »Ich dachte, Andrea hätte davon gesprochen, dass Sie als Lektorin arbeiten. Da sollten Sie der deutschen Sprache doch eigentlich mächtig sein.«

»Ja, das stimmt. Aber im Gespräch schauen einen die Leute immer ein bisschen schräg an, wenn man den Genitiv gebraucht«, verteidige ich mich. »So, als sei man abgehoben und affektiert. In der Schriftsprache ist das etwas anderes.«

»Also, das ist keine Einstellung, junge Dame. Wenn jeder so denken würde wie Sie, dann würde unsere Sprache langsam, aber sicher noch ganz vor die Hunde gehen. Aber das tut sie ja schon. Wenn ich nur an dieses schreckliche ›Hallo‹ denke. Warum können die Leute nicht einfach ›Guten Morgen‹ sagen oder ›Guten Tag‹ oder von mir aus auch ›Grüß Gott‹?«

Am liebsten würde ich sagen, er solle doch froh sein, dass ein alter Bruddler wie er überhaupt gegrüßt werde, aber ich halte es für angebracht, lieber den Mund zu halten.

Offensichtlich erwartet Andreas Opa auch gar keine Antwort, denn er fährt fort: »Na ja, in einem Haus voller junger Leute muss man sich an so manches gewöhnen, an schreckliche Musik und Löcher in den Hosen und lautes Gelächter. Aber ich bleibe ja ohnehin meistens in meinen eigenen vier Wänden und gehe den Leuten aus dem Weg.«

Ich bin mir nicht sicher, ob dieses Gespräch mich traurig oder wütend macht. Es macht mir jedenfalls keine Freude. Ich verstehe jetzt, was Lena damit gemeint hat, als sie sagte, dass mein Nebenverdienst nicht vergnügungssteuerpflichtig sei.

Zum Glück kommt Andrea mit einem Tablett aus der Küche und stellt Kuchen, Kaffee, Zucker und Milch auf den Tisch. Erstaunlicherweise lobt Dr. Deppert den Kuchen. Er sei zwar nicht so gut wie der, den seine Frau früher gebacken habe, aber für einen gekauften Kuchen recht passabel. Auf alle Fälle um Längen besser als das, was er mittags von Essen auf Rädern serviert bekomme.

»Opa, das ist jetzt unser dritter Versuch. Wir wechseln nicht noch einmal den Anbieter. Außerdem schmeckt das Essen gut, ich hab's probiert.«

»Na ja, Leuten, die sich sonst von Pizza und Hamburgern ernähren, schmeckt es vielleicht«, brummt Dr. Deppert.

Ich schaue peinlich berührt auf meinen Teller. Der Apfelkuchen ist wirklich gut, aber mir ist der Appetit vergangen. Ich bin erleichtert, als ich mich endlich verabschieden darf. Aber das ist ja erst der Anfang. Solche Gespräche würden mir nun jeden Tag die Laune verderben, wenn ich erst einmal eingezogen wäre.

Ich muss dreimal läuten, bevor Lena mir endlich die Tür öffnet.

»Hast du schon öfter geklingelt?«, fragt sie. »Tut mir leid, ich hatte den Staubsauger an.«

»Hast du was Starkes im Haus?«, will ich wissen.

»Was Starkes?«

»Na, Schnaps, Cognac, Grappa ... irgend so was.«

»Was ist denn passiert?«

Ich erzähle, wie meine Kaffeestunde mit Dr. Deppert verlaufen ist.

»Sag nicht, dass ich dich nicht gewarnt habe.« Lena holt eine Flasche Grappa aus dem Schrank und füllt zwei Gläser. »Du wirst ein Alkoholproblem bekommen, wenn du jedes Mal einen Schnaps brauchst, wenn du bei Andreas Opa warst. Du musst dir ein dickeres Fell anschaffen. Du weißt schon: hier rein, da raus«, sagt sie und deutet mit dem ausgestreckten Zeigefinger erst auf ihr rechtes und dann auf ihr linkes Ohr.

»Das ist leichter gesagt als getan. Aber ich werde mich schon an ihn gewöhnen.« Ich kippe den Grappa in einem Zug hinunter. »Glaubst du Andrea, dass der wirklich mal nett war?«

»Schwer vorstellbar, oder? Wusstest du, dass er Verkehrsrichter war? Verkehrsrichter ohne Führerschein.«

»Ist nicht dein Ernst.«

»Doch, wirklich. Er sagt, man müsse schließlich auch niemanden umgebracht haben, um in einem Mordfall zu richten. Er kenne die Gesetze und die habe er angewandt.«

»Entbehrt nicht einer gewissen Logik. Mir nicht mehr, danke«, sage ich dann und halte die ausgestreckte Hand über mein Glas. »Ich muss ja noch fahren.«

»Du kannst gern auch hier übernachten, wenn du Schiffsuntergang spielen willst. Eine Zahnbürste für Notfälle hab ich da und einen Schlafanzug kannst du von mir bekommen. Lili würde sich freuen.«

Ich denke an die schmale, unbequeme Couch und an mein Programm für morgen.

»Nett von dir. Aber ich kann mir morgen keinen dicken Kopf leisten. Ich hab einen Termin bei Frau Bausch wegen ... des Mietvertrags.«

»Ist was?«, fragt Lena, die mein Zögern bemerkt hat.

»Ach, ich hab bloß gerade bemerkt, dass die strengen Augen von Dr. Deppert mich durch Wände hindurch bis hierher verfolgen.«

»Mit dir wird's noch ein schlimmes Ende nehmen, wenn du nicht aufpasst«, sagt Lena und lacht.

Das glaube ich auch.

Die Frau mit dem goldenen Löffel im Mund

Eine Bekanntschaft,
die mit einem Kompliment beginnt,
hat alle Aussicht,
sich zu einer echten Freundschaft zu entwickeln.
Sie beginnt auf die rechte Art.
(Oscar Wilde)

»Was meinst du, Mama, soll ich Frau Bausch Blumen oder eine Schachtel Pralinen mitbringen? Ich will nicht, dass es nach einem Bestechungsversuch aussieht, oder so, als wollte ich mich bei ihr einschleimen.«

»Ach, ich finde, Blumen sind nie verkehrt. Und Blumen sind sicher besser als Pralinen. Bei denen kann man danebengreifen. Alte Leute sind manchmal auch zuckerkrank und dürfen gar nichts Süßes essen. Aber ich würde nur ein kleines Sträußchen nehmen.«

Mama scheint sich zu freuen, dass ich sie um Rat frage. Seit feststeht, dass ich wohl bald wieder von zu Hause ausziehen werde, hat sich das Verhältnis zwischen uns beiden wieder zu alter Harmonie eingependelt. Mama hat meine Entscheidung im Hinblick auf Eckart wohl auch endlich akzeptiert, seit Papa eines Tages beim Mittagessen ein Machtwort gesprochen hat.

»Bei uns gibt es keine arrangierten Ehen wie in anderen Ländern, Marlene. Da entscheiden die Frauen ganz allein, wen sie heiraten wollen. Und Versorgungsehen sind auch aus der Mode gekommen. Es geht hier nicht um deinen Traumschwiegersohn, sondern um den passenden Partner für Saskia. Und dafür habe ich Eckart nie gehalten.«

»Was?« Mama und mir blieb bei dieser Aussage gleichermaßen der Mund offen stehen.

»Aber warum hast du das nie gesagt?«, wollte ich wissen.

»Wozu denn? Es hätte an deiner Meinung doch nichts geändert. Im Zweifelsfall hättest du mir nur beweisen wollen, dass er der Richtige für dich ist. Ich hab mich auf deine Intelligenz verlassen. Und wie man sieht, hab ich damit richtig gelegen«, sagte Papa und tätschelte meine Hand.

»Und mit deinem Schweigen sechs kostbare Jahre vergeudet«, warf Mama ein.

»Nun hör endlich mit dem Unsinn auf, Marlene! Die Zeiten, wo eine Frau mit dreißig als alte Jungfer und auf dem Heiratsmarkt als unvermittelbar galt, sind Gott sei Dank vorbei. Saskia wird schon noch den Richtigen finden und dich zur Großmutter machen. Da sei mal ganz unbesorgt. Und jetzt will ich von dem Thema nichts mehr hören«, sprach's und schob sich eine Gabel mit Kartoffelsalat in den Mund.

Die Botschaft ist bei Mama offensichtlich angekommen. Vielleicht will sie »die letzten gemeinsamen Tage« auch nicht mit Streitereien zubringen, nachdem nun so gut wie feststeht, dass ich bald wieder nach Esslingen ziehen werde. Aber ganz sicher bin ich mir meiner Sache noch nicht, deshalb treibt mich auch der Gedanke um, bei meinem Besuch bei Frau Bausch etwas falsch zu machen. Ich stehe ratlos vor meinem Kleiderschrank.

»Findest du eine Jeans zu leger?«, will ich von Mama wissen. »Ich will nicht schlampig rüberkommen, aber auch nicht aufgetakelt.«

»Na, also für ›aufgetakelt‹ sehe ich ehrlich gesagt sowieso nicht viel in deinem Kleiderschrank«, lacht Mama. »Ich finde, eine gepflegte Jeans mit einem hübschen Pullover dazu ganz in Ordnung. Du gehst ja nicht zu einem Vorstellungsgespräch.«

»Ich fühl mich aber so. Ich bewerbe mich um eine Wohnung, die ich unbedingt haben will. Deshalb will einen guten Eindruck machen.«

»Wie wär's denn mit dem hübschen, roten Pullover, den du dir letztes Jahr gekauft hast? Der steht dir doch so gut. Du solltest auch etwas tragen, worin du dich wohlfühlst.«

»Danke, Mama«, sage ich und drücke ihr einen Kuss auf die Wange.

»Wofür?«

»Für deinen Rat.«

»Na, auf den hast du in letzter Zeit ja keinen gesteigerten Wert gelegt.«

»Das war ungefragter Rat, Mama, das ist etwas ganz anderes.«

»Ich hab's ja nur gut gemeint. Weil Eckart eben ...«

»Lass gut sein, Mama. Wir wollen nicht wieder davon anfangen. Aber ich glaube, mit dem roten Pulli hast du Recht.«

»Na, wenigstens das«, seufzt Mama und schmunzelt.

Die Gesprächseröffnung bei Frau Bausch verläuft ähnlich wie die am Vortag mit Dr. Deppert, und doch ganz anders. Es geht wie gestern um meinen Nachnamen.

»Frau Liebe, kommen Sie doch herein«, begrüßt mich Frau Bausch herzlich. »So ein schöner Name ist sicher oft ein Eisbrecher und gibt gleich Gesprächsanlass bei der Vorstellung.«

»Das stimmt. Aber manchmal stiftet er auch Verwirrung«, sage ich lächelnd. »Manche Leute schauen mich erst einmal komisch an, wenn ich ihnen die Hand entgegenstrecke und ›Liebe‹ sage. Deshalb stelle ich mich inzwischen mit ›Liebe, Saskia Liebe‹ vor, dann merken die Leute gleich, dass es sich dabei um meinen Namen handelt und nicht um einen unseriösen Antrag oder die Mitgliedschaft in einer ominösen Sekte.«

Frau Bausch lacht. Das Eis ist wirklich gebrochen. Sie führt mich in ihr Wohnzimmer, das mit teuren Möbeln geschmackvoll und gemütlich eingerichtet ist. Nicht unbedingt nach meinem Geschmack, aber ich bin ja auch um einige Jahrzehnte jünger als Frau Bausch.

»Ich habe gerade Kaffee aufgebrüht. Sie trinken doch sicher eine Tasse mit mir? Oder möchten Sie lieber Tee?«

»Nein, ein Kaffee wäre prima, vielen Dank!«

»Ich bin gleich wieder da. Sie können sich ja inzwischen schon mal den Mietvertrag anschauen.«

Ich greife nach dem Vertrag, der vor mir auf dem Couchtisch liegt, aber ich bin vor lauter Aufregung gar nicht in der Lage aufzunehmen, was da steht.

Als Frau Bausch mit einem Tablett wieder das Zimmer betritt, sind meine Augen noch immer auf die erste Seite gerichtet. Frau Bausch stellt einen Teller mit Keksen zu den Kaffeetassen auf den Tisch.

»Sie müssen natürlich nicht gleich unterschreiben. Sie können den Vertrag gern mitnehmen und in aller Ruhe zu Hause lesen oder ihn auch jemandem zeigen.«

»Es wäre so toll, wenn das mit der Wohnung klappen würde«, sprudelt es aus mir heraus. »Ich hab Lena schon immer ein bisschen beneidet, dass sie in dem Haus wohnen darf. Es ist so ... na ja, so anders, so besonders.«

»Sie sind mit Lena befreundet?«

»Ja, schon lange. Wir waren zusammen auf dem Gymnasium in Göppingen. Dann habe ich in Tübingen studiert und Lena in Schwäbisch Gmünd. Und zufällig sind wir dann beide in Esslingen gelandet. Ich bin auch die Patin ihrer Tochter.«

Frau Bausch lächelt. »Ach, die kleine Lili. Sie ist ein reizendes Kind. Ich mag Kinder sehr gern, aber ich habe leider nie selbst welche bekommen. Nehmen Sie Zucker und Milch?«

»Wenig Zucker, viel Milch«, sage ich.

»Genau wie ich. Da haben wir doch schon etwas gemeinsam. Und Sie arbeiten als Lektorin, hat Andrea mir erzählt.«

»Ja, das stimmt. Und nebenher als Fremdenführerin. Um mein Einkommen ein bisschen aufzubessern.« Sehr clever, Saskia, mit diesem Satz hast du Frau Bausch sicher überzeugt, dass du die richtige, zahlungskräftige Mieterin für ihre Wohnung bist. »Aber Sie müssen keine Angst haben. Sie werden Ihre Miete immer pünktlich bekommen. Ich habe auch noch Ersparnisse auf der Bank, wenn's mal in einem Monat knapp wird. Und mein

Vater hat gesagt, dass er Ihnen auch gern eine Bürgschaft unterschreibt, falls Sie das wünschen.«

Frau Bausch lacht. »Nein, das brauche ich nicht. Sehen Sie, ich bin mit einem goldenen Löffel im Mund geboren worden, wie man so schön sagt. Ich kann nichts dafür und sehe auch keinen Grund, mich dafür zu schämen. Aber es versetzt mich in die angenehme Lage, meine Wohnungen nicht an zwei gut betuchte Doppelverdiener ohne Kinder, Hund und Katze vermieten zu müssen, weil ich damit das geringste Risiko eingehe. In diesem Haus zum Beispiel wohnen drei junge Familien, die auf dem Wohnungsmarkt in Esslingen wohl keine Chance auf eine hübsche, große Wohnung gehabt hätten. Nette Familien mit reizenden Kindern. Ich bin so etwas wie eine Leihoma im Haus. Sehen Sie, Geld wärmt nicht, menschliche Kontakte und das Gefühl, etwas Gutes getan zu haben, schon. Das hört sich jetzt so altruistisch an, aber im Grunde genommen ist es egoistisch. Ich fühle mich einfach wohl dabei. Und das soll auch nach meinem Tod so bleiben. Nicht, dass ich mich wohlfühle – das nach Möglichkeit natürlich auch«, lacht Frau Bausch, »nein, dass meine Häuser auch nach meinem Tod bezahlbare Wohnungen für Menschen bieten, die sie verdient haben, es sich aber nicht leisten können.«

Frau Bausch erklärt mir, dass ihr nächster Verwandter ihr Neffe sei, der einzige Sohn ihres inzwischen verstorbenen Bruders. Ihr Bruder und ihre Schwägerin hätten ihr einziges Kind leider total verzogen. Heute sitze er im Aufsichtsrat einer großen Bank, sei vermögend und erfolgreich, gehe dabei aber über Leichen und habe immer nur den eigenen Vorteil im Auge. Deshalb wolle sie ihr Vermögen lieber durch eine Stiftung bedürftigen Mietern zukommen lassen.

»Aber um noch einmal auf Ihre finanzielle Situation zurückzukommen: Ich verlasse mich lieber auf meine Menschenkenntnis als auf einen Bankauszug. So wie ich Sie einschätze, würden Sie bestimmt lieber als Toilettenfrau gehen, als mir die Miete schuldig zu bleiben.«

»Nun«, lache ich erleichtert, »ich würde es wohl zuerst einmal mit kellnern versuchen.«

»Ich glaube, Sie werden sehr gut in die Hausgemeinschaft passen, das ist mir wichtig. Ich habe lange gezögert, ob ich die Wohnung an Dr. Deppert vermieten soll, als Andrea mich darum gebeten hat. Aber ich konnte es ihr nicht abschlagen. Ich finde es großartig, wie sie sich um ihren – weiß Gott nicht besonders liebenswerten – Großvater kümmert. Ich habe gehofft, dass die netten jungen Leute sich mit ihm arrangieren und dass es ihnen vielleicht gelingt, den Panzer um sein Herz zu knacken.«

»Bisher sieht es nicht danach aus«, entfährt es mir. »Oh, tut mir leid, ich wollte ihn nicht schlechtmachen.«

Frau Bausch lacht. »Das ist nicht nötig, das macht er schon selbst. Aber ich habe die Hoffnung noch nicht aufgegeben. Bei manchen dauert es etwas länger, bis sie aus ihrer Verbitterung wieder herausfinden. Ich würde ihm wünschen, dass er seine letzten Jahre noch ein wenig genießen könnte, anstatt sie mit Hadern zu verbringen. Ach Gott, ich bin eine alte Quasselstrippe. Vor lauter Reden wird mein Kaffee kalt.«

Warum kann Dr. Deppert nicht wenigstens ein bisschen so sein wie Frau Bausch, denke ich. Wie gern würde ich sie jeden Tag besuchen. Es ist so unterhaltsam, entspannt und unkompliziert mit ihr. So kommt es, dass ich mich erst eine Stunde später, beschwingt durch ein Glas Sekt und die Gewissheit, in wenigen Tagen in meine Traumwohnung einzuziehen, wieder auf den Weg mache.

Focaccia mit Wein und schüchternem Mann

Erröten ist kleidsam.
(Oscar Wilde)

Noch sieht es ziemlich chaotisch in meiner Wohnung aus, aber ich bin selig. Mein Küchentisch verschwindet unter einer Flut von Töpfen, Schüsseln, Gläsern, Kochlöffeln und Krimskrams aller Art. Ich habe den Tisch im Keller meiner Eltern entdeckt. Er stammt aus Oma Hildes Haushaltsauflösung und war bei Licht besehen ziemlich hässlich. Aber ein bisschen himmelblaue Lackfarbe hat wahre Wunder bewirkt. Er ist nicht wiederzuerkennen. Für die vier nun ebenfalls blauen Holzstühle mit den hübsch geschnitzten Lehnen habe ich im Baumarkt blau-weiß gestreifte Sitzkissen erstanden.

Im Radio läuft laute Rockmusik, die mir den richtigen Schwung für das Auswischen der Küchenschränke verleiht. War das die Türglocke? Ich steige von der Trittleiter und öffne die Tür.

»Hallo Philipp! Hast du schon mal geklingelt? Ich hab das Radio so laut an.«

Philipp wohnt über mir, neben Dr. Deppert. Apropos Dr. Deppert – vielleicht sollte ich das Radio etwas leiser stellen. Queen ist sicher nicht sein Musikgeschmack.

»Macht nichts. Ich will auch ... gar nicht stören. Ich wollte dir nur ... also zum Einzug ... Brot und Salz ... macht man doch so.«

Ich habe Philipp schon zwei- oder dreimal bei Lena getroffen, bin aber nie mit ihm ins Gespräch gekommen. Er ist einer von den Stillen, die lieber den anderen zuhören, als selbst große Reden zu schwingen.

»Hey, das sieht ja lecker aus!« Auf einem Pappteller, über den eine rote Papierserviette gebreitet ist, liegt ein flaches rundes Brot, das ölig glänzt und offensichtlich mit Rosmarin bestreut ist. »Und wie das duftet. Vielen Dank! Komm doch rein!«

»Nein, nein, ich will nicht stören. Ich wollte dir nur zum Einzug ... na ja, wie gesagt.«

Es scheint eine Angewohnheit von Philipp zu sein, seine Sätze nicht zu Ende zu bringen.

»Quatsch, du störst doch nicht. Sieht halt noch ein bisschen chaotisch bei mir aus. Wenn dich das nicht stört ...«

»Nein, nein, natürlich nicht. Also gut, wenn du meinst ...«

Philipp macht ein paar zögernde Schritte ins Zimmer.

»Kommt dir vielleicht manches bekannt vor. Ich hab vieles von Andrea übernommen«, sage ich.

»Oh. Nein. Ich meine, ich war nie ... also, als Andrea noch hier wohnte.«

»Du meinst, du warst nie bei Andrea in der Wohnung?«

Philipp schüttelt den Kopf. »Es gab nie, also ich meine, nie einen Anlass ...«

»Verstehe. Ist ja auch egal. Komm, setz dich. Magst du ein Glas Wein? Ist rot okay? Weißt du was? Ich schneide das Brot gleich auf, wenn es dir nichts ausmacht. Ich merke gerade, dass ich richtig hungrig bin.«

»Nein, nein, macht mir nichts aus. Hab's ja zum Essen mitgebracht.« Philipp errötet leicht und nimmt auf dem Sofa Platz. Wow, zwei komplette Sätze, denke ich bei mir.

Ich schneide das Brot in mundgerechte Stücke, die ich auf einen Teller schichte. Dann öffne ich eine Flasche Rotwein und stelle alles zusammen mit zwei Tellern, Gläsern und Servietten auf den Couchtisch.

»Ist alles da«, sage ich, »ich muss nur manchmal noch ein bisschen suchen. Komm, lang zu, ist ja deins. Hm, schmeckt das gut. Wo kriegt man denn sowas?«

»Na, bei mir.« Wieder überzieht eine leichte Röte Philipps Wangen.

»Nein, ich meine, wo man das kaufen kann.«

»Das ... also, das hab ich selbst gebacken.«

»Echt? Du? Toll! Schmeckt wirklich super.«

»Focaccia. Ist nicht so schwer«, erklärt Philipp und verknotet verlegen seine Finger ineinander.

»Wohnst du schon lange hier?«, frage ich.

»Fast zwei Jahre.«

»Aha. Und gefällt's dir?«

»Ja, schon.«

»Lena sagte mal, du seist Buchhändler.«

»Antiquar.«

»Verstehe.«

Das Brot ist wirklich lecker. Aber vielleicht war es doch keine besonders gute Idee, Philipp hereinzubitten. Er ist ein netter Kerl, recht gut aussehend, aber offensichtlich extrem schüchtern, und das gestaltet die Unterhaltung etwas mühsam. Ob er schwul ist? So ein Quatsch! Warum soll er denn schwul sein? Es gibt sicher viele Männer, die gut aussehen und Brot backen können. Und Schüchternheit ist, soweit ich weiß, auch nicht unbedingt ein Merkmal für schwule Männer. Im Gegenteil, Schwule gelten gemeinhin als angenehme, einfühlsame Gesprächspartner. Ganz abgesehen davon kann es mir völlig egal sein, ob Philipp schwul ist oder nicht, ich will ihn schließlich nicht heiraten. Was ist nur los, dass sich die Gespräche in diesem Haus so schwierig gestalten, von Lena und Lili einmal abgesehen. Vielleicht sollte ich bei seinem Beruf einhaken. Darüber sprechen die meisten Menschen gern. Und da ich Bücher auch liebe, müsste sich doch hier eine gemeinsame Basis finden lassen.

»Wo arbeitest du denn?«, versuche ich mein Glück.

»Na, in meinem ... also, in meinem Antiquariat.«

»Ach, du bist selbstständig. Das ist sicher nicht ganz einfach. Der Internethandel macht dem Buchhandel ja ziemlich Konkurrenz.«

»Ja, das ... das stimmt schon. Aber ich komme ... also, ich komme ganz gut klar. Hab viel Stammkundschaft. Kann auch mal für einen Kunden ... also, wenn der ein bestimmtes Buch sucht ... also, dann kann ich das auch für ihn ... im Internet suchen.«

Wer sagt's denn: vier ganze Sätze! Ein bisschen holprig, aber der letzte sogar recht lang.

»Verstehe. Dann bringt dir das Internet auch Vorteile.«

Philipp greift nach seinem Glas und trinkt einen großen Schluck. Die vier Sätze haben ihn offensichtlich erschöpft.

»Schmeckt dir der Wein? Trink nur! Du musst ja nicht mehr Auto fahren, um nach Hause zu kommen. Und die Treppe wirst du sicher noch schaffen.« Vielleicht würde ihm der Wein ein wenig die Zunge lockern. Der letzte Satz hat ihm zumindest ein Lächeln entlockt. Sein Lächeln ist sympathisch.

»Ja«, bestätigt er meine Schlussfolgerung von vorhin. »Ich stelle auch selbst ... Bücher ins ... ins Internet. Und besondere ... besondere verkaufe ich auch ... auf Antiquariatsmessen ... in Stuttgart ... oder in Ludwigsburg.«

»Hey, clevere Idee!«

Philipp lächelt und errötet. »Na ja. Machen wohl alle so.«

»Stört dich das Radio?«

Philipp schüttelt den Kopf. »Gar nicht. Aber wenn du willst ... ich meine, ich könnte dir helfen ... also, beim Einräumen ... Ich könnte dir die Sachen ... zureichen ... Musst du nicht dauernd von der Leiter ... also, rauf und runter.«

Was für eine wunderbare Idee! Nicht, dass ich auf seine Hilfe angewiesen wäre. Aber die Arbeit würde die angestrengte Gesprächssituation vermutlich ein wenig entkrampfen. Wir hätten etwas zu tun. Und vielleicht würde sich der eine oder andere Gesprächsanlass dabei finden lassen. Das Knoblauchschälchen zum Beispiel, das ich letztes Jahr gekauft habe, als ich mit Eckart in Schweden war. Ich könnte Philipp von Stockholm erzählen, von Gamla stan, der schmucken Altstadt, und von Skansen, dem interessanten Freilichtmuseum, von dem aus man einen herrlichen Blick über die Stadt hat. Über die zweite Woche meines Schwedenurlaubs würde ich allerdings den Mantel des Schweigens breiten. Ich würde nichts erzählen von dem roten Holzhäuschen mit den weißen Fensterrahmen, das genauso aussah wie die Häuser aus den Herzkino-Filmen von Inga Lindström, in denen ich schon immer mal wohnen wollte. Leider war mein Hauptdarsteller so ganz anders als die aus den Filmen. Eckart saß den ganzen Tag nur auf der Terrasse und warf keinen Blick auf den See, sondern nur auf seinen Laptop oder in sein Buch. Von Schwimmen keine Rede. Auch zum Radfahren oder zu Ausflügen war er nicht zu animieren. In dieser Woche war mir klar geworden, dass Eckart nicht mein Mann fürs Leben ist.

»Wir können natürlich auch hier ... ich meine, auf dem Sofa bleiben ... es war nur so eine ... so eine Idee. Ich kann auch ...«

»Nein, die Idee ist großartig! Ich war nur gerade in Gedanken. Entschuldige. Super Idee. Wirklich. Komm, aber nimm dein Weinglas mit. Irgendwo werden wir auf dem Tisch schon noch ein Plätzchen dafür finden.«

Philipp steht sichtlich erleichtert auf und folgt mir.

Und irgendwie wird es dann noch ein richtig netter Abend. Ich vermute, dass der Wein ein wenig mitgeholfen hat. Er hat nicht das Wunder bewirkt, dass aus Philipp ein eloquenter Gesprächspartner wird, aber ich gewöhne mich mit der Zeit an seine abgehackte Sprechweise, und hin und wieder entschlüpft ihm sogar eine schlagfertige Antwort. Hinter seiner Schüchternheit versteckt sich Humor. Die Verabschiedung fällt deshalb herzlich aus.

»Vielen Dank nochmal für das leckere Brot. Da musst du mir unbedingt einmal das Rezept geben.«

»Kann's dir auch backen. Musst es nur sagen. Also nur, wenn du willst.«

»Klar, jederzeit. Vielen Dank nochmal. Auch für die Hilfe. Zu zweit geht's schneller und macht mehr Spaß.«

»Wenn du mal wieder Hilfe brauchst ... also ...«

»Meld ich mich. Vielen Dank. Und gute Nacht.«

»Auch gute Nacht. Und vielen Dank für den Wein.«

Als er ein paar Schritte auf dem Flur gegangen ist, dreht er sich noch einmal um. Seine rechte Hand zuckt leicht nach oben, so als wolle er mir zuwinken. Aber dann überlegt er es sich wohl anders und lächelt mir nur schüchtern zu.

Einladung zum Fest

Was man sich einbrockt,
das muss man auch auslöffeln.
(Deutsches Sprichwort)

Es klopft dreimal an der Tür. Oh nein, das ist Lilis Klopfzeichen, das vierte Mal schon heute. Ich muss dringend mit meinen Korrekturen fertig werden, der Verleger wartet darauf und ich kann es mir nicht leisten, ihn zu verärgern. Seufzend öffne ich die Tür.

»Ich bin's.« Lili strahlt mich an.

»Das hab ich mir fast gedacht. Lili, sei mir nicht böse, aber ich hab jetzt wirklich keine Zeit.«

»Aber es ist wichtig.«

»Ein anderes Mal, Lili. Ich muss jetzt wirklich arbeiten.«

»Was musst du denn arbeiten?«

»Ich muss korrigieren.«

»Was ist korrieren?«

»Korrigieren heißt lesen und Fehler finden.«

»Ich kann dir helfen. Ich kann auch schon lesen. Und ich bin ein guter Fehlerfinder«, erklärt Lili eifrig.

»Das glaub ich dir, Lili. Was ist denn so wichtig?«

»Oh, hab ich fast vergessen!« Lili zaubert ein Blatt Papier hinter ihrem Rücken hervor und streckt es mir entgegen. »Für dich!«

Ein großes, mit Buntstiften gemaltes Haus ziert das Blatt. Mit etwas Phantasie kann man eine gewisse Ähnlichkeit mit unserem Haus erkennen. Daneben sehe ich einen Baum, bei dem fünf Leute stehen.

»Guck, das da bin ich«, erklärt Lili und deutet mit ihrem Zeigefinger auf die kleinste Gestalt. »Und das da ist Mama, und das da bist du und das ist Philipp·und das Papa.«

»Wieso Papa? Der wohnt doch gar nicht in unserem Haus«, wende ich ein. »Ich dachte, das sei Andreas Opa.«

»Spinnst du? Den lad ich doch nicht ein! Der schimpft immer bloß rum. Den mag ich nicht. Ich lade Papa ein, der ist immer lustig und macht Quatsch mit mir.«

»Einladen? Wozu denn einladen?«

»Mann, zu unserem Fest natürlich. Das steht doch da. Kannst du nicht lesen?«, fragt Lili frech.

Ich lese die schiefen Buchstaben, die in allen Farben das Gemälde schmücken.

»Einladung zum Fest für Saskia« steht da. »Am Samstag, dem 6. Mai. Jeder darf noch vier Leute mitbringen.«

»Ein Fest für mich?«

Lili knipst wieder ihr unwiderstehliches Zahnlückengrinsen an. »Ja, weil du jetzt auch hier wohnst, machen wir ein Fest im Hof. Mit ganz viel zum Essen und zum Trinken und Musik und Spielen. Das wird bestimmt ganz toll. Freust du dich?«

»Na, und ob. Das ist eine super Idee. Aber eigentlich sollte ich ja einladen, weil ich eingezogen bin.«

»Das geht nicht. Wir waren zuerst. Aber du kannst ja auch noch eine Party machen, später. Wen willst du denn zu dem Fest einladen?«

»Oh, da muss ich überlegen«, sage ich. »Also, meine Eltern, und dann meine Freundin Daniela mit ihrem Mann. Und Frau Bausch.«

Lili legt ihre Stirn in Denkfalten und nimmt ihre Finger zu Hilfe. »Das sind aber schon fünf«, stellt sie fest.

»Stimmt. Aber Frau Bausch zählt ja eigentlich nicht. Die wird schließlich von allen eingeladen, weil ihr das Haus gehört.«

»Na gut. Ich lade Leonie ein und Steffi und Papa und meine Lehrerin.«

»Glaubst du denn, dass deine Lehrerin kommt?«

»Ja, ich hab sie schon gefragt. Sie hat gesagt, dass sie kommt. Wenn sie ihren Mann mitbringen darf.«

»Das sind dann aber auch fünf Leute.«

Lilis Gesicht verfinstert sich für einen Moment. Aber dann hat sie eine Lösung gefunden. Sie grinst erleichtert. »Aber ihren Mann hab ich ja gar nicht eingeladen. Der kommt ja so. Da gilt das nicht.«

»Da hast du Recht. Magst du ein paar Gummibärchen, zur Belohnung, weil du so eine schöne Einladung gemalt hast?«

»Klar«, sagt Lili und ist schon an mir vorbei in die Wohnung geschlüpft. Lili hat wieder einmal gewonnen. Die Korrekturen werden warten müssen.

Wir stehen zu dritt vor den Briefkästen im Hausflur, Lena, Lili und ich. Lena hat die Einladung mehrfach kopiert, und Lili darf sie in die einzelnen Briefkästen verteilen, nun ja, genaugenommen nur in den Briefkasten von Philipp und Dr. Deppert, denn Lena und ich brauchen ja keine mehr.

»P-I-L-I-P K-L-I-N-G«, buchstabiert Lili. »Das ist falsch geschrieben. Der heißt doch Filip und nicht Pilip. Da muss vorne ein F hin wie bei Feder oder ein Vogel-V. Der kann nicht richtig schreiben, der muss nochmal in die Schule gehen.«

Lena erklärt ihr, was es mit dem »Ph« auf sich hat, das man wie ein »F« ausspricht.

»Komisch«, stellt Lili fest, schiebt das Kuvert für Philipp in den Briefschlitz und geht weiter zum nächsten Briefkasten.

»D-R-D-E-P-E-R-T. Ist das der Briefkasten vom Doktor?«, will sie wissen. »Da werf ich nichts rein. Den will ich nicht einladen.«

»Natürlich wirfst du da eine Einladung rein«, befiehlt Lena. »Wir können ihn doch nicht als Einzigen nicht einladen.«

»Können wir wohl. Er ist ja auch der Einzige, der nicht nett ist. Den lad ich nicht ein!«

»Wer hier eingeladen wird, das bestimmst nicht du, Fräulein«, sagt Lena streng. »Also, nun mach schon, bevor wir hier festwachsen.«

Lili presst trotzig die Lippen zusammen und zieht ihre Mundwinkel nach unten.

»Na, wird's bald?«

»Den mag ich nicht! Der schimpft dauernd mit mir rum!« Lili stampft mit dem Fuß auf, in ihren Augen schimmert es feucht. Gleich wird es Tränen geben. Diese Nahkampfwaffe hilft – wenigstens bei ihrem Vater – fast immer.

»Es reicht jetzt, Lili!« Lena lässt sich auch durch Tränen nicht erweichen.

Bevor Lilis Augen überlaufen, versuche ich es mit Diplomatie. Ich gehe vor Lili in die Hocke, damit ich mit ihr auf Augenhöhe bin.

»Pass mal auf, Lili! Du weißt doch, dass der Doktor Andreas Opa ist.« Lili nickt. »Wir haben Andrea auch zu dem Fest eingeladen, und sie freut sich schon ganz arg drauf. Und wir können doch nicht Andrea einladen und ihren Opa nicht. Da wäre der Opa sehr traurig und Andrea auch. Und sie würde dann bestimmt mit ihrem Opa oben in der Wohnung sitzen und nicht mit uns feiern. Das wäre doch doof, findest du nicht?«

»Na gut«, sagt Lili und schiebt das Kuvert in den Briefschlitz von Dr. Deppert. »Aber nur wegen Andrea, weil ich die mag und weil die sonst traurig ist.«

»Du solltest dich zum diplomatischen Dienst melden«, stellt Lena fest. »Aber du hast diese Kämpfe ja auch nicht jeden Tag, so wie ich. Na ja, Hauptsache, die Sache ist jetzt geklärt. Kommen wird der alte Griesgram sowieso nicht. Es wäre das erste Mal. Aber das ist dann seine Sache.«

Es zeigt sich, dass Lena wohl Recht hat. Dr. Deppert hat wirklich nicht die Absicht, an dem Fest teilzunehmen.

»Aber Andrea kommt doch extra von Freiburg«, werfe ich ein, als ich ihn das nächste Mal besuche und wir über die Einladung sprechen.

»Ich werde sie nicht daran hindern, zu dem Fest zu gehen. Wenn sie lieber unten feiert, anstatt mir Gesellschaft zu leisten, dann darf sie das gerne tun.«

Seine Sturheit bringt mich auf die Palme. »Natürlich wird Sie Ihnen Gesellschaft leisten, wenn Sie nicht mitfeiern wollen, obwohl sie sich schon sehr auf das Fest freut. Weil sie anständig ist und pflichtbewusst und weil sie Sie liebt. Obwohl ich wirklich nicht weiß, womit Sie das verdient haben!«

Das Gesicht von Dr. Deppert lässt keine Regung erkennen. »Ich glaube, Sie gehen jetzt besser.«

Ich folge seinem Rat.

Wenige Minuten später gehe ich in Lenas Wohnzimmer auf und ab. »Ich weiß nicht, was in mich gefahren ist. Wie konnte ich nur so etwas sagen?«

»Ich kann dir sagen, was in dich gefahren ist. Es war der Tropfen, der das Fass zum Überlaufen gebracht hat. Du hast allen Grund, ihm Paroli zu bieten, so wie er dich behandelt. Aber der Zeitpunkt war denkbar schlecht gewählt. Es ging diesmal nämlich nicht um dich, sondern um Andrea. Es ist nicht deine Sache, dich da einzumischen.«

»Das weiß ich jetzt auch.«

»Und ihm vorzuwerfen, dass er Andreas Liebe nicht verdient hat, das ist schon starker Tobak. Ich finde auch, dass er ein Kotzbrocken ist, aber er hat Andrea immerhin großgezogen und das mit aller Liebe, wenn man Andrea glauben darf.«

»Das weiß ich doch alles«, jammere ich. »Könntest du mir vielleicht mal was Aufmunterndes sagen? Was soll ich denn jetzt machen?«

»Kauf ihm einen Blumenstrauß, geh nach oben und entschuldige dich.«

»Unmöglich, das kann ich nicht!«

»Natürlich kannst du! Du hast es versemmelt, also wirst du es auch wieder in Ordnung bringen.«

Lili kommt aus ihrem Zimmer gerannt. »Hallo Saskia, spielst du mit mir?«

»Tut mir leid, Lili, ich hab keine Zeit. Ich muss zum Gärtner, einen Blumenstrauß kaufen.«

»Ich komme mit. Darf ich die Blumen aussuchen?«

»Wenn du willst.«

»Für wen sind denn die Blumen?«, will Lili wissen, die schon dabei ist, ihre Schuhe anzuziehen, damit ich auf keinen Fall ohne sie gehe.

»Für den Doktor.«

»Puuh, dann such ich ganz hässliche aus.«

Lili entscheidet sich für Gerbera und ich heiße ihre Wahl gut. Ich finde, dass die Blumen gut zu Dr. Deppert passen. Sie sind sehr gerade gewachsen und wirken ein bisschen steif und unnahbar, es fehlt ihnen alles Zarte, Liebliche und Romantische, also sind sie genau richtig für den Doktor.

Ich gebe das vereinbarte Klingelzeichen, schließe dann die Wohnungstür auf, bleibe noch eine Minute in der düsteren Diele stehen und atme ein paarmal tief ein und aus, bevor ich meinen Canossa-Gang antrete und an die Wohnzimmertür klopfe.

Dr. Deppert steht vor dem Fenster, mit dem Rücken zu mir.

»Ich möchte mich bei Ihnen entschuldigen«, sage ich und drehe den Gerberastrauß verlegen in meinen Händen. »Es war nicht richtig, was ich vorhin zu Ihnen gesagt habe. Es tut mir leid.«

Der Doktor bleibt mit dem Rücken zu mir stehen und lässt nur ein undeutliches Brummen vernehmen. Ich warte noch einen Moment, dann lege ich den Blumenstrauß auf den Tisch und schließe leise die Tür hinter mir. Normalerweise hätte ich eine Blumenvase aus dem Schrank genommen und die Blumen hineingestellt. Aber das wage ich heute nicht. Soll Dr. Deppert die Blumen doch selbst ins Wasser stellen. Oder vielleicht will er sie ja auch im Mülleimer entsorgen.

Als ich am nächsten Tag die Wohnung betrete, steht der Strauß in einer Kristallvase auf dem Esstisch. Dr. Deppert ist in gewohnter Weise wortkarg und abweisend, aber nicht anders als vor meiner Entgleisung, und über die Sache wird nicht mehr gesprochen.

Ein Fest für Saskia

Du hast das nicht, was andre haben,
Und andern mangeln deine Gaben,
Aus dieser Unvollkommenheit,
Entspringet die Geselligkeit.
(Christian Fürchtegott Gellert)

Das ganze Haus ist am Samstag auf den Beinen. In den Küchen duftet es nach Kuchen und frischem Brot, es wird gebacken und geschnippelt. Philipp ist mit seinen Freunden dabei, die Grills aus dem Keller nach oben zu tragen und im Hof Tische und Bänke aufzustellen. Lena und ich rollen Papiertischdecken darauf aus, kleben sie an der Unterseite fest und verteilen kleine leere Limoflaschen mit Margeriten darin auf den Tischen. Bei dieser Gelegenheit stelle ich erstaunt fest, dass Philipp im Gespräch mit seinen Freunden Sätze ohne Holpern von sich geben kann, jedenfalls so lange, bis einer der Freunde ihn fragt: »Willst du uns nicht bekannt machen?«

»Was? ... Oh ja, klar. Das ... also, das ist Saskia. Und das sind ...«

»Dominik«, sagt der junge Mann, der gefragt hat, und reicht mir die Hand. »Und das ist Nils. Und du bist also Saskia, der wir das Fest zu verdanken haben.«

»Nur indirekt. Zu verdanken habt ihr's der Hausgemeinschaft. Ich war nur der Anlass.«

»Ein hübscher Anlass«, lacht Dominik.

»Komm, lass uns weitermachen«, sagt Philipp und klingt dabei ein wenig verärgert. »Es gibt noch ... also, noch ne Menge zu tun.«

Dominik schaut zu Philipp hinüber und grinst frech.

»Hab schon verstanden, Alter. Finger weg von ...«

»Quatsch!«, sagt Philipp und wird wieder mal rot.

»Ihr müsst noch die Lampions aufhängen!« Diese Nachricht verkündet Lili seit heute Morgen im Abstand von fünf Minuten.

Ich lache. »Ich glaube, ihr tut ihr am besten den Gefallen. Ihr kriegt sonst doch keine Ruhe.«

»Na komm, Lili, dann gehen wir mal in den Keller, die Lampions suchen«, sagt Philipp und streckt ihr seine Hand entgegen. Lili schiebt ihre kleine vertrauensvoll hinein und geht mit ihm zusammen geschäftig Richtung Haus, während ihr Pferdeschwanz fröhlich hin- und herwippt. Komisch, auch bei Lili klappt es mit den stotterfreien Sätzen, stelle ich verwundert fest.

Als hätte er meine Gedanken gelesen, sagt Nils: »Er ist ein bisschen schüchtern, wenn's um Frauen geht, aber er ist ein dufte Kumpel. Auf den ist Verlass.«

Die drei Männer haben auch einen großen Kühlschrank für die Getränke organisiert und Philipps Musikanlage in den Garten geschleppt.

»Ich glaube, wir sollten auch noch ein paar Stühle in den Hof stellen, für die älteren Herrschaften. Die sitzen auf den Bänken ohne Rückenlehne auf Dauer sicher nicht besonders gut«, schlage ich vor.

»Von welchen älteren Herrschaften sprichst du denn?«, will Lena wissen.

»Na, meine Eltern zum Beispiel.«

»Das lässt du sie aber besser nicht hören«, lacht sie.

»Na ja, und Frau Bausch und der Doktor.«

»Vergiss endlich den Doktor. Der wird nicht kommen.«

»Find ich übrigens toll, dass du nichts dagegen hast, dass dein Ex kommt.«

»Wer sagt denn, dass ich nichts dagegen habe? Ich freu mich wirklich nicht gerade darüber. Aber was soll ich denn machen? Lili liebt ihren Papa, und ich hab mir geschworen, dass sie so wenig wie möglich unter unserer Trennung leiden soll. Ist eh schon schlimm genug für sie. Vor allem jetzt, wo Patrick eine neue Familie hat. Ich hab ihm aber klargemacht, dass er bloß nicht mit seiner Neuen hier aufkreuzen soll. Aber er hat gesagt, die sei hochschwanger und käme deshalb sowieso nicht. Hoffentlich kommt das Kind nicht ausgerechnet heute Abend. Zuzutrauen wär's ihr«, giftet Lena.

»Also wirklich, Lena, glaubst du, die kriegt ihr Kind mit Absicht heute Abend, nur um dich zu ärgern? Manchmal spinnst du wirklich ein bisschen. Themawechsel, Lili kommt.«

Philipp schleppt einen großen Karton, Lili mit wichtiger Miene einen kleinen.

»Da sind die Teelichter drin, für heute Abend, wenn's dunkel wird«, verkündet sie. »Dann spiel ich mit Leonie und Steffi Verstecken. Und Papa muss uns suchen. Das wird toll. Ich kenn ein prima Versteck, aber ich verrat's nicht.«

Gegen drei treffen die ersten Gäste ein, Frau Bausch und meine Eltern. Ich zeige ihnen die Wohnung, die ich extra vorher auf Hochglanz gebracht habe, dann gehen wir gemeinsam in den Hof.

»Schön hast du's«, sagt Mama, »ich kann verstehen, dass es dir hier gefällt. Ach, schau mal, wer da kommt.«

Ich drehe mich um und schlage vor Überraschung die Hände vor den Mund. Ernst, Hugo, Karl und seine Marga kommen gerade durch den Torbogen, alle drei mit ihren Instrumenten beladen. Karl trägt sein Saxophon, Ernst seinen Geigenkasten, und Hugo ruft: »Kann mir mal einer mit meinem E-Piano helfen?«

Ich springe auf und falle Karl um den Hals. »Wo kommt ihr denn her?«

»Na, woher wohl? Aus Neubach nadürlich. S hat uns koiner eiglade, da simmer halt so komme. Und d Marga hemmer oifach mitbracht. Die isch unser Groupie. Na, Überraschung gelunge?«

»Das kann man wohl sagen.«

Karl, Ernst und Hugo sind nicht nur eine Rentner-WG, sie machen auch seit Jahren gemeinsam Musik, treten manchmal sogar zusammen auf. In letzter Zeit nicht mehr so häufig wie früher, aber in Franziskas Café spielen sie regelmäßig einmal im Monat und sorgen dafür, dass es an diesen Nachmittagen aus allen Nähten platzt.

Die drei stellen ihre Instrumente unter dem Kastanienbaum ab und setzen sich dann an unseren Tisch.

»Jetzt brauched mr erscht mal en Kaffee«, stellt Karl fest. »Und en Kuche. Hier gibt's ja net amol en Parkplatz für d Musik vor em Haus. Dr Ernscht und i, mir hen uns gschickte Instrumente rausgsucht, die sen net so schwer, aber dr Hugo mit seim E-Klavier, der isch ja scho vom Schleppe halb dod. Mir sen halt koine junge Hupfer meh.«

»Drüben auf dem Tisch könnt ihr euch einen Kuchen aussuchen, Kaffee bring ich euch.«

Als nächste treffen Andrea und ihr Freund ein und werden mit großem Hallo begrüßt.

»Wir haben's so schön jetzt in Freiburg«, erklärt Andrea, »ihr müsst uns unbedingt mal besuchen kommen. Aber als ich gerade durch den Torbogen ging, da bin ich ganz wehmütig geworden. Unsere Hausgemeinschaft fehlt mir schon.«

Das hört ihr Freund Markus offensichtlich nicht so gern. Er nimmt sie am Arm und fordert sie auf, ins Haus zu gehen, um ihren Großvater zu begrüßen.

Bis vier Uhr sind alle eingetroffen und das Rentner-Terzett versorgt sich mit Strom fürs E-Piano und stimmt seine Instrumente. Was sie spielen, ist nicht unbedingt das, was normalerweise aus den Lautsprechern unserer jungen Hausgemeinschaft tönt, aber Glenn Miller und Benny Goodman gefallen auch uns ganz gut. Und vielleicht ist es ja die Musik aus seiner Zeit, die den Doktor dann doch nach unten lockt.

»Guck mal, wer da kommt«, sagt Lena und stupst mich an. »Vielleicht hat deine Gardinenpredigt doch etwas bewirkt.«

»Herr Doktor«, Frau Bausch rutscht auf der Bank ein Stück zur Seite und klopft mit der Hand neben sich, »setzen Sie sich doch zu mir. Was für einen Kuchen möchten Sie denn? Lili holt Ihnen sicher gern ein Stück.«

So sieht Lili zwar nicht aus, aber sie geht ohne zu murren zum Kuchentisch und bringt dem Doktor den gewünschten Erdbeerkuchen.

»Das ist doch mal eine Musik, die uns Alten auch gefällt«, stellt Frau Bausch zufrieden fest. »Aber ich glaube, nachher setzen wir uns doch lieber auf die Stühle, die sehen mir ein wenig bequemer aus.«

Was für eine wunderschöne Stimmung, denke ich, als es später dunkel wird und der Hof nur noch von Kerzen, Fackeln und den bunten Papierlampions erleuchtet wird, die an Schnüren von Baum zu Baum gespannt sind. Alle scheinen satt und zufrieden zu sein und sich gut zu unterhalten.

Ich sehe, wie Andrea zu Karl geht und ihm etwas ins Ohr sagt. Karl berät sich kurz mit Ernst und Hugo und greift dann zum Mikrofon.

»Auf Wunsch einer einzelnen jungen Dame spielen wir jetzt das Lied ›Lili Marleen‹.«

Andrea ist zurück zu ihrem Stuhl gegangen. Sie setzt sich neben ihren Großvater, legt den Arm um ihn und lehnt ihren Kopf an seine Schulter. Die Musik spielt die schöne, altbekannte Melodie von Liebe und Abschied. Ich sitze neben Frau Bausch in der Nähe des Doktors und sehe, wie ihm zwei Tränen die Wangen hinunterrollen. Es ist das erste Mal, seit ich den Doktor kenne, dass ich etwas anderes für ihn empfinde als Ärger und Unwillen. Er tut mir leid.

»Ich glaube, der Panzer hat einen ersten Riss bekommen«, sagt Frau Bausch leise zu mir.

Frau-Federle-Tag

Bekümmert Herz
treibt selten Scherz.
(Deutsches Sprichwort)

Aber schon am Donnerstag gibt es wieder einen Anlass, sich über den Doktor zu ärgern.

Donnerstag ist Frau-Federle-Tag, heißt: Immer am Donnerstagvormittag kommt Frau Federle, um bei Dr. Deppert zu putzen. Ich habe beschlossen, ihm in dieser Zeit meinen Besuch abzustatten. Zum einen, weil ich mich mit Frau Federle bekannt machen will, zum anderen, weil es dann außer dem missgelaunten Doktor noch jemand anderen gibt, mit dem ich mich unterhalten kann.

Frau Federle ist in der Küche beschäftigt, als ich komme.

»Ich bin Saskia Liebe«, stelle ich mich vor und strecke Frau Federle die Hand entgegen. »Ich schaue ein bisschen nach dem Doktor.«

»Des hat r mr scho verzählt.« Sie streckt mir ihren Unterarm entgegen, weil sie nasse Hände hat. »Hoißet Sie wirklich Liebe?«

»Ja, wirklich«, bestätige ich.

»I kenn niemand, der so hoißt. Aber des isch en schöner Name. So däd i au gern hoiße.«

»Nun, Federle ist doch auch ganz hübsch.«

»Scho, aber s basst halt net so arg zu mir«, lacht Frau Federle und dreht sich einmal um sich selbst. »Gucket Se mi doch a. Also wie a Federle seh i ja net grad aus.« Da kann ich der stabil gebauten Frau Federle nicht widersprechen.

»Möchten Sie eine Tasse Kaffee?«, frage ich sie.

»Au ja, gern. Aber ob des dr Herr Dokter gern sieht?«

»Das nehme ich auf meine Kappe.«

»I könnt ja nebeher weiterbutze«, schlägt Frau Federle vor.

»Nein, nein, nichts da. Setzen Sie sich zu mir an den Tisch. Das ist ja sonst so ungemütlich. Eine kleine Pause ist immer gut. Dafür geht's nachher mit dem Putzen umso besser.«

»Wenn Se moined.«

Während wir am Küchentisch sitzen und Kaffee trinken, erzählt Frau Federle von ihrer Familie, ihren drei Männern, die alle eine Stelle »beim Daimler« haben, wie sie stolz berichtet, und von ihrem ersten Enkelkind, dem kleinen Jannik.

»Des isch vielleicht en goldiger Kerle, en richtiger Wonneproppe isch des. Warted Se, i han da a Foto uff meim Smartphone.«

»Ich bezahle Frau Federle nicht fürs Kaffeetrinken!«

Wir fahren erschrocken herum. Vor lauter Schwätzen und Lachen haben wir den Doktor nicht kommen gehört. Frau Federle steht auf und beginnt sofort wieder geschäftig, die Kacheln abzureiben.

»Es ist meine Schuld«, nehme ich Frau Federle in Schutz.

»Davon bin ich ausgegangen. Bisher war das hier nämlich nicht üblich. Wenn Sie Ihre Kompetenzen überschreiten und hier neue Moden einführen wollen, dann möchte ich, dass Sie das vorher mit mir besprechen.«

»Ich …«

Es erübrigt sich, weiterzusprechen, denn Dr. Deppert hat die Küchentür bereits laut und vernehmlich hinter sich geschlossen.

»Tut mir leid, dass ich Sie in eine solche Situation gebracht habe«, entschuldige ich mich bei Frau Federle. »Aber ich werde mit ihm reden. Es kann ja wohl nicht sein, dass sie nicht einmal fünf Minuten Pause machen dürfen, um eine Tasse Kaffee zu trinken. Wo sind wir denn?«

»Beim Dr. Deppert«, bemerkt Frau Federle trocken. »Jetzt handled Se sich wege mir bloß koin Ärger ei. Der beruhigt sich scho wieder. Und Nausschmeiße dud der mi gwieß net. I butz gut und des woiß r. Und dass es so schnell koi andre mit em aushält, des woiß r au. Es isch trotz allem a gute Stell. Er zahlt gut und schwätzt mr wenigschtens net in mei Arbeit nei. Viel schlimmer sind die schwäbische Superhausfraue, die a Lebelang selber butzt hen und na im Alter Hilfe brauched. Dene kasch's net recht mache. Obwohl, manchmal sin d Männer no schlimmer.«

Und dann erzählt Frau Federle vom Vermieter der ersten Wohnung, in die sie als junge Frau gezogen war. Bei ihrem Auszug hatte dieser Herr Kauderer die Wohnung genauestens inspiziert und nichts zu beanstanden gefunden. Selbst die Kontrolle auf Spuren von Schimmel in den Kachelfugen im Bad war zu seiner Zufriedenheit ausgefallen. Die beim Einzug hinterlegte Kaution sollte ihr deshalb wie vertraglich vereinbart innerhalb von drei Monaten überwiesen werden. Aber eine Woche nach der Wohnungsübergabe erhielt Frau Federle einen Anruf von Herrn Kauderer. Er sei inzwischen noch einmal in der Wohnung gewesen und habe nun doch noch Mängel festgestellt, erklärte er ihr. Zwischen den Lamellen der Heizung befinde sich Staub, die Simse außen vor den Fenstern seien schmutzig und die Rollläden nicht geputzt. Dafür wolle er hundert Mark von der Kaution einbehalten.

»I han denkt, i hör net gut. Die Rollläde han i nie runterglasse. I schlof net gern dunkel. Und was sagt der da zu mir? Der erklärt mr, dass in die Rollladekäste von obe Dreck neifliegt. Und wenn mr den Rolllade na runterlässt, na sieht mr den Dreckstreife unte am Lade. Über a Stund hätt r die Rollläde mit ra alte Zahnbürscht gschrubbt, bis es au in de Schlitz drin sauber war. Eigentlich han i a Sauwut ghett uff den Pimpelhuber, aber wo i mir de Herr Kauderer na vorgstellt han, wie der mit seira Zahnbürscht am Bode kniet und de Rolllade von dera Terrassedür bearbeitet, da han i schier lache müsse. Na ja, wie au immer. Geld hat der koins von mir gsehe. Der hat's halt probiert. Aber s Recht war uff meiner Seit. So gsehe find i de Doktor gar net so schlimm. I lass en halt bruddle und schalt uff Durchzug. Des werded Se au no lerne.«

»Hoffen wir's«, seufze ich. »Also, ich gehe dann besser wieder. Nicht dass es nochmal Ärger gibt, wenn der Doktor sieht, dass ich Sie immer noch von der Arbeit abhalte. Und wenn was ist, ich wohne einen Stock tiefer. Sie können jederzeit bei mir klingeln. War nett, Sie kennenzulernen.«

»Hat mi au gfreut«, sagt Frau Federle. »Der hat Sie gar net verdient, der alte Bruddler, so a nette, hübsche junge Frau.«

Ich lächle sie an und schließe dann leise die Küchentür hinter mir. Ich überlege, ob ich zu Dr. Deppert ins Wohnzimmer gehen soll, um mich zu entschuldigen. Aber wofür eigentlich? Anders als bei meiner letzten Auseinandersetzung fühle ich mich diesmal im Recht. Aber um das zu klären, ist wohl jetzt nicht der richtige Zeitpunkt. Ich bin wütend und aufgeregt – keine gute Ausgangsposition. Es ist sicher auch nicht gut, das zu besprechen, solange Frau Federle in der Wohnung ist. Und vielleicht sollte auch Dr. Deppert sich erst einmal wieder abkühlen. Also ziehe ich einfach leise die Tür hinter mir ins Schloss.

Wie beim letzten Streit kommt der Doktor auch diesmal nicht mehr auf die Sache zu sprechen. So sehe auch ich keinen Anlass, noch einmal davon anzufangen. Nützen würde eine Aussprache sowieso nichts.

Es geschehen noch Zeichen und Wunder

Wir lieben Menschen,
die frisch heraus sagen,
was sie denken.
Vorausgesetzt, sie denken dasselbe wie wir.
(Mark Twain)

An einem Donnerstagmorgen um halb acht klingelt es bei mir Sturm. Es ist Lena. Wie immer um diese Tageszeit sieht sie ein bisschen derangiert aus und ist in Eile. Sie wird schon wieder zu spät in die Schule kommen. Nun, ihre Schüler wird es freuen. Ich bin mir ziemlich sicher, dass sie Lenas Verspätung inzwischen einkalkulieren und ebenfalls später zum Unterricht erscheinen. Lenas Rektor ist zum Glück großzügig. Er schätzt sie als tüchtige und engagierte Kollegin und weiß, dass sie es als alleinerziehende Mutter nicht ganz einfach hat.

»Hallo Saskia. Lili ist krank. Sie hat Halsweh und ein bisschen Fieber. Nicht schlimm, aber ich will sie so nicht zur Schule schicken. Könntest du vielleicht ab und zu nach ihr sehen?«

Normalerweise hätte ich gesagt: Schick sie rüber, ich werde sie auf die Couch packen und ihr ein bisschen vorlesen. Ich bin in meinem Beruf ja recht flexibel. Aber ausgerechnet heute habe ich eine wichtige Stadtführung, eine Delegation aus Amerika für eine große Firma. Ich kann die Führung auch nicht einer anderen Stadtführerin überlassen. Ich habe schon mehrmals für diese Firma gearbeitet, und sie haben ausdrücklich nach mir gefragt.

»Tut mir echt leid, Lena, ich würde dir gern helfen. Aber heute geht's wirklich nicht. Ich kann die Führung nicht absagen.«

»Kann man nichts machen. Dann muss Lili eben sehen, wie sie alleine zurechtkommt. Ich werde zwischendurch bei ihr anrufen.«

»Warte mal.« Ich habe eine Idee. »Heute ist ja Donnerstag. Ich werde Frau Federle fragen, ob sie ab und zu mal nach Lili sehen kann. Sie ist Mutter und Oma, sie kann das bestimmt. Ich geh rauf und frag sie, ich hab ja noch eine halbe Stunde Zeit, bevor ich wegmuss.«

Lena bedankt sich und verschwindet im Laufschritt um die Ecke.

»Klar, des mach i doch gern«, sagt Frau Federle. »Solang d Kinder gsund sin, isch des ja alles koi Problem mit dene berufstätige Mütter, aber wenn oins krank wird, na kommt alles ins Schleudern. D Lili und i, mir kenned uns ja scho a bissle, wenn mr uns als im Flur oder im Hof troffe hen. Des isch ja so a herzige Krott. Aber em Herr Dokter müssed mr nadürlich Bscheid sage, sonst gibt's Ärger, wenn i von dr Arbeit drvospring.«

Der Doktor bringt den ganzen guten Plan ins Wanken.

»Das kommt gar nicht in Frage«, poltert er, »Sie sind hier als Haushaltshilfe angestellt und nicht als Kindsmagd. Wir sind nicht dazu da, die Probleme anderer Leute zu lösen, die sich nicht organisieren können.«

Aber da kommt er bei der resoluten, hilfsbereiten Frau Federle falsch an.

»Wie kann mr bloß so sei? Was kann denn die arme Frau drfür, wenn des Kind krank wird und se schaffe gange muss? Und vor allem, was kann des Kind drfür? Manche Leut müssed statt ma Herz en Stein in dr Bruscht han.«

Oh je, da hat Frau Federle sich aber weit aus dem Fenster gelehnt. Die Putzstelle würde sie wohl los sein. Aber da habe ich mich getäuscht.

»Na gut. Aber dann bringen Sie das Kind herauf«, sagt der Doktor zu mir. »Sie kann hier auf dem Sofa liegen und Frau Federle kann ab und zu nach ihr schauen. Das stiehlt ihr weniger Zeit, als wenn sie dauernd nach unten springt und dem Kind da womöglich noch Geschichten vorliest. Aber ich erwarte, dass die Kleine Ruhe gibt und hier nichts anfasst. Ist das klar?«

»Vielen Dank, Herr Doktor. Lili wird Sie nicht stören. Wenn sie krank ist, ist sie das bravste Kind der Welt«, versichere ich.

»Na ja, hoffen wir's«, brummt Dr. Deppert und verschwindet wieder hinter seiner Zeitung.

»Sie waren ja ganz schön mutig«, sage ich zu Frau Federle, als ich die Wohnzimmertür hinter mir geschlossen habe.

»Ach, wissed Se, wenn's um Kinder geht, na werd i zur Löwin. Da kenn i nix. Da leg i mi au mit em Deifel a. Des war scho bei meine Bube so.«

Wenn ich nur wüsste, wie ich Lili diese Lösung beibringen soll. Das wird tatsächlich ein Stück Arbeit. Normalerweise hätte Lili ein lautstarkes Protestgeschrei angestimmt, aber jetzt, wo sie krank ist, bricht sie in Tränen aus.

»Da geh ich nicht hin. Lieber bleib ich allein. Ich bin auch ganz brav, versprochen. Bitte, bitte, Saskia.«

Nachdem ich ihr einen Besuch in der Eisdiele versprochen habe und den größten Eisbecher der Welt, wenn sie wieder gesund ist, gibt Lili schließlich nach. Vielleicht findet sie es bei genauerer Betrachtung auch nicht besonders verlockend, den ganzen Vormittags alleine in der Wohnung zu verbringen.

»Aber ich bleib bloß da, wo die Frau Federle ist, und nicht mit dem Doktor allein im Zimmer«, erklärt sie entschlossen und zieht die Nase hoch.

Wir packen eine Tasche mit Büchern und Malzeug zusammen und gehen schnell nach oben, denn ich muss mich beeilen, wenn ich nicht zu spät zu meiner Stadtführung kommen will.

Meine Gruppe wartet schon im vornehmen Eingangsbereich der Firma, von einer jungen Mitarbeiterin bei Laune gehalten. Als sie mich kommen sieht, eilt sie mir aufgeregt entgegen.

»Wo bleiben Sie denn so lange? Wir warten schon 10 Minuten auf Sie!«

»Acht«, stelle ich mit einem Blick auf meine Armbanduhr richtig. »Tut mir leid, ein Notfall.«

»Pff«, sagt die junge Frau schnippisch, »Notfall«, und verschwindet auf ihren High Heels eilig mit einem erleichterten »bye-bye« in Richtung der Amerikanerinnen, die darauf warten, mit mir das Damenprogramm zu absolvieren.

Ich begrüße die Gruppe freundlich, stelle mich vor und entschuldige mich dann für die Verspätung. Zuerst will ich zu den üblichen Ausreden greifen, Stau oder Parkplatzsuche, entscheide mich dann aber für die Wahrheit in verkürzter und abgeschwächter Form. Die Verhandlungen mit dem Doktor lasse ich lieber aus. Ich will ja mit einer anrührenden Geschichte Sympathiepunkte einheimsen, was mir wohl auch gelingt, wie ich den teilnehmenden Gesichtern und Lautäußerungen meiner Zuhörerinnen entnehme.

Ich beginne meine Tour mit einer Sektverkostung bei Kessler. Das kommt immer gut an und hebt gleich zu Anfang die Stimmung. So gehen wir anschließend beschwingt zur Kirche St. Dionys, der sogenannten Stadtkirche, mit ihren wunderschönen Fenstern. Natürlich fallen den Frauen sofort die beiden unterschiedlichen Kirchtürme auf, und sie wollen wissen, warum die Türme durch eine Brücke verbunden sind. Ich erkläre ihnen, dass die Kirche bereits im 13. Jahrhundert erbaut wurde und man die Türme später, nämlich erst um 1600, miteinander verbunden hat, um sie zu stabilisieren.

Weiter geht's zum Alten Rathaus, das ebenfalls durch einige Besonderheiten auffällt, zunächst einmal durch das besonders schöne Fachwerk. Ich lasse die Frauen raten, warum das Fachwerk »Schwäbischer Mann« heißt. Dazu muss ich zunächst einmal erklären, was Schwäbisch bedeutet. Weil es ein schwäbischer Mann gebaut habe, vermutet eine meiner Teilnehmerinnen, und andere nicken zustimmend mit dem Kopf. In Wahrheit heißt es aber so, weil das Fachwerk so aussieht wie ein Lastenträger, der die Arme und Beine spreizt. Die nächste Überraschung wartet auf meine Gäste, als wir uns auf die andere Seite des Rathauses begeben. Während das Rathaus im 15. Jahrhundert erbaut wurde, stammt die Nordseite aus dem 16. Jahrhundert und präsentiert sich mit einer wunderschönen, fein geschwungenen roten Renaissance-Fassade. Sie hat neben der astronomischen Uhr noch etwas Besonderes zu bieten: das Glockenspiel. Das ist allerdings neueren Datums und stammt aus den zwanziger Jahren des vorigen Jahrhunderts. Punkt zwölf erklingt das Spiel der 29 Glocken, die im Dachreiter hängen, und Figuren bewegen sich dazu. Ich freue mich, dass ich es wieder einmal geschafft habe, genau pünktlich zu diesem Ereignis hier einzutreffen, das bei meinen ausländischen Gästen andächtiges Staunen hervorruft. Davon, dass der berühmte schwäbische Baumeister Heinrich Schickhardt an der Errichtung des Rathauses beteiligt war, erzähle ich bei dieser Führung nichts, denn sein Name wird meinen amerikanischen Gästen wohl nichts sagen.

Ich erkläre, dass es hier auf dem Marktplatz im Dezember einen ganz besonderen, nämlich einen mittelalterlichen Weihnachtsmarkt gibt. Weihnachtsmarkt ist für amerikanische Gäste immer wie ein Zauberwort, der Inbegriff deutscher Weihnachtsromantik. Und im August, erzähle ich, gibt es hier ein Zwiebelfest mit kulinarischen Spezialitäten. Auch den Ursprung dieses Festes gebe ich zum Besten. Früher pflanzten die Esslinger Frauen Zwiebeln unter den Weinstöcken und verkauften sie heimlich auf dem Markt – unter Umgehung der Steuern. Und eine besonders schlaue Marktfrau hat einmal dem Teufel eine Zwiebel statt eines Apfels untergeschoben und ihn mit diesem Streich endgültig aus der Stadt vertrieben. So erzählt es die Sage, und seither haben die Esslinger den Spitznamen *Zwieblinger* und sie tragen ihn mit Stolz. An dieser Stelle habe ich mit ausländischen Gästen immer ein Problem, denn wie übersetzt man das Wort *Zwieblinger* einigermaßen verständlich ins Englische? Mir ist noch keine elegante Lösung eingefallen.

Bevor wir zum Hafenmarkt weitergehen, mache ich die Gruppe auf die Burg aufmerksam, die von hier aus gut zu sehen ist. Von dort oben hätten wir einen wunderbaren Blick über die Weinberge auf die Stadt, aber der Aufstieg würde zu viel Zeit in Anspruch nehmen und einige Damen vielleicht auch, was ihre Kondition angeht, überfordern.

Also machen wir uns stattdessen auf zum Hafenmarkt, die älteste bekannte Fachwerkhäuserzeile Deutschlands mit Häusern aus dem 14. Jahrhundert, wie ich meinen staunenden Gästen stolz berichten kann.

Und noch etwas Einzigartiges habe ich ihnen zu bieten, das Gelbe Haus, den einzigen vollständig erhaltenen Geschlechterturm aus dem 13. Jahrhundert und das dazugehörige Wohnhaus, das allerdings erst nach dem Stadtbrand von 1701 erbaut wurde. Heute befindet sich das Stadtmuseum darin.

Als wir über die Innere Brücke mit ihren hübschen kleinen Geschäften gehen und ich meine Gruppe auf den unter uns vorbeifließenden Neckar schauen lasse, sehe ich, wie eine der Damen im Süßwarengeschäft verschwindet. Das darf ja wohl nicht wahr sein, denke ich verärgert, wenn das Schule macht, dann kann ich meine Leute nachher in allen Geschäften zusammensuchen und den Rest der Führung vergessen. Ich beschließe, die Abtrünnige gar nicht weiter zu beachten und mit dem Rest der Gruppe eilig weiterzugehen, bevor die anderen sich von der Idee anstecken lassen. Soll die naschsüchtige Dame doch zusehen, wie sie die Gruppe wiederfindet!

Wenige Minuten später kommt sie uns angestrengt schnaufend hinterhergerannt. Geschieht ihr ganz recht, denke ich schadenfroh.

»Please, wait a moment«, keucht sie und streckt mir ein hübsches Papiertütchen entgegen.

»For me?«, frage ich verwundert.

»Oh no, sorry. It's for your little friend«, sagt sie.

Ein Trostgeschenk für die kleine, kranke Lili, was für eine nette Idee! Ich bedanke mich überschwänglich und schäme mich ein bisschen.

Während wir zum Schelztor weitergehen, dem Torturm an der Nordwestecke der Stadt, erzähle ich, wie die Esslinger früher gelebt haben, dass sie zum Beispiel überwiegend Wein und nicht Wasser getrunken haben. Nicht, weil sie Trunkenbolde waren, sondern weil das Wasser zu dieser Zeit nicht so sauber war wie heute und deshalb Krankheiten verursachen konnte. Und Wein wuchs an den Hängen um Esslingen schon damals zur Genüge. Wegen der steilen Weinbergstaffeln nennen die Esslinger Weingärtner ihren Trollinger »Staffelsteiger«. Es ist mir aber zu kompliziert, den Amerikanerinnen zu erklären, was ein Trollinger und vor allem was Staffeln sind. Nicht einmal alle meine deutschen, nichtschwäbischen Gäste wissen, dass man unter Staffeln oder Stäffele Stufen versteht. Aber dass der Weinbau so alt ist wie die Stadt, das soll meine heutige Gruppe ruhig erfahren.

Meine Führung endet mit einem Besuch in der »Osteria«, einem italienischen Restaurant, wie der Name verrät. Schon allein der Anblick des mächtigen alten Fachwerkgebäudes, das über dem Neckar thront und dessen Eingang man nur über eine Holzbrücke erreichen kann, entlockt den Damen Entzückensschreie. Das Wetter ist heute glücklicherweise warm genug, um draußen auf der Terrasse zu sitzen, mit Blick auf einen träge vorbeifließenden Neckararm. Wie immer ist das Lokal gut besucht. Aber aus Erfahrung klug geworden, habe ich für meine Gruppe Tische reservieren lassen. Ich möchte die Damen natürlich nicht drängen. Sie haben sich die Pause redlich verdient, um die vielen neuen Eindrücke verarbeiten zu können. Aber ich bin doch froh, als ich sie wieder zur Firma zurückgebracht habe, denn ich will die Geduld des Doktors nicht überstrapazieren.

Wieder zu Hause steige ich gleich die Treppe zu Dr. Depperts Wohnung hinauf. Frau Federle kommt mir schon im Flur entgegen, den Finger auf die Lippen gelegt.

»Se schloft«, sagt sie leise.

»Und, wie ging's?«, frage ich flüsternd und folge Frau Federle auf deren Wink in die Küche.

»Wenn i Ihne des verzähl, des glaubed Se net.«

»So schlimm?«

»Schlimm? Ach was, die isch doch so lieb, die Kloine. Die hat ganz brav ihre Bücher aguckt und koin Muckser gmacht. I glaub, se hat a bissle Angst vor em Dokter ghabt. Na ja, der kann so ma kloine Menschle ja au Angscht mache. Und wie i a halbe

Stond später leise die Dür zum Wohnzimmer uffmach, da seh i, wie der bei dera Kloine uff em Sofa sitzt und ra was von ra Safari in Afrika verzählt. Die hat Auge und Ohre uffgsperrt, wo se die Gschichte von Elefante und Giraffe und Nashörner ghört hat. I han erscht denkt, i träum«, lacht Frau Federle.

»Das ist ja wunderbar. Vielen Dank, Frau Federle.«

»Nix zum danke. Sie könned die Kloine ruhig amol wieder abgebe. I mag se. Und i glaub, dr Herr Dokter au. Zugebe wird r des nadürlich net. Aber so freundlich han i den no nie gsehe, und i schaff jetzt scho länger als a Johr bei em.«

»Es geschehen noch Zeichen und Wunder. Also, ich geh dann mal.«

Dr. Deppert sitzt lesend in seinem Sessel am Fenster. Als er mich sieht, legt er wie vorhin Frau Federle einen Finger an den Mund. Dann steht er auf und geht mit mir in den Flur. Die Wohnzimmertür schließt er leise hinter sich.

»Ich möchte Lili abholen«, erkläre ich. »Vielen Dank, dass sie bei Ihnen bleiben durfte. Ich hoffe, sie war brav.«

»Sie schläft gerade. Das ist das Beste, wenn Kinder krank sind. Da werden sie am schnellsten wieder gesund. Das war bei Andrea auch so. Ich möchte sie nicht wecken. Wissen Sie was? Ich schicke Frau Federle mit ihr runter, wenn sie wach ist. Und falls Frau Federle schon weg ist, wenn Lili aufwacht, dann bringe ich sie selber hinunter«, schlägt Dr. Deppert vor.

»Nun, wenn Ihnen das nichts ausmacht. Aber ich möchte ihre Freundlichkeit nicht überstrapazieren.«

»Ach, wissen Sie«, sagt der Doktor und schmunzelt, »meine Freundlichkeit habe ich ja nun lange geschont. Die muss das jetzt aushalten können.«

Er hat tatsächlich Humor, der Herr Doktor, auch wenn er ihn lange gut versteckt hat. Ich lächle. »Wenn Sie meinen.«

Ich lächle immer noch, als ich die Treppe hinuntergehe und meine Wohnungstür aufschließe.

Ein Mann der Überraschungen

In Freiheit mit Blumen, Büchern und dem Mond –
wer könnte da nicht glücklich sein?
(Oscar Wilde)

»Philipp!«

Er steht ein wenig verlegen vor meiner offenen Wohnungstür und streckt mir eine Weinflasche entgegen.

»Suchst du einen Mittrinker? Nun, dann komm rein«, frotzle ich und bringe ihn damit offensichtlich noch mehr in Verlegenheit.

»Oh, nein, nein, das ist ein ... ein Missverständnis. Der Wein ... ist ein Geschenk.«

»Ein Geschenk?«, wundere ich mich. »Ich hab aber gar keinen Geburtstag oder so was.«

»Ist für einen ... Gefallen«, erklärt Philipp.

Jetzt verstehe ich gar nichts mehr. »Ich hab dir doch gar keinen Gefallen getan.«

»Noch nicht.« Philipps Gesicht färbte sich leicht rosig. »Also ... das war jetzt total ... total bescheuert von mir.«

»Jetzt komm erst mal rein. Wir müssen das ja nicht an der offenen Tür besprechen«, sage ich und nehme ihm die Weinflasche ab, die er mir noch immer am ausgestreckten Arm entgegenhält. »Nicht, dass dein Arm noch lahm wird.«

»Ich will aber nicht ...«

»Du störst nicht. Ich hab gerade meine Kaffeemaschine in Gang gesetzt. Komm, setz dich und trink eine Tasse mit.«

»Wenn du meinst.« Philipp setzt sich zögerlich auf einen Küchenstuhl.

»Was ist denn jetzt so bescheuert von dir?«, will ich von ihm wissen.

Nach mehreren Anläufen und etlichen gestammelten Sätzen habe ich endlich verstanden, was Philipp von mir will – mich um einen Gefallen bitten. Aber da er die Weinflasche mitgebracht hat, bevor ich ihm den Gefallen tun konnte, hat er mir ja fast die Möglichkeit genommen, ihm seine Bitte abzuschlagen. Daran hatte er nicht gedacht.

»Ist doch kein Problem, wenn ich dir den Gefallen nicht tun kann oder will, dann nimmst du die Weinflasche einfach wieder mit.«

»Auf keinen Fall!«

»War doch nur Spaß. Aber jetzt erzähl erst mal, um was es eigentlich geht.«

Am liebsten hätte ich ihm statt des Kaffees von dem mitgebrachten Wein eingeschenkt. Der hatte beim letzten Mal Philipps Zunge gelöst. Aber es ist noch zu früh am Tag. Und etwas in die Schränke einzuräumen gibt es inzwischen auch nicht mehr.

Philipp erklärt mir, er müsse am Samstagvormittag bei einer Haushaltsauflösung den Buchbestand sichten. Normalerweise mache er so etwas nicht in der Geschäftszeit, aber der Kunde hatte ihm gesagt, er habe nur am Samstag zwischen zehn und zwölf Zeit, und die Sache klang vielversprechend. Nun sei der Samstagvormittag aber ausgerechnet Philipps umsatzstärkste Zeit, deshalb wolle er den Laden nur sehr ungern schließen. Aber von seinen Freunden habe leider keiner Zeit – und abgesehen davon auch nicht viel Ahnung von Büchern.

»Und da dachte ich ... Da wollte ich ...«

»Mich fragen, ob ich in der Zeit auf deinen Laden aufpassen kann. Ist doch kein Problem. Und von Büchern verstehe ich ja ein bisschen was.«

»Ehrlich?«

»Ja, sicher, ich hab doch Germanistik studiert.«

»Nein, ich meine ... du, du würdest das ehrlich machen?«

»Klar, warum denn nicht.«

»Oh Saskia, das ist toll. Du bist meine ... meine Rettung.«

Wir sitzen noch eine Weile vor unseren Kaffeetassen und ich versuche, ein Gespräch in Gang zu bringen. Wir verabreden, dass ich am Samstag um neun Uhr da sein soll, damit Philipp mir alles zeigen kann, bevor er zu seinem Termin gehen muss.

Schließlich steht er auf und macht aus Versehen Anstalten, die Weinflasche gleich wieder mitzunehmen.

»Krieg ich die jetzt doch erst hinterher?«

»Was? Wie?«

»Den Wein«, sage ich und deute auf die Flasche.

»Oh, nein, natürlich nicht.« Er stellt die Flasche verlegen zurück auf den Tisch, gibt sich dann sichtlich einen Ruck und drückt mir einen Kuss auf die Wange. »Danke. Tja, also ... dann bis Samstag.«

Was war das denn? Ich schließe kopfschüttelnd die Tür hinter Philipp. Was für ein verrückter, verschusselter Kerl, denke ich, aber irgendwie sympathisch.

Sein Laden befindet sich im Erdgeschoss eines alten Fachwerkhauses. Auf der Glastür steht in altmodischen Buchstaben »Philipps Bücherstube«. Ich stelle zufrieden fest, dass »Philipps« ohne Apostroph zwischen dem P und dem S geschrieben ist, so wie es sich im Deutschen gehört, was aber anscheinend bei den meisten Menschen in Vergessenheit geraten ist. Sie bedienen sich lieber der englischen Schreibweise. Dr. Deppert würde sich freuen, bei Philipp auf einen Retter der deutschen Sprache zu stoßen.

Das Schaufenster ist hübsch dekoriert, mit Büchern natürlich, überwiegend alten Ausgaben, aber auch einigen neuen, vor allem Bildbänden, und dazwischen liegen verschiedene Gegenstände, die zu den ausgestellten Büchern passen, bei einem Reiseführer zum Beispiel ein altes Fernrohr, neben einem nautischen Buch ein Sextant und bei einem Bildband über Oldtimer ein Spielzeugauto aus Blech.

Rechts neben der Eingangstür steht ein »Wühltisch«. Ich kann nicht widerstehen und stöbere ein bisschen darin herum. Das Angebot ist kunterbunt und ziemlich willkürlich gemischt. Eine ältere Ausgabe von Steinbecks »Früchte des Zorns« steht einträchtig neben einem Roman von Charlotte Link. Die Preise bewegen sich moderat zwischen zwei und fünf Euro.

Als ich die Ladentür öffne, ertönt ein angenehmer Klingelton. Ich schaue mich neugierig um. Das, was ich sehe, hätte ich nach dem Wühltisch vor der Tür nicht erwartet. Links von mir befindet sich eine Ladentheke aus dunklem Holz, auf der eine imposante, goldglänzende alte Registrierkasse steht. Ringsum an den Wänden reihen sich deckenhohe Regale, bis oben angefüllt mit Büchern. Die Orientierung wird durch dunkelgrüne Holzschilder an der oberen Abschlussleiste der Regale erleichtert, die mit goldenen Buchstaben verkünden: »Klassiker von A bis Z«, »Zeitgenössische Literatur«, »Bildbände«, »Lyrik«, »Reisen«, »Fremdsprachen« ... In der Mitte des Raums steht ein schwerer alter Holztisch mit kunstvoll gedrechselten Beinen, auf dem diverse Bücher liegen, zum Teil aufgeschlagen, um die schönen Illustrationen oder Fotos sichtbar zu machen. Rechts hinten in der Ecke entdecke ich einen mit flaschengrünem Samt bezogenen Ohrensessel, daneben einen kleinen runden Tisch aus dunklem Holz mit einer altmodischen Leselampe. Ob das Buch immer dort liegt, zur Dekoration sozusagen, oder ob ein Kunde es dort liegen gelassen hat, kann ich nicht sagen, jedenfalls wirkt der Platz sehr einladend. Neben der gemütlichen Leseecke öffnet sich jetzt ein schwerer Vorhang, und Philipp kommt heraus.

»Saskia, da bist du ja.«

»Bin ich zu spät?«

»Aber nein, kein bisschen.«

»Dein Laden sieht ja toll aus, richtig geschmackvoll und edel, die Regale, die Schilder und die alte Registrierkasse; die muss ja ein Vermögen gekostet haben. Funktioniert die denn noch?«

»Nun ja, ganz billig war sie nicht, aber auch nicht teuer. Ich hab sie bei einer Entrümpelung entdeckt. Der Erbe des Ganzen hielt sie für altes Glump, und ich habe keine Veranlassung gesehen, ihn aufzuklären«, schmunzelt Philipp. »Sie funktioniert zwar noch, aber ich darf sie heutzutage leider nicht mehr benutzen. Das Finanzamt hat was dagegen. Deshalb steht die hier.« Er deutet auf eine andere, kleinere Kasse, die etwas versteckt hinter einem Bücherstapel steht.

»Nimm's mir nicht übel«, sage ich, »aber nach dem Wühltisch vor deiner Tür hätte ich dieses noble Ambiente hier drin gar nicht erwartet.«

Philipp lacht. »Na ja, das musste ich auch erst lernen. Der Tisch draußen ist mein Lockvogel. Es gibt Leute, die wühlen lieber, als vor sorgfältig geordneten Bücherwänden zu stehen. Und ein paar Euro für ein Buch haben die meisten übrig. Sie kommen in den Laden, um zu bezahlen, und dann schauen sie sich um und gehen manchmal mit ein paar Büchern nach Hause, obwohl sie eigentlich gar nicht vorgehabt hatten, eins zu kaufen. Mein Angebot ist breit, vom Schmöker für ein paar Euro bis zum Buch aus dem achtzehnten Jahrhundert für ein paar Tausend. So ein kostbares Buch sucht dann den echten Kenner.«

In diesem Augenblick fällt mir auf, dass Philipp während des gesamten Gesprächs noch kein einziges Mal gestammelt hat. Ich schaue ihn erstaunt an. Hat er einen Zwillingsbruder?

»Ist was? Ich meine, hab ich ... also, ist irgendwas nicht in ... in Ordnung?«

»Alles okay«, versichere ich schnell und wende meine Augen von ihm ab, die ihn offensichtlich irritieren. »Ich bin nur völlig sprachlos, wie toll dein Laden aussieht. Auch dein Schaufenster, echt super.«

»Danke.«

»Dekorierst du es etwa selbst?«

»Klar, einen Profi-Dekorateur könnte ich mir gar nicht leisten. Ich dekoriere oft um, damit die Leute, die öfter hier vorbeilaufen, immer wieder einen Grund haben, stehenzubleiben und reinzuschauen. Beim Entrümpeln und auf dem Flohmarkt entdecke ich immer wieder Sachen, die sich gut zum Dekorieren eignen. Inzwischen habe ich schon einen ganzen Fundus. Soll ich dir jetzt mal alles zeigen, damit du nachher Bescheid weißt?«

»Gern.«

Philipp zeigt mir, wo ich alles finden kann und wie ich die Kasse bedienen muss.

»Wie du siehst, verkaufe ich nicht nur alte Bücher, sondern habe auch modernes Antiquariat, vieles praktisch neuwertig. Aber weil es Restbestände oder Remittenden sind, konkurrenzlos günstig. Die gängigen Neuerscheinungen habe ich auch, aber mein Angebot da ist nicht groß. Die aktuellen Bestseller können die Leute heute ja schon im Supermarkt kaufen. Und ich nehme auch Bestellungen entgegen. Die Bücher sind dann am nächsten Tag da und können abgeholt werden. Falls jemand nachfragt, die Kiste mit den bestellten Büchern steht hinter der Theke, siehst du? Aber grundsätzlich bin ich immer auf der Suche nach etwas Besonderem, das, was normale Buchhandlungen nicht haben. Manche Kunden kommen zum Beispiel zu mir, um etwas Ausgefallenes über ihr Hobby zu finden oder einen schönen Bildband zum Verschenken. Ich will sie zum Stöbern verführen. Nicht nur das Lesen soll Freude machen, sondern schon das Auswählen, das Blättern, das Suchen. Auch beim Essen und Weintrinken fängt der Genuss doch schon beim Riechen und Kosten an, und das kann das Internet nicht bieten. In Bücher, die mir selbst besonders gut gefallen, stecke ich meine persönliche Besprechung und Empfehlung, handgeschrieben, siehst du?« Er deutet auf ein dickes Buch, das auf dem Büchertisch liegt und aus dem ein Zettel herausschaut. »Ach so, fast hätt ich's vergessen: Falls du einen Kaffee willst, die Maschine steht in dem kleinen Kabuff hinter dem Vorhang. Genauso Zucker und Milch und auch ein Stück Kuchen, falls du Hunger kriegst«, erklärt Philipp und schiebt den Vorhang zur Seite. Außer einem kleinen Tisch mit der Kaffeemaschine sind jede Menge Kartons in dem Raum gestapelt. »Nachschub«, lacht Philipp, als er meinen erstaunten Blick sieht. »Ich kann so schlecht Nein sagen, wenn es um Bücher geht.«

»Musst du die alle noch sortieren?«

»Klar. Aber manchmal stelle ich auch einen Karton unsortiert hinten in die Ecke für die Leute, die gern stöbern. Da habe ich dann schon Arbeit gespart, muss die Bücher nicht auszeichnen, in die Regale stellen oder ins Internet. Hast du noch Fragen?«

Ich schüttle den Kopf. »Nein, ich glaube, es ist alles klar. Aber sag mal, hier steckt doch ein Vermögen drin.«

»Na ja, ein Vermögen nicht gerade, aber ein kleines Erbe von meiner Lieblingstante, die genauso ein Faible für Bücher hatte wie ich. Ihre Bibliothek war mein Grundstock. Und etwas Geld hat sie mir glücklicherweise auch vermacht. Damit hab ich die Regale gekauft und die Miete in den ersten Monaten bezahlt, bevor der Laden sich getragen hat. So, jetzt muss ich aber los. Wenn was ist: Du kannst mich jederzeit auf meinem Handy anrufen. Also dann, bis später.«

»Halt, warte, deine Handynummer.«

Philipp schreibt sie schnell auf einen Zettel und verschwindet mit einem Klingeln durch die Tür.

Ich werde einfach nicht schlau aus ihm. Wo ist der Philipp geblieben, den ich bisher kannte? Nicht, dass ich ihn vermisst hätte! Aber warum ist er in meiner Gegenwart bisher so schüchtern gewesen und plötzlich kann er reden wie ein Buch? Liegt es an der Umgebung, daran, dass er sich hier kompetent und sicher fühlt? Oder daran, dass er vor lauter Begeisterung das Stottern vergisst? Aber wir können unsere Gespräche deshalb doch nicht immer in sein Antiquariat verlegen.

Was für eine Woche: Zuerst entdecke ich an Dr. Deppert ganz neue Seiten, und dann kann Philipp plötzlich flüssige Sätze formulieren.

Ein Geschenk für Saskia

Kleine Geschenke erhalten die Freundschaft.
(Deutsches Sprichwort)

Auf die Woche der menschlichen Überraschungen folgt die Woche der Geschenke.

Als ich am Mittwochabend meinen Briefkasten öffne, fällt mir ein kleines flaches Päckchen entgegen. Es ist in weißes Glanzpapier verpackt und trägt eine dicke rote Seidenschleife, aber keinen Namen, keine Adresse und keinen Absender. Jemand muss es eigenhändig in meinen Briefkasten gesteckt haben. Ich beeile mich, in meine Wohnung zu kommen, um das Rätsel zu lösen.

Als ich das Papier entferne, liegt obenauf eine Karte mit dem Aufdruck »Danke«. Ich drehe sie neugierig um und lese:

Liebe Saskia,

hier kommt ein kleines Dankeschön für Deinen Einsatz am Samstag. Ich hatte den besten Tagesumsatz des vergangenen Monats. Keine Ahnung, wie Du das gemacht hast, wahrscheinlich mit Deinem Charme und Deinen hübschen, grünen Augen. (Der Mann kann ja Komplimente machen, wenn er statt seiner Zunge einen Stift benutzt!) *Herzlichen Glückwunsch! Ich hoffe, die DVD macht Dir Freude.*

Liebe Grüße
Dein Philipp

Ob ich mich freue? Und wie ich mich freue! Ich war in Philipps Laden auf Bücher von John Steinbeck gestoßen und hatte Philipp erzählt, dass er einer meiner Lieblingsautoren ist und sein Buch »Von Mäusen und Menschen« lange Zeit mein absolutes Lieblingsbuch war. Und dass ich vor vielen Jahren eine alte Verfilmung dieses Buchs im Fernsehen gesehen habe, ein großartiger Film mit einem Schauspieler namens Peer Schmidt in der Hauptrolle und vielen anderen damals wohl bekannten Schauspielern, wie Mama mir erzählte. Da der Film älter ist als ich selbst, sagen die Namen mir nichts. Ich habe vergeblich auf eine Wiederholung des Films gewartet, und das, wo jeder Mist schon nach einem Jahr wiederholt wird. Davon habe ich Philipp erzählt. »Es ist die schönste Geschichte über Freundschaft, die ich je gelesen habe«, habe ich ihm erklärt. »Anrührend, zum Weinen traurig und wunderschön.«

Am liebsten möchte ich die DVD gleich einschieben und es mir mit einem Glas Wein und ein paar belegten Broten auf dem Sofa bequem machen, aber zuerst muss ich mich bei Philipp bedanken. Hoffentlich ist er schon zu Hause.

Er ist nicht nur zu Hause, er ist sogar schon im Schlafanzug – und ob dieser Tatsache sichtlich verlegen, als er mir die Tür öffnet. Ich finde, dass er nett aussieht in seiner kurzen Schlafanzughose. Es gibt ihm etwas Jungenhaftes.

»Oh Saskia, du? Wenn ich gewusst hätte … Ich hab gerade geduscht und da dachte ich … mach ich mich doch gleich … ich meine, fertig fürs Bett.«

»Hey, ist doch voll okay. Mach ich auch oft so, wenn ich abends nach Hause komme. Außerdem bist du ja nicht nackt. Schicker Schlafanzug übrigens. Aber jetzt zur Sache.« Ohne Vorwarnung falle ich Philipp um den Hals und drücke ihn. Das bringt ihn offensichtlich noch mehr in Verlegenheit, vor allem, da ich durch den dünnen Stoff der Hose spüren kann, dass meine Umarmung nicht ohne Folgen für ihn bleibt. Das war nun wirklich nicht meine Absicht. Meine Umarmung war ganz freundschaftlich gemeint und nur meiner Freude und Dankbarkeit geschuldet. »Entschuldige, aber das musste sein. Ich hab mich so doll gefreut. Vielen, vielen Dank!«

»Ach was, keine Ursache. War ja nicht so schwierig, ich meine, wozu … also wozu gibt's schließlich Internet.«

»Kennst du den Film?«

»Nein, leider nicht. Nur das Buch und das … das finde ich … auch sehr gut.«

»Ich kann dir die DVD ja mal ausleihen. Das heißt, ich hab da eine viel bessere Idee: Wir könnten uns den Film doch zusammen anschauen. Dann hätte ich gleich jemanden, der mir ein Taschentuch reicht und mich tröstet«, lache ich.

»Im Ernst?«

»Klar.«

»Jetzt gleich?«

»Warum nicht? Oder willst du lieber schlafen gehen?«

»Nein, nein. Ich zieh mir nur schnell ... also was an, während du ... die, die DVD holst.«

»Quatsch, ist doch viel gemütlicher im Schlafanzug.«

»Willst du deinen auch gleich ...?« Philipp wird rot. »Unsinn. Wollt ich gar nicht sagen. Dachte nur, weil du gesagt hast, also, dass es ... im Schlafanzug gemütlicher ... Ach, vergiss es!«

»Schon passiert. Ich bringe noch eine Flasche Wein mit und was zu knabbern. Bin gleich wieder da.«

Es wird ein gemütlicher Abend auf Philipps durchgesessenem Sofa. Ich bin sehr froh, dass Philipp während des Films keine Zwischenbemerkungen macht. Es hätte mich gestört. Und es ist mir kein bisschen peinlich, als ich am Schluss wirklich ein paar Tränen vergieße. Philipp reicht mir ganz selbstverständlich ein Taschentuch und legt mir schüchtern seinen Arm um die Schulter. Es fühlt sich gut an.

»Das ist schrecklich mit mir. Wenn es in einem Film traurig oder rührselig wird, dann muss ich immer heulen. Kennst du den ›Kleinen Lord‹, die alte Verfilmung mit Alec Guinness, meine ich? Ich schau mir den Film jedes Jahr vor Weihnachten an. Den hab ich bestimmt schon zehnmal gesehen. Ich kann die Dialoge schon auswendig mitsprechen. Aber jedes Mal, wenn die Mutter an Heilig Abend hinter dem Christbaum auftaucht, krieg ich feuchte Augen. Ist das nicht verrückt?«

»Ich glaube, das ist halt ... ich meine, bei Frauen ist das wohl so.«

»Hey«, ich stupse ihn freundschaftlich in die Seite, »du bist wohl ein heimlicher Frauenversteher.« Als ich seinen betretenen Gesichtsausdruck sehe, hätte ich den Satz gern zurückgenommen. Warum muss ich den armen Kerl bloß immer in Verlegenheit bringen? »Klar bist du einer, sonst hättest du mir ja die tolle DVD nicht geschenkt. Hat dir der Film gefallen?«

»Sehr«, sagt er. »Nicht nur der Film, also überhaupt alles, heute Abend, meine ich.«

»Du meinst, zusammen auf dem Sofa sitzen und im Schlafanzug einen Film angucken?«

»Auch ohne Schlafanzug.«

»Na, du bist mir ja einer«, rutscht mir heraus.

»Nein, nicht so, wie du … also, wie du jetzt denkst. Im Schlafanzug oder angezogen … mein ich. Ist egal«, versucht Philipp das Missverständnis aus der Welt zu schaffen.

»Ich hab dich schon verstanden. Es klang nur gerade so lustig. Aber ich glaube, ich geh dann mal. War schön bei dir. Und vielen Dank nochmal.«

»Ich sag Danke.« Philipp schließt leise seine Wohnungstür hinter mir.

Als ich am nächsten Morgen meinen Laptop öffne, finde ich dort eine E-Mail von Philipp.

Liebe Saskia,

vielen Dank für den schönen Abend mit Dir. Ich bin froh, dass Du mich auf den Film aufmerksam gemacht hast, er ist wirklich sehenswert. Meistens enttäuschen mich Literaturverfilmungen, vor allem, wenn es sich bei den verfilmten Büchern um Lieblingsbücher von mir handelt. Ich habe beim Lesen Bilder im Kopf, die ich dann im Film nicht wiederfinde, natürlich nicht, jeder hat beim Lesen schließlich andere Bilder vor Augen, auch der Regisseur. Aber die Verfilmung von »Von Mäusen und Menschen« hat mir sehr gut gefallen.

Alles hat mir gestern Abend gut gefallen. Auch dass Du ein bisschen weinen musstest. Es ist natürlich nicht schön, wenn Dich etwas traurig macht, aber es zeigt, dass Du ein Mensch mit Herz und Gefühl bist. Ich leihe Dir gerne wieder einmal mein Taschentuch. Ich gehöre zu den altmodischen Männern, die immer eins in der Hosentasche haben – aus Stoff, versteht sich.

Ich wünsche Dir einen schönen Tag.

Dein Philipp

Was für eine nette Mail, denke ich. Aber irgendwie auch seltsam. Da wohnen wir nun im selben Haus und Philipp braucht nur ein Stockwerk zu überwinden, um mir all das persönlich zu sagen, aber stattdessen schreibt er mir lieber eine Mail. Andererseits – es wäre ziemlich anstrengend für uns beide, bis Philipp mir das mündlich gesagt hätte. Es sei denn, wir gingen in sein Antiquariat.

Lieber Philipp,

vielen Dank für Deine nette Mail. Es freut mich, dass wir in puncto Bücher und Filme anscheinend den gleichen Geschmack haben – soweit man das nach einem Buch und einem Film sagen kann. Wir können ja mal weiter testen. Jedenfalls hat es auch mir gestern Abend auf Deinem Sofa sehr gut gefallen.

Später will ich zum Doktor hinaufgehen. Hoffentlich geht Dein Wunsch in Erfüllung und es wird ein schöner Tag. Ich weiß ja nicht, ob sein Stimmungsumschwung von neulich noch anhält. Ich wage es kaum zu hoffen.

Auch Dir einen schönen Tag.

Deine Saskia

Und noch ein Geschenk

Um meine Jugend zurückzuerhalten,
würde ich alles auf der Welt tun,
außer Leibesübungen, früh aufstehen oder ehrbar werden.
(Oscar Wilde)

Ich schaue auf die Uhr. Es ist erst halb acht. Früh genug, um noch zwei Stunden zu arbeiten, bevor ich den Doktor besuche. Auf dem Couchtisch liegen die Korrekturfahnen, die gestern gekommen sind, und warten darauf, dass ich sie bearbeite. Ich beschließe, sie mit in meinen kleinen Garten zu nehmen. Die Sonne strahlt von einem stahlblauen Himmel und die Luft ist noch angenehm frisch. Arbeit am Laptop ist wegen der Lichtverhältnisse im Freien manchmal schwierig, aber mit den Korrekturfahnen ist das kein Problem.

Der Garten hat sehr gewonnen, seit Papa vor vierzehn Tagen mit seinen Gartengeräten angerückt ist. Eigentlich wollte ich mir nur eine Schere und eine Hacke von ihm ausleihen. Aber Papa hat es sich nicht nehmen lassen, gleich selbst Hand anzulegen. Jetzt sind die Büsche gestutzt und in der Ecke, in der das Unkraut vorher kniehoch stand, blühen weiße Margeriten. Gut, sie stinken ein bisschen, ich musste den Tisch ein Stück zur Seite rücken. Rosen zu pflanzen wäre vielleicht sinnvoller gewesen, aber bei Lidl waren nur Margeriten im Angebot, und ich muss auf meinen Geldbeutel achten. Apropos Geldbeutel: Mein Beruf ist sicher nicht sehr einträglich, aber wer kann schon an einem herrlichen Sommertag wie heute seine Arbeit im Freien erledigen, nicht wie ein Dachdecker oder Gärtner im Schweiße seines Angesichts, sondern ganz gemütlich mit einem Glas Eistee und einem Stift in der Hand am Gartentisch sitzend. So hat eben alles im Leben zwei Seiten.

»Guten Morgen, Frau Liebe«, sagt der Doktor und schaut von seiner Kaffeetasse auf, als ich das Zimmer betrete. Die Tageszeitung liegt neben seinem Teller. Das Frühstück macht er sich immer selbst, außer donnerstags, wenn Frau Federle kommt. »Trinken Sie eine Tasse mit mir?«

Es ist das erste Mal, dass der Doktor mich dazu auffordert.

»Gern.« Ich hole mir eine Tasse aus dem Schrank und schenke mir Kaffee ein. »Ihr Kaffee schmeckt gut«, stelle ich fest.

»Das wundert Sie wohl? Na ja, auch im Alter kann man noch einiges lernen, wenn man muss. Und wenn ich mir meinen Kaffee schon selbst kochen muss, dann soll er wenigstens schmecken.«

Ich werfe ein, dass ich ihm angeboten habe, ihm morgens das Frühstück zu richten.

»Das war nicht als Kritik gemeint«, stellt er fest. »Möchten Sie etwas essen? Es ist alles im Kühlschrank.« Ich lehne dankend ab.

»Ich hab da was für Sie.« Er schiebt ein kleines Päckchen zu mir herüber. Es ist in buntes Geschenkpapier verpackt, dem man ansieht, dass es schon einmal benutzt wurde, und das den ungeübten Verpackungskünstler erkennen lässt. »Zum Geburtstag«, erklärt er.

»Wie kommen Sie darauf, dass ich heute Geburtstag habe?«

»Von meiner Frau«, erklärt Dr. Deppert.

Ich sehe ihn erschrocken an. Seine Frau ist seit mehr als zwei Jahren tot. Beginnt er, dement zu werden? Kommt daher seine Charakterwandlung? Ich weiß, dass manche Menschen aggressiv werden, wenn sie Demenz bekommen, vielleicht gibt es auch den umgekehrten Verlauf. Es ist zwar angenehm, vom Doktor inzwischen freundlich behandelt zu werden, aber es ist den Preis der geistigen Verwirrung nicht wert, finde ich.

»Was schauen Sie mich so an? Heute ist der Geburtstag meiner Frau.«

Fast hätte ich »Herzlichen Glückwunsch« gesagt, aber ich merke gerade noch rechtzeitig, wie unpassend das klingt.

»Das ist sicher ein schwerer Tag für Sie«, sage ich stattdessen.

»Nicht viel schwerer als jeder andere, seit sie nicht mehr da ist. Ich denke ja ohnehin jeden Tag an sie und vermisse sie. Aber Sie haben schon recht, es ist ein besonderer Tag.«

»Ich verstehe nur nicht, warum Sie mich beschenken, wenn Ihre Frau Geburtstag hat.«

»Nun, meine Frau kann ich ja nicht mehr beschenken. Und sie hatte die Angewohnheit, an ihrem Geburtstag anderen Menschen ein Geschenk zu machen, solchen, die sie gern mochte.«

»Eine schöne Angewohnheit. Aber Ihre Frau und ich, wir haben uns doch gar nicht gekannt.«

»Das macht nichts. Ich weiß, dass sie Sie gemocht hätte. Nun machen Sie's doch nicht so kompliziert und packen sie das Päckchen endlich aus«, fordert er mich ungeduldig auf.

Ich folge der Aufforderung. Das Geschenkpapier gibt ein schmales, in rotes Leder gebundenes Bändchen frei. »Rainer Maria Rilke – Gedichte« ist in Goldbuchstaben auf dem Deckel eingeprägt.

»Philipp hat mir verraten, dass Sie Rilke mögen und mir das Büchlein besorgt. Ich dachte, ein Buch wäre das Richtige für Sie. Bestimmt haben Sie die Rilke-Gedichte schon, wenn Sie ihn so mögen, aber es ist eine schöne alte Ausgabe. Ich hoffe, Sie können die alte Schrift lesen.«

»Oh ja. Es ist eine wunderschöne Ausgabe, eine richtige Kostbarkeit. Vielen Dank, Sie machen mich ganz verlegen. Womit hab ich das verdient?«

»Oh, das wissen Sie ganz gut, meine Liebe, Sie haben viel Geduld mit mir gehabt in den letzten Wochen. Ich war nicht gerade ein Ausbund an Liebenswürdigkeit«, schmunzelt der Doktor.

»Na ja, ich auch nicht, wenn ich daran denke, was ich Ihnen da neulich an den Kopf geworfen habe. Das war sehr ungerecht. Andrea hat mir erzählt, dass Sie ein liebevoller Großvater waren.«

»Kann man sich gar nicht vorstellen, was?«

Ich lache. »Doch, seit ich Sie neulich mit der kranken Lili erlebt habe, schon.«

»Sie ist ein liebes kleines Mädchen. Nun ja, wenigstens, wenn sie krank ist«, schränkt er ein. »Da sind sie ja meistens ein bisschen in ihrem Temperament gebremst. Das war bei Andrea auch immer so.«

»Möchten Sie den Tag lieber alleine verbringen oder hätten Sie bei dem schönen Wetter Lust auf einen kleinen Ausflug?«, frage ich vorsichtig.

»Ein Ausflug? Wohin?«, will der Doktor wissen.

»Ach, nichts Großartiges. Ich kenne ein nettes Café. Da gibt es sehr gute Kuchen, und wir könnten heute draußen im Garten sitzen. Ich glaube, es könnte Ihnen gefallen. Und wenn Sie wollen, können wir danach einen kleinen Spaziergang machen. Aber nur, wenn Sie wollen.«

»Das hört sich alles sehr gut an«, lächelt Dr. Deppert. »Das hätten wir beide vor vierzehn Tagen auch noch nicht gedacht, dass wir einmal Lust hätten, zusammen einen Ausflug zu machen, stimmt's?«

»Na ja.«

»Soll ich nach dem Mittagsschlaf zu Ihnen hinunterkommen?«, fragt der Doktor.

»Ich kann Sie auch abholen. Rufen Sie mich einfach kurz an.«

»Nun machen Sie mich nicht älter, als ich ohnehin schon bin, junge Frau. Die paar Treppenstufen schaffe ich gerade noch.«

Kurz nach halb drei schellt es. Ich habe kaum die Tür geöffnet, als auch die Wohnungstür nebenan aufgeht und Lili den Kopf herausstreckt. Sie hat Ohren wie ein Luchs.

»Hallo Saskia, gehst du fort?«

Die kleine Spionin hat gleich gesehen, dass ich Straßenschuhe trage.

»Das heißt: hallo, Herr Doktor Deppert, hallo, Saskia. Oh«, sage ich dann mit einem Seitenblick auf den Doktor, »eigentlich heißt es ›Guten Tag‹.«

»Was?«

»Lassen Sie nur, das ist schon in Ordnung«, meint der Doktor.

»Gehst du weg?«, will Lili wissen.

Normalerweise wäre jetzt die Fortsetzung »Kann ich mit?« gekommen. Aber auf einen gemeinsamen Ausflug mit dem Doktor legt Lili vermutlich keinen gesteigerten Wert.

»Ja, ein bisschen spazieren gehen«, sage ich vorsichtshalber, denn auf Spaziergänge ist Lili nicht sonderlich erpicht, auf Kuchenessen schon.

»Warte mal«, ruft Lili und rennt zurück in ihre Wohnung. Wenig später ist sie wieder da. »Guck mal, die schenk ich meinem halben Bruder.« Sie hält eine kleine Giraffe aus Plüsch in der Hand. Man sieht, dass sie nicht mehr ganz neu ist, sie ist eins von Lilis Schmusetieren.

»Lili meint Halbbruder«, erkläre ich, als ich den fragenden Blick von Dr. Deppert sehe. »Ihr Papa ist wieder verheiratet, und vor zwei Wochen ist ein Baby angekommen.«

»Am Samstag holt mich Papa ab. Dann kann ich den halben Bruder angucken. Und dann bring ich ihm die Giraffe mit.«

»Das ist lieb von dir. Freust du dich über dein Brüderchen?«, will der Doktor wissen.

»Klar«, antwortet Lili. »Es wäre natürlich besser, wenn Mama das Baby gekriegt hätte, dann würde es bei uns wohnen.«

»Andrea wollte auch immer ein Geschwisterchen haben.«

»Und warum hat sie keins gekriegt?«

»Nun ja, manchmal wünscht man sich etwas und bekommt es trotzdem nicht. Das ist halt so.«

»Stimmt«, bestätigt Lili. »Ich wünsche mir auch schon ewig eine Barbie-Puppe. Mama findet Barbies doof, aber ich find sie gut.«

Ich laufe schnell noch einmal zurück in die Wohnung. »Ich glaube, ich hab vergessen, im Bad das Fenster zuzumachen.«

Als ich zurückkomme, grinst Lili mich herausfordernd an. »Wie viele Halswirbel hat eine Giraffe?«

»Bitte was? Keine Ahnung, weiß ich nicht.«

»Aber ich, ich weiß es«, lacht Lili, hüpft begeistert auf und ab und wirft dem Doktor einen verschwörerischen Blick zu.

»Weißt du denn überhaupt, was ein Halswirbel ist?«, will ich wissen.

»Klar, das hat der Doktor mir erklärt.« Man höre und staune. »Wenn du's nicht weißt, musst du raten. Ich helfe dir. Ich hab sieben, und du hast auch sieben und der Doktor auch. Alle Leute haben sieben.«

»Na gut. Also, wenn Menschen sieben Halswirbel haben, dann hat eine Giraffe mit ihrem langen Hals vielleicht ...« Ich strecke meinen Arm nach oben, so weit ich kann. »Lass mich mal überlegen, na ja, vielleicht so zwanzig oder vielleicht sogar dreißig.«

»Falsch«, kräht Lili triumphierend.

»Was denn, noch mehr?«

»Nei-hein, auch sieben.«

»Das kann nicht sein.«

»Doch, kann es. Stimmt's?«, fragt sie den Doktor.

»Ich wollte es zuerst auch nicht glauben, aber es stimmt wohl«, bestätigt der Doktor.

»Siehst du? Das frag ich morgen alle in der Schule. Das wissen die bestimmt auch nicht. Na ja, der Luis vielleicht, der weiß immer alles. Aber die andern bestimmt nicht. Aber zuerst muss ich Mama fragen«, spricht's und ist im Nu den Gang hinuntergeflitzt und in ihrer eigenen Wohnungstür verschwunden. Aber dann taucht ihr Kopf noch einmal auf und schaute um die Ecke.

»Danke!«, ruft sie dem Doktor zu.

»Wofür?«

»Dass du's mir gesagt hast.«

»Gern geschehen«, lacht der Doktor und winkt Lili zu. Ist das das gleiche Kind, das den Doktor nicht leiden konnte? Und ist das der gleiche Mann, der vor ein paar Tagen noch gefunden hat, dass Lili ein lautes, ungezogenes Kind sei? Anscheinend genügt es manchmal, sich einfach besser kennenzulernen, denke ich.

Es erweist sich als nicht ganz einfach, den großen, schon etwas steifen Doktor in meinem kleinen Auto zu verstauen. Endlich ist es geschafft, und wir können losfahren.

Als ich den Blinker setze, sagt Dr. Deppert: »Rechts ist frei.«

Bei der ersten Ampel verkündet er: »Vorne ist rot«, und zwei Minuten später: »Vorsicht, der Wagen vor uns bremst.«

Wenn das so weitergeht, werde ich als Nervenbündel in Neubach ankommen.

»Herr Doktor, nehmen Sie's mir bitte nicht übel, aber ich habe meinen Führerschein seit über zehn Jahren und ich habe seither noch nie einen Unfall gebaut. Ich bin auch nicht farbenblind, und ich würde grundsätzlich nicht in eine Kreuzung einbiegen, ohne mich selbst versichert zu haben, dass sie frei ist.«

Der Doktor sieht mich an, dann beginnt er zu lächeln. »Ich gehe Ihnen auf die Nerven, stimmt's? Tut mir leid, ich wollte nur behilflich sein. Na ja, vielleicht war auch ein wenig Angst im Spiel. Wenn man selbst nicht Auto fährt, reagiert man wohl ängstlicher, weil man die Situationen nicht so gut einschätzen kann. Und dann ... nun, Sie wissen ja, dass ich Verkehrsrichter war. Was meinen Sie, über was für Fälle ich da manchmal richten musste. Eine Sekunde Unaufmerksamkeit, und mehrere Leben waren vernichtet. Nicht nur die der Toten, auch die der Angehörigen.«

»Ich verstehe Sie ja. Aber Sie müssen sich keine Sorgen machen, ich fahre sehr vorsichtig.«

»Na ja, wenn ich auf meine Geburtsurkunde schaue, dann wäre es langsam schon an der Zeit abzutreten. Aber auch alte Leute hängen am Leben. Und es gibt vielleicht angenehmere Todesarten als ausgerechnet einen Unfall.«

»Ich gebe Acht auf Sie, keine Sorge. Jetzt, wo wir anfangen, uns gut zu verstehen, wär's doch jammerschade, Sie gleich wieder zu verlieren.«

»Sie meinen, noch vor zwei Wochen hätte ich in Ihrem Auto um mein Leben bangen müssen?«, schmunzelt der Doktor.

»Was meinen Sie, warum ich Sie bisher nie zu einer Autofahrt eingeladen habe? Ich wollte nicht in Versuchung kommen«, lache ich.

»Das kann ich verstehen. Um mich wär's ja nicht schade gewesen. Vor allem in meinem damaligen Zustand. Ein Bruddler weniger auf der Welt. Aber Sie hätte es ein paar Jahre Gefängnis gekostet, vorausgesetzt, man hätte Ihnen Vorsatz nachweisen können. Die reine Verschwendung für eine junge, hübsche Frau wie Sie«, stellt der Doktor trocken fest.

Ich habe beschlossen, eine Ausfahrt früher von der B 10 abzufahren. Vielleicht würde eine Fahrt über die Landstraße durch kleine Ortschaften und vorbei an Streuobstwiesen und Äckern seine – und damit auch meine – Nerven weniger strapazieren.

»Es ist hübsch hier«, stellt der Doktor fest. »Wo fahren wir eigentlich hin?«

»Nach Neubach, wo ich aufgewachsen bin.«

»Fahren wir etwa zu Ihren Eltern? Ich habe gar kein Gastgeschenk!«

»Nein, meine Eltern sind zur Zeit verreist. Stattdessen möchte ich Ihnen heute Franziska vorstellen. Sie betreibt seit einigen Jahren ein Café in Neubach. Anfangs hat kein Mensch geglaubt, dass das in einem so kleinen Ort wie Neubach eine Chance haben könnte, aber Franziska hat sie eines Besseren belehrt. Ihr Café ist eben etwas ganz Besonderes.«

Ich erzähle dem Doktor von den Anfängen des Cafés und den Widerständen, die Franziska überwinden musste. Und dann sind wir auch schon da. Ich reiche dem Doktor meinen Arm, damit er sich bei mir einhängen kann.

»Das sieht ja aus wie ein ganz normales Wohnhaus, wenn man mal von dem Schild über der Tür absieht«, stellt der Doktor überrascht fest. Nun, das ist es ja auch gewesen, bevor Franziska dort ihr Café eröffnet hat. Im Flur kommt uns Karl entgegen.

»Ja, da kommed ja zwoi ganz Fremde«, stellt er fest und umarmt mich. »Was mached ihr denn da?«

»Wir wollen Kaffee trinken«, erkläre ich.

»Ja, gibt's in Esslinge koine Cafés?«

»So eins jedenfalls nicht. Trinkst du eine Tasse mit uns?«

»Däd i gern. Aber i bin mit dr Marga verabredet. A anders Mal gern. Also, viel Spass euch zwoi.«

»Dir auch.«

»Na ja, der wird sich wohl in Grenze halte.« Karl runzelt die Stirn. »D Marga will mit mr a Hos kaufe gange. Sie moint, so könnt i net länger romlaufe. Sie wollt sich schließlich net mit mr schäme müsse. Also manchmal isch's scho astrengend mit so ra Frau. Aber, na ja, du i ra halt den Gfalle. Also, na ade mitnander.«

Der Doktor staunt, als wir das Café betreten, und meint, ich hätte nicht zu viel versprochen. Franziska begrüßt uns und führt uns hinaus in den Garten.

»Ich hab euch den Tisch bei den Hortensien reserviert«, sagt sie. »Da habt ihr Schatten und seid ein bisschen für euch. Oder wollt ihr lieber in der Sonne sitzen? Ich kann euch auch einen Sonnenschirm aufmachen.«

Ich sehe den Doktor fragend an. »Nein, nein, der Platz ist wunderbar. Hortensien waren die Lieblingsblumen meiner Frau, das passt doch heute perfekt.« Er lässt seine Augen durch den Garten schweifen, wo Rosen, Lavendel und Frauenmantel um die Wette blühen. »Das ist wirklich ein kleines Paradies. Stört es Sie nicht, das mit anderen Menschen zu teilen?«

»Im Gegenteil«, lacht Franziska, »es macht mir Freude, wenn sich die Leute in meinem Garten wohlfühlen. Dann hat sich die Arbeit gelohnt. Außerdem habe ich mein Café ja nur an drei Nachmittagen in der Woche geöffnet, an den anderen Tagen gehört der Garten mir ganz allein.«

»Nun ja, er will ja auch gepflegt werden, sonst sieht er bald nicht mehr so paradiesisch aus«, stellt der Doktor fest.

»Ich sehe, Sie kennen sich aus«, sagt Franziska.

»Ich hatte auch einmal einen Garten. Lange Zeit kümmerte sich meine Frau alleine darum, aber als ich dann pensioniert wurde, habe ich ihr geholfen. Nicht immer zu ihrer Freude, das muss ich zugeben. Unsere Vorstellungen gingen hin und wieder auseinander. Sie liebte es wild und üppig, und ich versuchte, mit der Schere ein bisschen Ordnung zu schaffen. Mit der Zeit kam aber ein ganz guter Kompromiss dabei heraus.«

Wir genießen Kaffee und Kuchen, den Blick auf die blühenden Blumen und die warme Sommerluft.

»Hier hätte es meiner Frau auch gefallen«, stellt der Doktor fest und trinkt einen Schluck Kaffee. »Es ist ein wunderschöner Ort, um ihren Geburtstag zu feiern.«

»Möchten Sie mir von ihr erzählen, oder macht es sie traurig?«, frage ich.

»Aber nein, ganz im Gegenteil. Von ihr zu erzählen, hält sie lebendig. Erst wenn niemand mehr von den Verstorbenen spricht, an sie denkt, sind sie wirklich tot.«

»Wie haben Sie sich denn kennengelernt?«

Der Doktor erinnert sich.

Es war im Krieg gewesen, in einem Lazarett in Baden-Baden. Seine spätere Frau, Elisabeth, war als junges BDM-Mädel mit einigen Freundinnen ins Lazarett geschickt worden, um den Soldaten einen Besuch abzustatten und ihnen eine Kleinigkeit mitzubringen. Elisabeth hielt zwei Pfirsiche in den Händen, die sie verlegen hinter ihrem Rücken versteckte, als sie in das Zimmer trat, das er mit einem Kameraden teilte. Sie stellte sich vor sein Bett und fragte: »Rechts oder links?« »Rechts«, sagte der Doktor, der damals Leutnant Deppert hieß. Er hätte genauso gut »links« sagen können, denn Elisabeth hielt ja in jeder Hand einen Pfirsich. Den linken bekam dann der Soldat im anderen Bett. Elisabeth blieb nicht lange. Der fesche Leutnant gefiel ihr zwar, aber sie wusste nicht, was sie in ihrer Verlegenheit mit ihm reden sollte. Bevor sie das Zimmer verließ, ergriff er die Initiative, denn die hübsche Elisabeth gefiel ihm und er wollte, dass sie ihn wieder besuchte.

»Wenn sie jetzt aus dem Zimmer geht, seh ich sie vielleicht nie wieder, dachte ich. Ich musste mir also etwas einfallen lassen. Ich besaß ein Paar total löchrige Lederhandschuhe. Die drückte ich Elisabeth kurzentschlossen in die Hand mit der Bitte, sie mir zu flicken«, erzählt der Doktor lachend.

So kam es, dass Elisabeth wiederkam. Sie verabredeten sich zu kurzen Spaziergängen und genossen die wenigen Wochen, bis Leutnant Deppert wieder zurück nach Italien geschickt wurde. Es hatte nicht viel genützt, dass er mit dem bitteren Tee, den er trinken sollte, lieber die Blumen goss, nicht nur, weil er schlecht schmeckte, sondern auch weil er hoffte, seine Genesung so noch ein wenig hinauszögern zu können. Erst nachdem Elisabeth ihm für jede Tasse Tee einen Kuss versprach, konnte er dem bitteren Getränk etwas abgewinnen.

»Dann kam eine lange Trennungszeit für uns. Wir schrieben uns fleißig Briefe und nummerierten jeden einzelnen, denn sie kamen nicht immer in der richtigen Reihenfolge beim Empfänger an, und manchmal ging auch einer verloren. Und wenn Elisabeth einen Brief bekam, dann konnte sie nie wissen, ob ich überhaupt noch lebte. Wir sahen uns bis Kriegsende nur wenige Male. Es war eine schlimme Zeit, das können die jungen Leute heute sich gar nicht mehr vorstellen. Aber so schrecklich dieser Krieg auch war, so viel Elend er über die Welt gebracht hat, für mich war er auch ein Glück, denn ohne ihn hätten Elisabeth und ich uns nie kennen gelernt. Das Lied ›Lili Marleen‹ war unser Lieblingslied. Es wurde damals oft im Radio gespielt und war das Lied, das viele Liebespaare aneinander denken ließ, im Feld und zu Hause.«

1946 hatten die beiden dann geheiratet, er im geliehenen Anzug eines Freundes, der ihm viel zu weit war, sie im ebenfalls geliehenen Brautkleid und Schuhen, die sie vorne ausstopfen musste, weil sie ihr zu groß waren. Eine Hochzeit, wie sie für die damalige Zeit normal gewesen war, die aber in krassem Gegensatz zu dem steht, wie heutzutage Hochzeit gefeiert wird. »Aber glauben Sie nicht, dass Elisabeth weniger hübsch aussah als die Bräute heute. Sie war wunderschön«, erzählt der Doktor stolz.

Die Familie des Bräutigams wohnte in Reutlingen, die der Braut in Baden-Baden, und das Reisen war damals eine schwierige Sache und für viele unerschwinglich. Deshalb fand die standesamtliche Trauung mit seiner Familie in Reutlingen statt, die kirchliche Trauung drei Tage später mit ihren Verwandten in Baden-Baden.

Stundenlang hatten die beiden in Reutlingen am Bahnhof auf einen Zug gewartet, der nach Baden-Baden fuhr. Damals verkehrten die Züge noch immer nicht nach Fahrplan. Als dann endlich ein Zug kam, fuhr er nur bis Rastatt. Da es schon spät war, mussten sie nach einer Übernachtungsmöglichkeit Ausschau halten. Irgendjemand gab ihnen dann den Tipp mit dem Bunker, in dem man übernachten konnte. Für je eine muffige, schmuddelige Pferdedecke mussten sie fünfzig Mark als Kaution hinterlegen. Und dann stellte sich heraus, dass in Elisabeths Pass ihr neuer Name noch nicht eingetragen war, und ohne den Nachweis, dass sie verheiratet waren, durften sie nicht gemeinsam in einer Schlafzelle übernachten. Hätten sie nicht ein Dokument vorlegen können, das ihre Verheiratung beurkundete, hätten sie die Nacht nach ihrer Hochzeit in getrennten Räumen zubringen müssen. Aber mit einer Hochzeitsnacht im herkömmlichen Sinn hatte die Übernachtung im Stockbett wohl auch so wenig gemein.

Den widrigen Anfängen zum Trotz hatte diese Ehe fast siebzig Jahre Bestand gehabt. Sie hatten nach vorn geschaut, sich gemeinsam eine Zukunft aufgebaut. Elisabeth hatte mit Näharbeiten mehrere Jahre lang den Lebensunterhalt verdient, damit ihr Mann studieren konnte.

»Sie war mir eine gute Frau. Eine, wie ich sie gar nicht verdient habe.«

»Das glaube ich nicht«, werfe ich ein.

»Nun, Sie kennen ja nicht die ganze Geschichte. Aber lassen wir das lieber ruhen. Ich danke Ihnen, dass Sie mich hierher gebracht und mir so geduldig zugehört haben.«

»Es war mir eine Freude. Soll ich uns ein Glas Sekt bestellen, damit wir auf Ihre Frau anstoßen können?«

»Das ist eine wunderbare Idee.«

»Ich denke, bei einem Glas kann auch ein Verkehrsrichter ein Auge zudrücken.«

»Alle beide«, lacht der Doktor. »Ich gestehe, dass ich bei Ihnen ein wenig befangen bin. Aber zum Glück bin ich ja nicht mehr im Amt.«

»Na dann«, sage ich, stehe auf und gehe in die Küche, um bei Franziska den Sekt zu bestellen.

Für den Spaziergang habe ich einen ebenen, geteerten Weg ausgesucht, der am Waldrand entlangführt. Auf der gegenüberliegenden Seite kann man über abfallende Streuobstwiesen bis zum Albtrauf schauen. Der Doktor hat sich bei mir eingehängt und stützt sich mit der rechten Hand auf seinen Stock.

»Würde es Ihnen etwas ausmachen, wenn ich Sie beim Vornamen nenne, jetzt, wo wir so vertraut Arm in Arm gehen?«, fragt er mich.

»Ganz im Gegenteil, ich würde es als Kompliment betrachten.«

Immer wieder bleibt der Doktor stehen und lässt seinen Blick in die Ferne schweifen. »Ich hatte fast vergessen, wie schön es hier ist.«

Ich beschließe, ihn öfter zu einem Spaziergang zu animieren. Es scheint ihm gutzutun.

Lieber Philipp,

Deine guten Wünsche haben geholfen. Ich habe einen wunderbaren Tag mit dem Doktor verbracht. Er kann ganz reizend sein, wenn er will. Kaum zu glauben, was?

Vielen Dank, dass Du ihm den Tipp mit Rilke gegeben hast. Es ist eine wunderschöne Ausgabe. Ich habe vorhin noch einmal einige Gedichte gelesen. Ich finde, man muss sie laut lesen, denn sie klingen wie Musik, haben Rhythmus und Melodie, etwas, was man bei moderner Lyrik nur noch selten findet.

Schlaf gut

Deine Saskia

Liebe Saskia,

ich kann Dir nur zustimmen, was Rilke angeht. Ich gestehe, dass auch ich mich mit moderner Lyrik manchmal schwertue. Wir scheinen wohl doch Seelenverwandte zu sein. Wie schön!

Schlaf auch gut

Dein Philipp

Ein Poet auf der Couch

Bleibt stets einander zugekehrt
und trennt euch erst,
wenn einer stört.
(Schlesischer Hochzeitsspruch)

Nachdem die Laune des Doktors sich gebessert hat, ist es Lili, die mit finsterem Gesicht durch die Gegend läuft.

»Wer hat dich denn geärgert?«, will ich von ihr wissen.

»Ich glaube, Papa hat mich gar nicht mehr lieb«, klagt Lili.

»Wie kommst du denn auf die Idee?«

»Der interessiert sich nur noch für das Baby. Dabei kann das gar nichts, nur schreien und trinken und in die Hose machen. Und für mich hat er gar keine Zeit mehr.«

»Ach, Lili!« Ich nehme sie in den Arm. »Natürlich hat der Papa dich noch genauso lieb. Du bist doch seine Prinzessin, das weißt du doch. Und eine Prinzessin kann ein Junge schließlich gar nicht sein, stimmt's?«

Aber ein Prinz! Was für ein fadenscheiniges Argument. Ich versuche, ihr zu erklären, dass ein Baby viel Zeit und Aufmerksamkeit braucht und dass alles wieder anders werden wird, wenn der Kleine erst mal größer ist. Aber etwas erklärt bekommen und etwas fühlen, das ist eben zweierlei. Ablenkung wird das Problem zwar nicht lösen, aber vielleicht wenigstens über den Moment hinwegtrösten.

»Sag mal, hast du Lust, am Freitag bei mir zu übernachten?«

Noch glitzern Tränen in Lilis Augen, da geht schon ein Strahlen über ihr Gesicht.

»Klar! Dann backen wir Pizza und gucken einen Film an und essen Salzstangen und trinken Fanta.«

»Na, schaun wir mal.«

»Nicht ›schaun wir mal‹, versprochen!«

»Okay, versprochen.«

»Das muss ich gleich Mama erzählen.« Lili ist bereits auf dem Sprung.

»Nicht nötig, Mama weiß schon Bescheid.«

Schließlich war es Lena, die mich gefragt hat, ob Lili am Freitag bei mir übernachten kann. Lena bekommt am Freitag nämlich Besuch.

»Wer kommt denn?«, hatte ich sie neugierig gefragt.

»Ein Poetry-Slammer. Er kommt zum Übernachten zu mir«, erklärte mir Lena. »Er nimmt an einem Poetry-Slam im ›Alten E-Werk‹ teil.«

Ich bin noch nie bei einer derartigen Veranstaltung gewesen, aber ich habe davon gehört, dass dort selbstverfasste Texte im Wettstreit mit anderen Poeten vor Publikum vorgetragen werden. Auf meine Frage, woher sie ihn denn kenne, bekam ich zur Antwort, sie kenne ihn gar nicht, werde ihn am Freitag aber wohl kennenlernen. Ich verstand nur noch Bahnhof, bis Lena mich aufklärte: Sie sei auf einem Internetportal gelistet für Couch-Surfing.

»Bitte was? Ich kenne nur Surfen auf dem Wasser oder im Internet. Wie surft man denn auf einer Couch?«

Lena verdrehte die Augen ob meiner Unwissenheit und klärte mich auf. »Das funktioniert so ähnlich wie eine Mitfahrgelegenheit.«

»Auf dem Sofa?«

»Ich sagte ›so ähnlich‹. Leute bieten auf der Plattform eine Möglichkeit zum Übernachten an oder sie suchen eine. Da kannst du dann zum Bespiel kostenlos in Paris übernachten, und wenn du Glück hast, übernachtest du bei Leuten, die dir ein bisschen was zeigen von der Stadt oder dich mit ihren Freunden bekannt machen. Manchmal kriegst du ein richtiges Gästezimmer und manchmal eben nur eine Couch. Paris ist natürlich um einiges begehrter als Esslingen – wer hätt's gedacht –, aber jetzt hat sich dieser Max bei mir gemeldet. Er kommt aus Augsburg

und will am Freitag bei dem Poetry-Slam mitmachen, der hier im
›Alten E-Werk‹ stattfindet. Ist doch cool.«

»Und wo soll er schlafen?«

»Na, auf meinem Sofa natürlich.«

»Sag mal, bist du irre? Du kennst den Typen doch gar
nicht. Kennst du den Witz von dem Sexstrolch im Parkhaus, der
sagt: ›Diese Frauenparkplätze sind eine tolle Erfindung. Früher
musste ich auf der Suche nach einer Frau ziellos durchs ganze
Parkhaus irren‹?«

»Oh Mann, du hast eindeutig zu viel Phantasie, Saskia«,
stöhnte Lena. »Und du bist viel zu ängstlich und zu misstrauisch. Auf die Art entgeht dir eine Menge Spaß im Leben. In meinem Horoskop für diese Woche steht, ich solle mal etwas wagen.
Es würde mein Leben bereichern.«

»Du solltest lieber auf mich als auf dein blödes Horoskop
hören. Warum bietest du dein Sofa nicht einer Frau an?«

»Weil sich keine gemeldet hat.«

»Sei ehrlich, du willst auf die Art einen Mann kennenlernen.«

»Und wenn schon. Was ist so schlimm daran? Je mehr Begegnungen, umso mehr Chancen. Wo soll ich denn in meinem
Alter einen Mann kennenlernen? Bei den Vätern meiner Schüler? Oder im Internet? Da wird doch gelogen, dass sich die Bal-
ken biegen.«

Ich merkte schon: Es hatte keinen Sinn, mit Lena weiter zu
diskutieren. »Dann versprich mir wenigstens, dass du immer
dein Handy bei dir hast und dich sofort meldest, wenn der Kerl
zudringlich wird.«

Lena verdrehte die Augen. »In Ordnung, Mama, ich
versprech's.«

Am Freitag, kurz vor sechs, höre ich Lilis Klopfzeichen an meiner Tür.

»Der Mann ist gekommen«, verkündet sie und legt ihren
kleinen Rucksack im Flur neben der Tür ab.

»Und, wie ist er?«

»Nett. Und lustig. Er hat einen langen Zopf und er redet schrecklich schnell.« Das kommt vielleicht daher, dass es beim Poetry-Slam ein Zeitlimit gibt, fünf oder sechs Minuten, soviel ich weiß. Da muss man sich beeilen, um möglichst alle Worte, die man loswerden möchte, an die Zuhörer zu bringen.

»Und er hat auch einen Rucksack, aber einen viel größeren als ich.«

»Klar. Der hat ja auch einen größeren Schlafanzug als du und eine größere Zahnbürste.«

Lili kichert. »Wegen der Zahnbürste doch nicht. Und er riecht ein bisschen komisch.«

Das ist interessant.

»Wie komisch?«

»So wie Otto, wenn er draußen im Regen war.« Otto ist der Hund von Lilis Großeltern.

»Vielleicht hat das Sofa ein bisschen gemuffelt, auf dem er die letzte Nacht verbracht hat. Hoffentlich riecht eure Couch nachher nicht auch so, nachdem er drauf geschlafen hat.«

Lili zieht die Stirn kraus. »Glaubst du?«

»Nein, natürlich nicht. Ich hab nur Spaß gemacht. Sollen wir mal die Pizza in Angriff nehmen?«

Da ist Lili gleich dabei.

Es wird ein lustiger Abend, genauso wie Lili ihn sich gewünscht hat, mit Spielen und Salzstangen und »Pumuckl« gucken.

»Und, wo willst du schlafen? Auf der Couch oder bei mir im Bett?«

»Bei dir im Bett natürlich.«

»Klar, du bist ja auch kein Couch-Surfer.«

»Was ist ein Couch-Surfer?«

»Einer, der auf fremden Sofas schläft, so wie Max. Und jetzt ab, Zähne putzen.«

Mitten in der Nacht werde ich wach, von Rumpeln, Stimmen und unterdrücktem Gelächter auf dem Flur. Lena und Max scheinen nach Hause zu kommen und so, wie es sich anhört, bester Stimmung zu sein.

Das nächste Mal werde ich von Klopfzeichen an der Tür wach. Das ist Lilis Zeichen. Aber Lili liegt neben mir im Bett und schläft selig, also kann es nur Lena sein. Ein Notfall vielleicht? Ich renne schneller an die Tür, als meinem noch schlafenden Kreislauf guttut.

»Lena! Ist was passiert?«

Lena ist auch noch im Schlafanzug. »Was soll denn passiert sein? Ich hab keine Milch mehr. Kannst du mir aushelfen?«

»Klar. Komm rein.« Ich setze die Kaffeemaschine in Gang und stelle Tassen auf den Tisch. »Ist er schon auf? Wie war's denn? Habt ihr ...«

Lena setzt sich auf einen Küchenstuhl. »Immer der Reihe nach. Das waren gleich drei Fragen auf einmal. Also, Antwort auf Frage Nummer eins: Er schläft noch. Besser gesagt: Er schnarcht noch.«

»Oh.«

»Genau. Damit kommen wir zu Frage Nummer zwei: Gestern Abend war's sehr lustig. Aber – siehe Frage eins: Sein Geschnarche ist nervtötend. Nicht ich habe gestern Nacht in Lebensgefahr geschwebt, wie du befürchtet hast, sondern er. Schnarchende Männer wecken Mordgelüste in mir. Und – Frage Nummer drei: Wir haben nicht. Er hat sich so über seinen Sieg gefreut, dass er anschließend mindestens ein Bier zu viel getrunken hat und danach nur noch scheintot auf die Couch gefallen ist. Aber ganz abgesehen davon ist er auch nicht mein Typ.«

Ich schenke Lena Kaffee ein und nehme selbst einen kräftigen Schluck aus meiner Tasse.

»Da bin ich froh.«

»Warum bist du froh? Du kennst ihn doch gar nicht.«

»Lili hat gesagt, er rieche nach nassem Hund.«

Lena prustet ihren Kaffee über den Tisch und japst etwas zwischen Lachern, die ihr die Luft nehmen: »Sie hat Recht.«

»Ich würde vorsichtshalber das Sofa desinfizieren«, schlage ich vor. »Willst du zum Frühstück bleiben?«

Lena lehnt ab. »Ich muss mit Max frühstücken. Ich kann ihn doch nicht ohne Frühstück auf den Zug schicken.«

»Und er hat tatsächlich gewonnen?«

»Ja, er war echt gut, mit Abstand der Beste.«

»Und was hat er als Preis gekriegt?«

Lena erklärt mir, dass es beim Poetry-Slam in der Regel kein großes Preisgeld gibt. Gestern ließ man ein Säckchen herumgehen, in das jeder Gast etwas hineinsteckte.

»So wie der Klingelbeutel in der Kirche?«

»Eher wie beim Wichteln«, erklärt Lena, »wo jeder was Blödes verschenkt, das er loswerden möchte. In Max' Säckchen waren ... lass mich überlegen: ein scheußlicher Schlüsselanhänger mit einem Plastikfrosch, eine Tafel Schokolade, zwei Kinokarten, leider schon entwertet, drei Zigaretten, ein zerfleddertes Taschenbuch mit Kurzgeschichten, eine Packung Tempo, eine Ansichtskarte, noch unbeschrieben, fünf Hustenbonbons, ein Feuerzeug ... und ... ach ja, ein Ehering.«

»Ein Ehering?«

»Ja«, lacht Lena. »Max dachte zuerst, der sei aus Versehen hineingekommen, aber die Besitzerin erklärte, den brauche sie nicht mehr. Und bevor sie ihn wegwerfe ... Max hat ihr dann seine Telefonnummer gegeben, falls sie es sich doch noch anders überlegt.«

»Oder auf der Suche nach einem neuen Mann ist«, vermute ich. »Wäre ja ein Trost für Max bei der Pleite mit dem Säckchen. An seiner Stelle hätte ich mich auch betrunken.«

Lena meint, dass es ein Riesenspaß gewesen sei, das Säckchen auszupacken. Es gehe schließlich nicht um den Gewinn, sondern um den Sieg und das Vergnügen.

»Ich geh dann mal, sonst verpasst er wirklich noch seinen Zug.«

»Falls ja, melde dich, dann mache ich eine kostenlose Stadt-führung mit ihm«, schlage ich lachend vor, aber davon will Lena nichts hören. Wenn mich nicht alles täuscht, will sie den lieben Max loswerden, je schneller, desto besser. Vielleicht wäre es doch besser gewesen, auf mich anstatt auf ihr Horoskop zu hören.

Ein Mann namens Simone

Lachen ist durchaus kein schlechter Beginn für eine Freundschaft
und ihr bei weitem bestes Ende.
(Oscar Wilde)

Ein paar Tage später begegne ich im Hausflur einem jungen
Mann mit einer langen Leiter über der Schulter und einem Farb-
eimer in der Hand. Dass bei Lena, dem Doktor und mir kein Ma-
ler erwartet wird, weiß ich, daher kann es sich nur um Philipps
Wohnung handeln, die gestrichen werden soll.

»Hallo«, sagt der junge Mann und streckt mir die Hand
entgegen. »Simon. Also eigentlich Simone, so steht's jedenfalls in meinem Pass, aber so nennt mich schon lange niemand
mehr.«

Ich mustere ihn erstaunt. Ist er etwa als Frau geboren worden? Hat er sein Geschlecht gewechselt? Wenn, dann hat der
Arzt Erstaunliches geleistet, denn angefangen bei der Glatze
deutet nichts auf eine abgelegte Weiblichkeit hin.

»Na ja, Simone ist in Italien ein Name für Jungs. Aber sobald die Frotzelei in der Schule losging, habe ich meinen italienischen Vornamen abgelegt und mich für die deutsche Variante
entschieden.«

»Du bist Italiener? So siehst du gar nicht aus«, wundere ich
mich.

»Stimmt, ich entspreche nicht dem Klischee vom glutäu-
gigen, schwarzgelockten Italiener. Ich schlage eher meiner deutschen Linie nach. Pech, denn angeblich vererbt sich der Haarwuchs in der männlichen Linie vom Großvater mütterlicherseits
auf den Enkel. Scheint, wenigstens in meinem Fall, zu stimmen.
Mein Opa hat eine Glatze, der Nonno einen vollen Schopf.«

Nun, sein nur noch im hinteren Bereich des Kopfes vorhan-
dener Haarwuchs stört den Gesamteindruck in keinster Weise,

96

finde ich. Er sieht gut aus, hat Charme und ein gewinnendes Lächeln.

»Wohnen im Haus noch mehr so hübsche Damen?«, will Simon wissen.

»Zwei, um genau zu sein. Aber Lili ist die hübscheste von uns.« Wie aufs Stichwort kommt Lili mit Schulranzen und wippendem Pferdeschwanz um die Ecke gebogen. »Da kommt sie ja gerade.«

»Hallo«, sagt Lili, »kommst du zu uns?«

Simon erklärt, dass er gekommen ist, um die Dachwohnung zu streichen, in die er nächste Woche einziehen will. Sie hat längere Zeit leer gestanden.

»Kann ich dir helfen?«, will Lili wissen.

»Na ja, helfen wohl kaum. Aber du kannst mich ja nachher mal besuchen kommen«, bietet Simon an. »Also, ich fang dann mal an, damit ich noch ein Stück geschafft bekomme bevor es dunkel wird. Bis später.«

»Bis später«, strahlt Lili. So wie es aussieht, hat Simon gerade eine Eroberung gemacht. Für mich entwickelt Lili sich mit sofortiger Wirkung zur Nervensäge. Sie traut sich nämlich nicht, allein zu Simon nach oben zu gehen. Ich soll mitkommen und zwar sofort. Nach längeren Verhandlungen einigen wir uns darauf, dass Lili zuerst ihre Hausaufgaben machen soll, dann wollen wir beide hinaufgehen und Simon eine Kanne Kaffee zur Stärkung mitbringen.

Die Tür ist angelehnt. Als ich anklopfe, ruft von innen Simons Stimme: »Kommt rein!« Er steht ganz oben auf der Leiter, ein Bein rechts, das andere links, und ist dabei, die Decke zu streichen. Eine knifflige Arbeit, denn über die Decke verlaufen dicke Holzbalken, die nach Möglichkeit nichts von der Farbe abbekommen sollen.

Ich war noch nie hier oben. Die Dachwohnung ist klein und heimelig. Sie hat schräge Wände und zwei Dachgauben, durch die man einen hübschen Blick über die Dächer bis hinüber zur Altstadt hat.

Mir fällt ein, dass er als Italiener vielleicht gar keinen deutschen Kaffee mag.

»Ich trinke alles«, beruhigt mich Simon, »bei den italienischen Verwandten Espresso, bei den deutschen Filterkaffee. Hauptsache, der Kaffee ist gut. Der wird mich ein bisschen aufmöbeln. Die Überkopfarbeit geht ganz schön ins Genick.« Simon steigt von der Leiter, reibt sich seinen Nacken, setzt sich dann im Schneidersitz auf den Boden und schenkt sich einen Kaffee in einen der mitgebrachten Becher ein. »Du auch, nehme ich an«, sagt er und gießt auch in meinen Becher Kaffee. »Mmh, schmeckt echt lecker. Erzählt mal, wer wohnt denn außer euch noch im Haus?«

»Der Philipp«, beginnt Lili aufzuzählen, »der ist nett.«

»Aber sicher nicht so nett wie ich.«

Lili überlegt ein bisschen. »Doch, ich glaube schon. Und dann der Doktor. Der war früher gar nicht nett, aber jetzt schon. Jetzt kann ich ihn leiden.«

»Und Lilis Mama, sie heißt Lena«, werfe ich ein.

»Und der Papa«, ergänzt Simon. Oh je, denke ich, heißes Eisen. Aber das kann Simon ja nicht wissen.

»M-m.« Lili schüttelt den Kopf. »Der wohnt nicht mehr bei uns. Der wohnt jetzt woanders, mit der Silke und meinem halben Bruder. Der ist noch ganz neu.«

Ich bin froh, dass Simon nicht näher auf das Thema eingeht. Stattdessen fragt er: »Willst du mir ein bisschen beim Streichen helfen?«

Natürlich will Lili, was für eine Frage. Während sie ganz vorsichtig an der Wand mit dem Pinsel Farbe aufträgt, ist für den Moment der Kummer mit dem halben Bruder vergessen. Nebenbei erzählt Simon von seiner Familie und von seiner Arbeit. Er arbeitet als Koch im Restaurant seines Onkels Luigi.

»Wir nennen ihn *zio*, das heißt Onkel auf Italienisch. Sag mal, du magst doch bestimmt Pasta?«, fragt Simon.

»Das hab ich noch nie gegessen«, sagt Lili.

»Aber ganz bestimmt hast du das. So sagt man in Italien zu Spaghetti und Nudeln«, erklärt Simon und Lili nickt heftig mit dem Kopf.

»Spaghetti mag ich.«

»Na, prima. Dann lad ich euch beide mal ein, wenn ich eingezogen bin. Vielleicht auch die anderen, die Mama, den Doktor und Philipp. Und die Frau Bausch natürlich. So ein Glück, dass ich ihr erzählt habe, dass ich auf der Suche nach einer Wohnung bin. Sie ist nämlich Stammgast bei uns.«

Die Einladung zum Essen hält Lili für eine ausgezeichnete Idee. Und während sie konzentriert die Wand anstreicht, bringt Simon ihr ein italienisches Kinderlied bei. »Da wird deine Mama nachher staunen, dass du ein italienisches Lied kannst.«

»Und was Onkel auf Italienisch heißt, weiß ich auch schon«, erklärt Lili stolz und zieht einen fast geraden Strich mit weißer Farbe auf der Wand, die Zungenspitze konzentriert zwischen die Lippen geklemmt.

Ich habe den Eindruck, dass Frau Bausch mit dem neuen Mieter eine gute Wahl getroffen hat. Simon ist offensichtlich ein netter Kerl und ein »Kinderfreund«, damit hat er bei mir einen dicken Stein im Brett.

Theater, Theater

Vielleicht erscheint man niemals so ungezwungen,
als wenn man eine Rolle zu spielen hat.
(Oscar Wilde)

Heute scheint der Doktor etwas wacklig auf den Beinen zu sein, aber das Wetter ist so herrlich, dass ich ihn trotzdem für einen kurzen Spaziergang nach draußen locken will. Dann fällt mir ein, dass Andrea mir erzählt hat, ihr Großvater besitze einen Rollator. Auf Nachfrage erklärt der Doktor, der stehe im Keller.

»Das ist aber nicht sehr praktisch«, stelle ich fest.

»Das ist sogar sehr praktisch. Da muss ich das blöde Ding nämlich nicht jeden Tag sehen«, sagt der Doktor ungehalten. »Bei seinem Anblick fühle ich mich älter, als ich bin.«

»Aber ...«

»Sparen Sie sich Ihr Aber. Sie können mir nichts Neues erzählen. Das habe ich alles schon von Andrea gehört. Dass das Ding mir Sicherheit gibt, dass ich mich daraufsetzen kann, wenn ich müde werde, und, und, und. Der Name ›Rentnerporsche‹, den manche Leute dafür benutzen, macht die Sache auch nicht besser. Sie glauben doch nicht im Ernst, dass ich mich damit auf der Straße sehen lasse. Dann bleibe ich lieber zu Hause. Möchten Sie mit so etwas herumlaufen?«, fragt der Doktor unwirsch.

»Bevor ich bei dem schönen Wetter in der Wohnung sitzen müsste, wohl schon.«

»Muss ich aber nicht. Ich habe schließlich Sie. Sie reichen mir Ihren Arm wie immer, und in die andere Hand nehme ich meinen Stock. Wenn wir dann anderen Leuten begegnen, dann denken die nicht ›der tattrige alte Mann‹, sondern sie überlegen sich, ob Sie meine Enkelin sind oder meine Gesellschafterin ...«

»... oder Ihre Geliebte«, ergänze ich.

»Nun, das wohl nicht. Ganz so eingebildet bin ich nicht. Ein wenig objektive Selbsteinschätzung ist mir schon noch erhalten geblieben. Aber man legt die Eitelkeit eben nicht automatisch mit dem Alter ab. Und die sorgt dafür, dass man trotz allem noch man selbst bleibt, verstehen Sie? Nein, das ist wohl zu viel verlangt. Das werden Sie erst verstehen, wenn Sie selbst alt sind. Aber das hat ja zum Glück noch ein wenig Zeit. Also, gehen wir?«

»Touché«, sage ich und reiche ihm lächelnd meinen Arm. Alle Stacheln hat der Doktor offensichtlich noch nicht abgelegt. Das beruhigt mich fast ein wenig, denn ganz ohne sie wäre er ja nicht mehr der Alte. Und sicher ist es nicht einfach, sich mit den Einschränkungen, die das Alter nun einmal mit sich bringt, klaglos zu arrangieren. Da hilft ein wenig Sturheit und Widerspruchsgeist vielleicht über die eine oder andere Hürde hinweg.

Abends klingelt Philipp an meiner Tür. Meiner Aufforderung »Komm doch rein« folgt wie immer ein »Ich will aber nicht stören« und meine Antwort »Du störst nicht«. Es ist schon so etwas wie ein Ritual. Sollte Philipp auf meine Aufforderung eines Tages mit einem »Gern« antworten, so würde ich aus allen Wolken fallen.

Als Philipp sich wieder verabschiedet hat, weiß ich lediglich, dass er mich zu irgendetwas eingeladen hat, aber zu was, weiß ich noch immer nicht. »Lass dich überraschen«, hat Philipp gesagt. Als ich ihm sagte, ich müsse doch wissen, ob ich das kleine Schwarze mit den High Heels oder lieber die Jeans mit den Wanderschuhen anziehen solle, machte ihn das offensichtlich verlegen.

»Also nicht das kleine Schwarze ... nicht, dass du ... ich meine, weiß Gott was erwartest ... ein schickes Restaurant ... oder ein Konzert ... oder ... oder so. Ist ganz zwanglos, also ... ganz leger.«

Mehr war ihm nicht zu entlocken. Es bleibt spannend. Ich entscheide mich für eine Jeans und einen leichten Pulli und warte am kommenden Abend darauf, dass Philipp mich abholt. Auch er trägt Jeans und ein kariertes Hemd mit aufgekrempelten Ärmeln dazu. Die Fahrt verläuft überwiegend schweigend und führt uns in ein Wohngebiet mit Häusern, die nach meiner Schätzung aus den Sechziger- oder Siebzigerjahren stammen. Philipp hält vor einem zweistöckigen Haus mit einem weit herabgezogenen Dach. Ein gepflasterter Weg führt durch einen gepflegten Vorgarten auf die Haustür zu. Auf Philipps Klingeln öffnet eine kräftige Frau in den Sechzigern mit einem runden Gesicht, das gern zu lachen scheint. Sie umarmt Philipp. »Kommt rein!«

Jetzt verstehe ich gar nichts mehr. Will er mich etwa seinen Eltern vorstellen? Das kann ja wohl nicht sein Ernst sein! Also ein amüsanteres Programm als das hatte ich mir für heute Abend schon vorgestellt.

»Hallo Anna, das ist Saskia«, stellt Philipp mich vor.

»Hallo Saskia, freut mich.« Anna hat einen warmen, festen Händedruck. »Wir sind hier alle per du miteinander, so wie im Sportverein und in den Bergen. Ist das für dich in Ordnung?«

»Ja, sicher«, sage ich, obwohl ich immer noch nicht weiß, in welchen Club ich da gerade aufgenommen wurde, ich hoffe, es ist keine ominöse Sekte.

»Geht schon mal nach oben, ich komme nach.«

Wie steigen zwei steile Treppen hinauf und stehen dann im Dachgeschoss, das durch eine Bretterwand in zwei Teile getrennt ist. Im vorderen Bereich stehen drei kleine runde Stehtische und rechts an der Wand ein Garderobenständer. An den Wänden hängen gerahmte Fotos, die anscheinend während Theateraufführungen aufgenommen wurden. Mit meiner Vermutung liege ich wohl richtig, denn als ich durch die Tür trete, stehe ich in einem großen, hohen Raum mit offenem Dachgebälk, der früher wohl ein Dachboden war, jetzt aber offensichtlich als Theater dient. Der hintere Bereich ist bestuhlt, vorne gibt es eine einfache Bühne, auf der einige Leute stehen und sich lebhaft miteinander unterhalten.

»Das ist unsere Truppe«, sagt Philipp. »Komm, ich stell dich ... mal vor.«

»Halt, warte! Könntest du mich vielleicht erst mal aufklären, was es damit auf sich hat?«

Ich erfahre, dass hier bis vor acht Jahren ein ganz normaler Dachboden war. Dann hatte Anna die Idee, zum sechzigsten Geburtstag ihres Mannes zusammen mit ein paar Freunden ein Theaterstück einzustudieren. Das war ein solcher Erfolg und hat ihnen so viel Spaß gemacht, dass sie beschlossen, jedes Jahr ein Stück aufzuführen. Nach und nach zogen sie die Sache professioneller auf. Der Dachboden wurde ein bisschen aufgehübscht, eine einfache Bühne gebaut, ein Vorhang genäht und in Beleuchtung und eine Mikrofonanlage investiert. Es wurden Kulissen gemalt und Kostüme geschneidert, und alle waren mit Feuereifer dabei. Philipp war vor drei Jahren durch Zufall zu der Truppe gestoßen und ist nun ein festes Ensemblemitglied.

Ich staune nicht schlecht. Das ist also die Überraschung.

»Heute ist nur eine ... also eine ganz normale Probe. Aber ich dachte, dass es dich ... vielleicht ... interessiert.«

»Hallo Philipp«, ruft eine große, schlanke Frau von der Bühne und winkt ihm zu. »Ist das Saskia?«

Mein Besuch ist also angekündigt worden. Wir gehen nach vorne, und Philipp stellt mir die Truppe vor: Da ist Dieter, Annas Mann, ein gestandenes Mannsbild, der unter anderem für die Technik zuständig ist, dann Gabriele, etwa Mitte vierzig, mit langen blonden Haaren, Vera, die ich auf Ende fünfzig schätze, mit einem frechen Kurzhaarschnitt und vielen Lachfalten um die Augen, und Uwe, Gabrieles Mann, groß und dünn mit Glatze und einem Dreitagebart.

»Uwe ist unser Stückeschreiber«, erklärt Philipp.

»Ihr schreibt eure Stücke selbst?«, wundere ich mich.

»Nun, anfangs haben wir fertige Stücke gespielt«, erklärt Uwe, »aber dafür muss man natürlich bezahlen. Außerdem sollte es einigermaßen mit den Personen stimmen, die richtige Anzahl Rollen für Männlein und Weiblein. Und da ich Journalist bin und vielen aus unserer Zunft im Kopf herumspukt, mal was zu schreiben, das nicht am nächsten Tag in der Tonne fürs Altpapier landet, hab ich's dann irgendwann mal selbst versucht.«

»Mit Erfolg«, wirft Dieter ein.

»Was spielt ihr denn so?«

»Bisher Mundartkomödien, aber jetzt wollen wir mal was anderes machen. Bei den Mundartstücken soll es ja lustig zugehen, und ich hab festgestellt, dass es gar nicht so einfach ist, sich immer etwas einfallen zu lassen, was die Leute zum Lachen bringt. Jetzt versuchen wir uns an einem Krimi und hoffen, dass das unserem Publikum auch gefällt.«

»Ich spiele das Hausmädchen«, wirft ein etwa fünfzehnjähriges Mädchen mit Down-Syndrom ein.

»Das ist Lea«, stellt Uwe vor, worauf Lea mich strahlend umarmt.

»Da Mia heute ausfällt, sind wir vollzählig«, sagt Vera. »Sollen wir gleich anfangen? In der ersten Szene kommt Mia ja nicht vor.«

Mia scheint eine Mitspielerin zu sein, die heute fehlt. Philipp führt mich an einen Platz in der ersten Reihe und geht dann zurück auf die Bühne.

Das Stück spielt in einem englischen Herrenhaus. Lady Godiva feiert ihren Geburtstag. Philipp spielt ihren Sohn, und ich stelle erstaunt fest, dass er auf der Bühne ganz flüssig spricht, ohne zu stocken oder zu stammeln. Nach einiger Zeit kommt Anna, setzt sich leise neben mich und drückt mir ein Textheft in die Hand.

»Pause!«, ruft Dieter eine halbe Stunde später von der Bühne. Philipp steigt herunter und setzt sich zu uns. »Hat's dir gefallen?«

»Ja, ich finde, ihr macht das toll, auch Lea. Echt super!«

»Sie ist die Nichte von Gabriele«, erklärt Anna. »Gabriele hat sie einmal mitgebracht, zum Zuschauen. Aber Lea wollte unbedingt mitspielen. Und dann haben wir festgestellt, dass sie wirklich Talent hat. Seither gehört sie fest dazu. Und es muss schon der Himmel einstürzen, damit sie eine Probe verpasst.

Aber am liebsten spielt sie vor Publikum, da holt sie sich ihren Beifall ab wie eine Diva. Sie bringt total gute Stimmung in die Gruppe. Und das Publikum akzeptiert, dass sie nicht immer ganz leicht zu verstehen ist. Ich hoffe, es stört dich nicht, dass sie dich gleich umarmt hat. So ist sie, wenn ihr jemand sympathisch ist. Es ist ihr nicht abzugewöhnen. Und manchmal denke ich, warum auch? Vielleicht sollten wir etwas von Lea und ihrer Herzlichkeit lernen und nicht umgekehrt.«

»Keine Sorge, Ihre Umarmung stört mich kein bisschen. Ich fand's nett«, beruhige ich Anna. »Ein herzlicher Empfang.«

Und dann erfahre ich, warum Philipp mich mitgebracht hat. Die Truppe hat ein Problem. Mia, eine Mitspielerin, liegt mit einem gebrochenen Knöchel im Krankenhaus und fällt deshalb im Moment aus. Ob ich wohl bereit wäre, heute ihre Rolle zu übernehmen, will Anna wissen.

»Du musst gar nicht spielen, nur die Stellen aus dem Textbuch vorlesen, die mit ›Rose‹ gekennzeichnet sind. Du spielst eine junge Frau, die nachts in der Nähe des Herrenhauses eine Autopanne hat. Ihr Handy hat keinen Empfang. Als sie in der Ferne ein Licht sieht, geht sie darauf zu und landet beim Herrenhaus. Die Szene beginnt, als sie dort anklopft.«

Ich komme mir ein wenig hintergangen vor, denn ich glaube nicht, dass diese Idee von Anna stammt. Bestimmt steckt Philipp dahinter. Das ist der Grund, warum Philipp mich heute eingeladen hat. Ich hätte gute Lust, Anna ihre Bitte abzuschlagen. Was habe ich mit dieser Theatertruppe zu tun? Aber da ruft Lea von der Bühne herunter: »Saskia, kommst du? Wir wollen weitermachen.« Lea kann nichts dafür, dieses Hühnchen muss ich mit Philipp rupfen.

Wenig später sitze ich auf einem Stuhl oben auf der Bühne und übernehme die Textpassagen von Mia. Aber schon beim zweiten Durchgang halte ich es nicht mehr auf dem Stuhl aus, ich stehe auf und agiere mit, das Textbuch in der Hand. Ich klopfe an die Tür, die man sich im Moment noch denken muss, erkläre meine missliche Situation und frage, ob ich telefonieren darf. Als sich herausstellt, dass auch hier das Telefon nicht funktioniert, bietet die Lady mir eine Übernachtung an. Am nächsten Morgen werde der Butler sich mein Auto einmal ansehen. Hausmädchen Lea, die mir pantomimisch auch die Tür geöffnet hat, wird beauftragt, ein Zimmer für mich herzurichten.

»Ich kann das gut«, hatte Lea mir erzählt, bevor es mit der Probe losging. »Zu Hause beziehe ich mein Bett auch immer selbst. Aber hier sieht man das nicht, weil das Schlafzimmer auf der Bühne keinen Platz hat.« Es war nicht zu überhören, dass Lea diese Tatsache sehr bedauert.

Jetzt verschwindet sie für einige Zeit von der Bühne, während ich der Geburtstagsgesellschaft Rede und Antwort stehe. Wenig später kommt Lea zurück und vermeldet, mein Zimmer sei gerichtet. Ich gehe mit dem Butler zum Auto, um meinen Koffer zu holen. Damit ist mein Part fürs Erste beendet.

Die Zeit vergeht wie im Flug, und als Anna mit einem Tablett voller belegter Brötchen auftaucht und damit das Ende der Probe einläutet, kann ich kaum glauben, dass schon zwei Stunden vergangen sind.

Wie setzen uns auf der Bühne um den Tisch, der zur noch spärlichen Dekoration gehört, essen, trinken und unterhalten uns. Es wird heftig gefrotzelt und gelacht. Ich vermute, dass Lea nicht jede Anspielung versteht, aber sie lacht begeistert mit, gibt hin und wieder selbst einen harmlosen Witz zum Besten und freut sich, wenn wir darüber lachen.

»Kommst du nächste Woche wieder?«, will Vera wissen. »Mia wird sicher noch nicht so schnell entlassen werden. Es ist wohl ein komplizierter Bruch.«

Ich zögere. Eigentlich wollte ich ablehnen, aber ich stelle fest, dass mir der Abend Spaß gemacht hat. Es ist schließlich keine Verpflichtung für immer. Zunächst geht es ja nur um die nächste Probe. Und die Truppe ist mir sympathisch.

»Bitte, bitte, Saskia«, bettelt Lea.

»Na gut. Ich schau mal, ob ich's einrichten kann. Ich sag dann Philipp Bescheid.«

Wir verabschieden uns voneinander und ich gehe mit Philipp zu seinem Auto.

»Na, die Überraschung ist dir gelungen«, sage ich, als wir losgefahren sind.

Philipp sieht mich unsicher von der Seite an. »Wie meinst du ...?«

»Na, du hast mich doch nur mitgenommen, weil ich für Mia einspringen sollte.«

»Nicht nur.«

»Warum hast du mir das denn nicht gleich gesagt?«

»Wärst du denn dann ... mitgekommen?«

»Sicher nicht.«

»Siehst du. Hab ich gewusst. Deshalb«, erklärt Philipp. »Ich wollte am Anfang auch nicht ... also, bei denen ... mitspielen. Aber jetzt ... macht's mir Spaß.«

»Das hab ich gemerkt. Du hast Talent. Darf ich dich mal was fragen?«

»Hm?«

»Aber du darfst nicht böse sein.«

»Bin ich nicht.«

»Warum kannst du auf der Bühne so fließend sprechen?«

»Weiß ich nicht. Vielleicht ... weil ich das nicht bin. Da bin ich ... na ja, ein anderer. Meine Rolle eben.«

»Ihr seid eine nette Truppe«, stelle ich fest.

»Find ich auch. Na ja, ... ist nicht Shakespeare, ... nichts Anspruchsvolles, was wir spielen. Aber uns macht's Spaß ... und den Leuten ... denen gefällt's. Letztes Jahr, da haben wir drei ... drei Vorstellungen gegeben. Es hat sich ... rumgesprochen. Die Leute kommen jetzt auch ... aus anderen Ortschaften. Aber bisher gab's was Lustiges. Mal sehen, ob die Zuschauer ... also, ob die auch Krimis mögen.«

Als er sich vor meiner Wohnungstür von mir verabschiedet, fragt er: »Bist du mir böse?«

»Böse? Warum?«

»Weil ... weil ... ich nicht gesagt habe, dass wir hoffen ..., dass du ... also, für Mia ... einspringst.«

»Erst war ich schon ärgerlich. Aber du hast ja recht. Wenn du mir gesagt hättest, um was es geht, wäre ich sicher nicht mitgekommen. Und jetzt hat's mir Spaß gemacht.«

»Das ... das freut mich. Also dann gute Nacht, Saskia«, sagt er und küsst mich brüderlich auf die Wange.

Eine Frau für alle Fälle

Von all den Befürchtungen, die man hegt,
treffen zum Glück nur die schlimmsten ein.
(Stendhal)

Eine E-Mail von Philipp:

Liebe Saskia,
hättest Du mal wieder Lust auf einen gemeinsamen Video-
abend? Mit Schlafanzug oder ohne? ☺ Ein Freund hat mir die
DVD von »Zusammen ist man weniger allein« ausgeliehen.
Kennst Du das Buch? Es ist wunderbar!
Eigentlich bin ich skeptisch, wenn es um die Verfilmung eines
Lieblingsbuchs geht, das weißt Du ja. Aber der Film soll sehr gut
gelungen sein. Wollen wir's wagen?
Bis heute Abend???
Dein Philipp

Ich antworte:

Lieber Philipp,
tut mir leid, aber heute Abend habe ich schon etwas vor. Simon
hat mich gebeten, in seinem Restaurant auszuhelfen. Eine Kellne-
rin ist krank geworden. Ich bin wohl gerade der Lückenbüßer, der
für kranke Leute einspringt. Na ja, ein bisschen zusätzliches Geld
kann ich gut gebrauchen. Simons Onkel zahlt 9 Euro 50 die Stunde
und die Trinkgelder darf ich auch behalten.
Aber an einem anderen Abend komme ich gern zu Dir. Ich
habe »Zusammen ist man weniger allein« auch sehr gern gelesen,
kenne die Verfilmung aber nicht.
Danke für die Einladung.
Deine Saskia

Liebe Saskia,

schade, ich hatte mich schon auf unseren gemeinsamen Abend gefreut, aber das mit Simon verstehe ich natürlich.

An drei Sachen solltest Du heute Abend denken: Erstens – flache Schuhe anziehen, zweitens – immer lächeln, das bringt Trinkgeld, und drittens – auf keinen Fall in den Koch verlieben wie die Camille aus »Zusammen ist man weniger allein«. Alles klar?

Schon wieder ein gemeinsames Lieblingsbuch – ich bin ein Glückspilz!

Mach's gut heute Abend!

Dein Philipp

Simon ist früher ins Restaurant gefahren, um einige Vorbereitungen in der Küche zu treffen. Ich soll gegen halb sechs kommen, damit er mich einweisen kann.

Ich bin noch nie im »Da Luigi« gewesen. Es ist keine einfache Pizzeria, aber auch kein Edelitaliener, sondern etwas dazwischen. Die Tische sind mit weißen Stofftischdecken und -servietten eingedeckt, und auf jedem Tisch stehen eine schlanke weiße Kerze und eine kleine Vase mit einer einzelnen Rose. An den Wänden hängen große Schwarz-Weiß-Fotografien, die Motive aus Italien zeigen, die Spanische Treppe und den Trevi-Brunnen in Rom, den schiefen Turm von Pisa und die Rialtobrücke in Venedig. Nur an der Wand neben dem Pizzaofen hängt eine Farbfotografie, auf der wohl die Mitglieder von Simons Großfamilie versammelt sind. Das nehme ich wenigstens an. Simon hat mir erklärt, dass die Räumlichkeiten früher ein Ladengeschäft beherbergt haben. Jetzt erinnert nichts mehr daran.

Onkel Luigi steht vor dem Pizzaofen und ist dabei, Teigkugeln auf einem Brett zurechtzulegen und die verschiedenen Pizzazutaten in Schüsseln zu verteilen. Er begrüßt mich und ruft etwas Italienisches in die Küche. Das Einzige, was ich davon verstehen kann, ist »Simon« und »ragazza«. Das heißt, soviel ich weiß, »Mädchen« und damit bin wohl ich gemeint. Simon kommt aus der Küche und umarmt mich. Er stellt mich seinem Onkel vor, der keinerlei Ähnlichkeit mit Simon aufweist, aber der hat mir ja schon erklärt, dass er seiner deutschen Verwandtschaft nachschlägt.

»Super, dass du uns aushilfst. Komm, ich zeig dir, was du machen musst, bevor die ersten Gäste kommen.«

Simon holt einen kleinen Taschencomputer, wie ich ihn schon in anderen Restaurants und Eisdielen gesehen habe, und zeigt mir, wie er funktioniert.

»Du musst nur mit dem Stift hier die jeweilige Tischnummer und die Nummer des Essens eintippen, dann wird die Bestellung gleich in die Küche durchgegeben und nachher eine Rechnung erstellt.«

»Kann ich das denn nicht einfach mit Kuli auf einen Block schreiben? Ich kenne die Nummern doch gar nicht.« Mir wird langsam mulmig, auf was ich mich da eingelassen habe.

»Ist doch kein Problem. Die Tischnummer steht auf jedem Tisch, und die Nummern der Gerichte auf der Speisekarte. Du kannst auch die Gäste bitten, dass sie dir die Nummern sagen. Das haben schon Blödere als du kapiert.«

»Na, vielen Dank.«

»War eigentlich als Kompliment gedacht«, lacht Simon. »Du machst das schon. Und wir sind ja auch noch da, wenn's ein Problem gibt.«

Um acht Uhr ist das Lokal rappelvoll. Alle Tische sind besetzt. Ich gebe mein Bestes, aber ich habe ständig das Gefühl, nicht schnell genug zu sein.

»Fräulein, können wir endlich mal bestellen!«

»Das ist aber nicht der Wein, den ich wollte. Ich habe Chianti bestellt und das hier ist ganz bestimmt keiner.«

»Wir warten schon ewig auf die Rechnung!«

»Da kann aber was nicht stimmen. Das Wasser kann doch wohl keine 6 Euro 50 kosten.«

»Gibt's heute keinen Grappa aufs Haus?«

Ich kann nicht mehr zählen, wie oft ich heute den Satz gesagt habe: »Entschuldigen Sie, ich bin neu hier.«

Die meisten Gäste zeigen sich verständnisvoll, aber es fällt auch der Satz: »Das merkt man.«

Und ständig ertönt zwischendurch die Glocke, die mir signalisiert, dass Simon wieder ein Essen zum Servieren unter die Wärmelampen auf die Theke gestellt hat.

Als gegen halb zwölf die letzten Gäste das Lokal verlassen, falle ich erschöpft auf einen Stuhl. Meine Füße tun weh und mir schwirrt der Kopf.

»Hier, trink mal nen Schluck«, sagt Simon und stellte ein Glas Grappa vor mich auf den Tisch.

»Ich muss noch Auto fahren«, werfe ich ein.

»Der eine wird dir nicht schaden. Den hast du dir redlich verdient.«

Simon scheint tatsächlich mit mir zufrieden zu sein.

»Verdient? Womit denn? Mit der falschen Rechnung an Tisch 5? Oder mit dem verkehrten Essen für Tisch 2? Oder dem Glas Rotwein, das ich dem Gast über die Hose gekippt habe?« Mir steigen Tränen in die Augen. »Zieh mir das Ersatzglas und die Rechnung für die Reinigung von meinem Lohn ab.«

»Quatsch!« Philipp setzt sich neben mich, legt mir den Arm um die Schulter und zieht mich an sich. »Hey, nun nimm's mal nicht so ernst. Das ist uns allen schon mal passiert. Ist doch kein Beinbruch. Wichtig ist, dass man sich entschuldigt und die Sache wieder in Ordnung bringt. Dafür, dass du das das erste Mal gemacht hast, hast du dich echt wacker geschlagen. Aller Anfang ist schwer. Willst du mit mir nach Hause fahren? Ich muss aber erst noch die Küche aufräumen.«

Ich lehne dankend ab. »Ich glaube, ich pack's lieber gleich, sonst schlafe ich noch auf dem Stuhl ein. Ich bin hundemüde.«

»Kann ich dir nachfühlen. Ich stecke dir das Kuvert mit deinem Geld dann morgen in den Briefkasten. Und vielen Dank nochmal.« Er drückt mir einen Kuss auf jede Wange. »Schlaf gut!«

»Unter Garantie. Ich schlafe ja schon fast im Stehen ein.«

Als ich die Tür hinter mir zuziehe, höre ich Philipp immer noch leise lachen. Bestimmt hält er mich für eine Memme. Ach, was soll's!

Damals

Gott gibt uns Erinnerungen,
damit wir im Winter Rosen haben.
(Baltisches Sprichwort)

Ich sitze im Schlafanzug vor meinem Laptop, nage an meiner Unterlippe und lese die Mail, die Philipp mir geschickt hat.

Liebe Saskia,
wie war Dein Abend? Hat alles gut geklappt? Ich hab Dir fest die Daumen gedrückt, und mir auch, wegen Punkt 3. (Ich muss schmunzeln.)
Vergiss nicht, heute Abend ist Theaterprobe. Ich hole Dich um halb sieben ab. Ich freue mich schon drauf. Nicht nur wegen der Probe.
Ich muss los. Bis dann
Dein Philipp

Lieber Philipp,
ich finde, Bedienungen sind total unterbezahlt. Das ist ein echter Knochenjob. Gut, dass ich wenigstens die flachen Schuhe anhatte – danke für den Tipp. Trotzdem haben mir meine Füße höllisch wehgetan, obwohl ich langes Gehen ja von meinen Stadtführungen gewöhnt bin. Keine Ahnung, wie viele Kilometer ich gestern Abend gelaufen bin. Aber Schluss jetzt mit der Jammerei. Simon scheint mit mir zufrieden gewesen zu sein, obwohl einiges schieflief. Das erzähle ich Dir heute Abend.
Was Punkt 3 angeht, so ...

Es klingelt Sturm. Da stimmt etwas nicht. Ich gehe eilig zur Tür und öffne.

»Frau Liebe, Sie müssed schnell komme«, japst Frau Federle, die offensichtlich gerannt ist. »Dr Herr Dokter liegt im Schlofzimmer uff em Bode und i krieg en oifach net hoch. Der isch so schwer wie en Kartoffelsack. Sie müssed mr helfe.«

Ich ziehe schnell Schuhe an, greife nach meinem Schlüssel, ziehe die Tür hinter mir zu und renne hinter Frau Federle die Treppe hinauf.

»Ist er bei sich? Hat er sich was gebrochen? Oder hatte er womöglich einen Schlaganfall?«

»I glaub net. Schwätze kann r jedenfalls no, laut und vernehmlich.«

»Gott sei Dank.«

»Na ja, wie mr's nimmt. Er hat's Schimpfe net verlernt.«

Wir sind oben angekommen und Frau Federle geht schnell voraus ins Schlafzimmer. Der Doktor sitzt auf dem Boden und sieht sie missbilligend an.

»Wo bleiben Sie denn so lange? Es ist nicht besonders gemütlich hier auf dem Boden.«

»I bin grennt, so schnell i kann«, schnauft Frau Federle.

»Was ist denn passiert?«, will ich wissen.

»Könnten wir das vielleicht später klären? Ich finde es nicht sehr bequem auf dem Boden. Und kalt ist mir auch. Vielleicht wären die Damen so nett, mir endlich aufzuhelfen.«

Das ist leichter gesagt als getan.

»Mein Gott, Sie brechen mir ja noch alle Knochen, die bei meinem Sturz Gott sei Dank heil geblieben sind«, beschwert sich der Doktor, als jede von uns vergeblich an einem anderen Arm zieht. »Haben Sie schon mal was vom Rettungsgriff gehört?«

Ich erinnere mich vage an den Erste-Hilfe-Kurs, den ich im Rahmen meiner Führerscheinprüfung gemacht habe. Wie war das nochmal? Sich dicht an den Rücken des Doktors stellen, dessen rechten Arm angewinkelt vor seine Brust legen, mit meinen Armen unter dessen Achseln durchfassen, mit beiden Händen seinen Unterarm fassen und ihn hochziehen. Ich gebe mir wirklich alle Mühe, aber es klappt nicht.

Ich muss Frau Federle Recht geben: Er ist so schwer wie ein Kartoffelsack.

»Können Sie nicht mit den Beinen ein bisschen mithelfen?«, frage ich den Doktor.

»Wenn ich's könnte, würde ich es gern tun.«

»So wird das nichts«, keuche ich und sage dann zu Frau Federle: »Nehmen Sie seine Beine, wir legen ihn aufs Bett. Auf drei. Eins, zwei, drei.«

Beim zweiten Versuch klappt es.

»Was soll ich denn im Bett? Ich will doch aufstehen«, schimpft der Doktor.

»Das können Sie ja jetzt. Anders ging's eben nicht.«

»Wenn man Frauen schon mal was machen lässt«, schnaubt er.

»Wir können Sie gern wieder auf den Boden legen und ein paar gestandene Rettungssanitäter zur Hilfe holen. Wo ist eigentlich Ihr Notruf-Knopf?«, fällt mir da ein.

»Da, wo r immer liegt, nebem Telefon in dr Diele«, erklärt Frau Federle. »Also en guder Schwob isch dr Herr Dokter net, sonsch däd r des Ding aziehe. Des koschded doch jeden Monat en Haufe Geld.«

»Also, wenn's in der Diele liegt, dann nützt es natürlich sehr viel«, stelle ich fest.

»Sie müssen nicht noch drin herumbohren«, poltert der Doktor. »Was meinen Sie, wie sehr ich heute schon bereut habe, das blöde Ding nicht anzuhaben. Wird nicht wieder vorkommen, darauf können Sie sich verlassen. Und jetzt machen Sie mir einen Kaffee, aber einen starken.«

Ich erfahre, dass der Doktor länger als zwei Stunden auf dem Boden gelegen hat, bis Frau Federle gekommen ist und ihn gefunden hat.

»Ist kein angenehmes Gefühl, das kann ich Ihnen versichern. Da geht einem so manches durch den Kopf.«

»Soll ich einen Arzt rufen?«

»Unterstehen Sie sich. Meinen Sie, ich will ins Krankenhaus kommen? Mir fehlt nichts, außer ein paar blauen Flecken vielleicht. Und falls Sie Andrea etwas davon sagen, dann sind wir geschiedene Leute. Die ist imstande und steckt mich in ein Heim, bloß weil ich ein Mal hingefallen bin.«

Frau Federle kommt mit der Kaffeekanne und zwei Tassen aus der Küche und schenkt auch mir Kaffee ein.

»Luschtig sehed ihr aus mit eure Schlafanzüg«, stellt sie fest.

Ich sehe an mir herunter und muss lachen.

»Tja, Kleider machen Leute. Da ist schon was dran«, meint der Doktor. »Wenn ich statt mit meiner Robe im Schlafanzug in den Gerichtssaal gekommen wäre, da wäre wohl niemand aufgestanden und es hätte auch niemand vor mir gezittert.«

»Mir sind Sie lieber so. Vor Ihnen zittern möchte ich nicht unbedingt«, sage ich und drücke seine Hand. »Das war wohl ein Schreck in der Morgenstunde.«

»Das stimmt. Aber jetzt lassen Sie uns lieber das Thema wechseln. Wie war denn Ihr Abend als Kellnerin?«

»Ganz schön anstrengend. Und mindestens ein Gast wird mich nicht in guter Erinnerung behalten. Ich bin aus Versehen an sein fast volles Rotweinglas gestoßen und habe ihm den Inhalt über die Hose gekippt. Er hat sich schrecklich aufgeregt, vor allem, als ich ihm mit der Serviette im Schoß herumgewischt habe. Dann ist er wütend in der Toilette verschwunden. Leider kam er nasser heraus, als er hineingegangen ist. Der Rotweinfleck war heller, aber auch größer geworden. Als er seine Hose anschließend trocknen wollte, musste er feststellen, dass es dort keinen normalen Handföhn gab, sondern einen Dyson-Trockner, Sie wissen schon, so eine schmale Rinne, in die man zum Trocknen seine Hände schieben muss. Für das Trocknen einer Hose total ungeeignet. Vielleicht sollte man den Restaurants empfehlen, bei der Einrichtung ihrer Toiletten solche Unglücksfälle einzukalkulieren. Ich werde Simon empfehlen, irgendwo einen ganz normalen Haarföhn mit Schnur zu deponieren. Mit dem geht's am besten.«

Der Doktor lacht. »Da hatten Sie ja einen aufregenden Abend.«

Ich freue mich, dass ich ihm mit meiner Geschichte vermitteln kann, dass er nicht der Einzige ist, dem etwas Peinliches passiert ist. Aber er hat mit der Sache noch nicht abgeschlossen.

»Man sollte nicht so alt werden«, sagt er.

»Das hat aber neulich noch ganz anders geklungen.«

»Sie meinen in Ihrem Auto? Na ja, in Todesangst sagt man so manches.«

»Das nehmen Sie jetzt aber zurück.«

»Als Richter muss ich mit gutem Beispiel vorangehen und immer die Wahrheit sagen«, schmunzelt er.

»Ich gebe Ihnen heute mildernde Umstände«, beschließe ich. »Also, ich geh dann mal, ich muss nachher weg zu einer Stadtführung, diesmal unterirdisch. Das ist echt interessant. Im Moment ist ja Frau Federle da. Wenn ich zurück bin, schau ich nochmal rein. Falls vorher was ist, rufen Sie mich einfach auf dem Handy an, meine Nummer haben Sie ja.«

»Wenn ich Sie in der Unterwelt erreiche.«

»Dann drücken Sie den Hausnotruf, den haben Sie ja jetzt immer an, wie ich sehe«, ziehe ich ihn mit Blick auf seinen Arm ohne Notrufarmband auf.

»Werden Sie bloß nicht frech, junge Frau.« Er droht mir scherzhaft mit dem Finger.

Ich kann mir vorstellen, was für schlimme Stunden der Doktor hinter sich hat und wie hilflos und beschämt er sich gefühlt haben muss. Deshalb freue ich mich, dass er inzwischen wieder zum Scherzen aufgelegt ist.

Esslingen unter Tage habe ich erst durch meine Stadtführungen kennengelernt. Und obwohl ich jetzt schon einige Führungen in Esslingens Unterwelt gemacht habe, fasziniert sie mich immer wieder aufs Neue.

Der Treffpunkt ist wie immer der dicke Turm der Burg. Meine Gruppe ist bunt gemischt, und während ich kurz über die Entstehung und den Zweck der Burg spreche, beäuge ich die Gruppenteilnehmer neugierig. Ein junges Paar fällt mir auf, er in

Shorts, T-Shirt und Flip-Flops, sie im kniekurzen Sommerkleid mit Spaghettiträgern.

»Haben Sie noch andere Schuhe dabei?«, frage ich den jungen Mann.

»Andre Schuh? Gfalled Ihne die net?«

»Es geht weniger ums Gefallen«, lache ich, »als um den Halt. Wir müssen heute etliche Stufen bewältigen.«

»Also, des isch koi Problem. Mit dene Schuh lauf i de ganze Sommer rom. Mit dene könnt i au de Mount Everest besteige, wenn's sei muss. Die sin super.«

Eine ältere Dame sieht mich besorgt an. »Wie viele Stufen sind das denn?«

»Nun, genau kann ich Ihnen das nicht sagen. Ich hab sie noch nicht gezählt, aber schon etliche. Hinunter ins Wasserreservoir, dann von der Burg runter nach Esslingen, dort in den alten Weinkeller, in die Krypta von St. Dionys und ins ehemalige Beinhaus«, zähle ich auf. »Da kommt schon was zusammen. Haben Sie Probleme beim Treppensteigen?«

»Schon«, gibt die Dame zu, »seit einiger Zeit hab ich Schmerzen in den Knien, Arthrose, sagt der Arzt. Noch geht's, wenn ich sie nicht allzu sehr belaste, aber über kurz oder lang muss ich sie wohl operieren lassen.«

Ich lege der Dame nahe, unter diesen Umständen auf die Führung zu verzichten, die Kosten würden ihr erstattet werden, aber davon will sie nichts wissen. Manchmal kann ich nur staunen, mit welchen Vorstellungen die Leute zu dieser Führung kommen. Sie scheinen Esslingen unter Tage mit einem Vergnügungspark zu verwechseln, wo sie mit dem Aufzug in die angenehm beheizte untere Etage befördert werden. Die nächste, die mir Sorgen bereitet, ist die Freundin des Flip-Flop-Mannes in ihrem luftigen Sommerkleid.

»Haben Sie eine Jacke dabei?«

»A Jack, bei dera Hitz?« Sie sieht mich ungläubig an.

»Na ja, unter Tage ist's ein bisschen kühler als hier oben«, erkläre ich, »um einiges kühler.«

»Koi Angscht, i wärm de scho, Tanja«, erklärt der junge Mann und legt seiner Freundin fürsorglich den Arm um die Schulter. Ich hoffe für die junge Dame, dass das ausreicht.

Die Führung »Keller, Krypta, Katakomben« mache ich lieber in den kühlen Monaten. Nicht nur, weil mir der Abstieg in die kalte, düstere Unterwelt leichter fällt, wenn oben nicht die Sommersonne strahlt, sondern vor allem deshalb, weil dann die Teilnehmer in der Regel ohnehin feste Schuhe und Jacken tragen.

Ich hole meinen Schlüssel heraus und öffne unter den staunenden Augen meiner Gäste die große Klappe, die sich mitten auf der Wiese befindet und den Zugang zum stillgelegten Wasserreservoir freigibt. Alle bewältigen die kunstvoll gearbeitete Wendeltreppe ohne größere Probleme und stehen dann staunend in dem beeindruckenden Gewölbebau mit seinen dicken Säulen.

Wieder am Tageslicht können wir uns beim Abstieg von der Burg und dem Weg durch die Innenstadt zu einem der vielen alten Weinkeller Esslingens aufwärmen.

Besonders interessant finden etliche Teilnehmer die unterschiedlichen Fundamente unter der Kirche St. Dionys, die bis zurück ins 8. Jahrhundert reichen. Vorbei an steinernen Sarkophagen machen wir uns auf den Weg zur Krypta des heiligen Vitalis, einem ehemaligen Wallfahrtsort. Als Tanja die ersten Gebeine entdeckt, die überall zwischen den Steinen zu sehen sind, quietscht sie erschrocken auf und drückt sich noch dichter an ihren Begleiter. Sie ist nicht die Einzige, die sich bei diesem Anblick gruselt. Einige sind deshalb nicht besonders begeistert, als sie hören, dass unsere nächste und letzte Station das Beinhaus ist. Aber ich kann sie beruhigen. Inzwischen beherbergt das Beinhaus keine Gebeine mehr, sondern das Stadtarchiv. Die Gebeine wurden inzwischen anderswo beigesetzt.

Ich bin froh, als ich nach zwei Stunden alle Teilnehmer unverletzt und bei guter Gesundheit verabschieden kann. Kein verstauchter Fuß, kein Kreislaufkollaps und keine klaustrophobischen Zustände sind zu beklagen. Ich gönne mir noch einen Latte macchiato im nächstgelegenen Café und mache mich dann auf den Heimweg.

Wieder zu Hause ist gleich noch einmal eine Treppe zu bewältigen, diesmal sind es die Stufen nach oben zur Wohnung des Doktors. Ich habe eine Tüte mit Schneckennudeln dabei, die ich im Vorbeigehen beim Bäcker gekauft habe.

Der Doktor sitzt am Tisch und blättert in alten Fotoalben.

»Haben Sie Lust auf eine Tasse Kaffee?«

»Oh ja, sehr gern. Und wie war's in der Unterwelt?«

»Interessant wie immer«, sage ich und erzähle ihm davon, während ich den Tisch decke.

Als wir dann zusammen vor unseren Kaffeetassen sitzen, schaut der Doktor mich ein wenig verlegen an und sagt: »Ich muss mich bei Ihnen entschuldigen. Es war nicht nett von mir, heute Morgen so unfreundlich zu Ihnen zu sein. Schließlich war ich ja gottfroh über Ihr Kommen und Ihre Hilfe.«

»Schon vergessen«, beruhige ich ihn.

»Zu meiner Verteidigung kann ich nur anführen, dass es nicht ganz einfach ist, sich ans Altwerden zu gewöhnen. Wenn einem Fähigkeiten, die man einmal ganz selbstverständlich besessen hat, allmählich abhandenkommen und man auf Hilfe angewiesen ist. Aber das ist natürlich trotzdem keine Entschuldigung für mein Verhalten.«

»Ich verstehe Sie, wirklich. Haben Sie sich bei Frau Federle auch entschuldigt?«

Ein Lächeln huscht über sein Gesicht. Er nickt. »Wissen Sie, was sie zu mir gesagt hat? ›Des bin i doch von Ihne gwöhnt. Hätt mi au gwundert, wenn über Nacht aus ma alte Bruddler en Heiliger worde wär. Hauptsach, s isch Ihne nix bassiert.‹«

Ich muss lachen. Das war wirklich Originalton Frau Federle.

»Sie können ja richtig schwäbisch.«

»Natürlich. Ich bin schließlich in Reutlingen aufgewachsen. Ich hab's mir dann im Beruf abgewöhnt. Ein schwäbischsprechender Richter, das kommt nicht so gut an. Obwohl es mir manchmal auch geholfen hat, wenn ich mit einem Angeklagten in seiner Muttersprache sprechen konnte.«

Ich schaue auf das aufgeschlagene Fotoalbum. »Ist das Ihre Frau?«

»Ja, das ist Elisabeth. Und das ist unsere Tochter, Marion. Da war sie achtzehn. Zur Feier ihres Abiturs haben wir ein paar Tage Urlaub in Paris gemacht.«

»Es muss schrecklich sein, ein Kind zu verlieren.«

»Ja, das ist es. Es gehört zum Schlimmsten, was einem im Leben widerfahren kann. Wenn ich damals meine Frau und Andrea nicht gehabt hätte ...« Er lässt den Satz unvollendet. »Sagen Sie, Saskia, hätten Sie ein wenig Zeit? Ich würde Ihnen gern etwas erzählen. Etwas aus meinem Leben, das ich noch niemandem erzählt habe. Aber es muss nicht heute sein, wir können auch ein anderes Mal ...«

»Nein, nein, ich habe heute nichts mehr vor. Das heißt, um halb sieben holt Philipp mich zur Theaterprobe ab, aber bis dahin ist ja noch lange Zeit.« Die Worte des Doktors haben mich neugierig gemacht.

»Ich habe Ihnen ja schon erzählt, wie ich meine Frau kennengelernt habe, damals im Lazarett in Baden-Baden«, beginnt der Doktor seine Geschichte. »Wir waren verliebt ineinander, als ich wieder gesund war und zurück nach Italien geschickt wurde, aber außer Händchenhalten, Liebesschwüren und ein paar Küssen war zwischen uns nichts gewesen.

Ich war damals in Verona stationiert. Und dort lernte ich Maria kennen, die bildhübsche Tochter eines Bäckers, bei dem ich, wann immer es möglich war, ein Brot kaufte. Nicht weil das Brot dort so gut war, sondern weil Maria hinter der Theke stand.

Wir waren jung und verliebt und dachten nicht viel weiter als bis zum nächsten Tag. Es blieb nicht lange bei Küssen.

Sie fragen sich sicher, wie ich das Elisabeth antun konnte. Nun, ich könnte einiges zu meiner Verteidigung anführen. Elisabeth und ich waren nicht verlobt miteinander. Seit einigen Wochen hatte ich keinen Brief mehr von ihr bekommen. Später stellte sich heraus, dass zwei Briefe verloren gegangen waren. Ich war jung, musste jeden Tag damit rechnen, dass es mein letzter sein konnte. Da wollte ich wohl alles Schöne, das sich mir bot, mitnehmen. Na ja, Sie merken schon, meine Argumente sind recht fadenscheinig. Maria und ich hatten nur wenige schöne Wochen miteinander, dann wurde meine Einheit verlegt. Ich habe nie mehr etwas von ihr gehört.

Zurück in Deutschland habe ich Elisabeth wiedergetroffen und wir haben geheiratet. Ich habe immer wieder daran gedacht, ihr von Maria zu erzählen, aber ich habe es nie getan. Vielleicht aus Feigheit, vielleicht, weil ich Elisabeth nicht verletzen wollte, vielleicht auch, weil ich irgendwann dachte, dass es keine Rolle mehr spielt nach so vielen Jahren. Aber mein schlechtes Gewissen hat mich nie ganz verlassen. Nicht nur Elisabeth, auch Maria gegenüber. Was wohl aus ihr geworden ist? Ob sie überhaupt noch lebt? Sie wäre inzwischen weit über achtzig. Als ich heute so lange hilflos am Boden lag, hatte ich viel Zeit, über mein Leben nachzudenken. Und irgendwie habe ich das Gefühl, dass diese Sache mit Maria noch nicht abgeschlossen ist.«

»Sie möchten wissen, was aus ihr geworden ist?«

»Ja, vielleicht. Jetzt kann es Elisabeth ja nicht mehr verletzen. Aber vielleicht sollte man eine so alte Geschichte auch ruhen lassen. Ich wüsste auch gar nicht, wie ich sie finden soll.«

»Nun, mit dem Internet ist heute vieles möglich. Wie hat sie denn mit Nachnamen geheißen?«

»Fratelli, Maria Fratelli.«

»Ich könnte versuchen, etwas herauszufinden. Sie können sich dann immer noch überlegen, ob Sie Kontakt zu ihr aufnehmen wollen«, schlage ich vor.

»Sofern sie noch lebt.«

»Ja, sofern sie noch lebt.«

»Würden Sie das für einen verlogenen alten Kerl wie mich tun?«, will er wissen.

»Nein, für einen verlogenen alten Kerl würde ich es nicht tun. Aber für einen netten alten Herrn, der manchmal ein bisschen brummig, aber meistens sehr liebenswert ist, schon.«

Spurensuche

Die Welt ist eine Bühne,
nur das Stück ist schlecht besetzt.
(Oscar Wilde)

Es ist heute schon die dritte Probe, an der ich teilnehme. Ich werde inzwischen behandelt, als wäre ich schon ewig dabei, und habe viel Spaß beim Spiel und dem anschließenden geselligen Beisammensein.

Als wir uns nach der Probe um den Tisch versammelt haben und uns Annas Zwiebelkuchen schmecken lassen, sieht Anna mich an und sagt: »Wir haben erfahren, dass Mia für mindestens drei Monate ausfallen wird. Sie darf ihr Bein vier Wochen überhaupt nicht belasten und muss anschließend noch etliche Wochen an Krücken gehen. Und das heißt, dass wir unsere Aufführung für dieses Jahr vergessen können, wenn wir keinen Ersatz für sie finden.«

»Das tut mir leid, für Mia, aber natürlich auch für euch.«

»Wir finden, du machst das sehr gut«, fährt Anna fort, »und du passt auch prima zu unserer Truppe, deshalb wollten wir dich fragen ...«

Ich merke schon, worauf Anna hinauswill. »Oh nein, vergiss es! Ich meine, ich kann doch bei der Aufführung nicht da vorne stehen und vom Blatt ablesen.«

»Na ja, zur Not geht das auch«, mischt sich jetzt Dieter ein, »aber schöner ist es natürlich ohne Blatt. Und du hast ja noch viel Zeit. Die Aufführung soll erst Ende Oktober sein.«

»Also, ich weiß wirklich nicht. Ich hab noch nie auf einer Bühne gestanden und vor Leuten gespielt.«

»Wenn du deine Stadtführungen machst, stehst du doch auch vor Leuten und musst ihnen was erzählen«, wirft Dieter ein.

»Das ist doch was Anderes. Da rede ich, wie's mir gerade einfällt, und habe keinen festen Text, den ich vergessen kann.«

»Bitte, bitte, Saskia«, bettelt Lea, »wir helfen dir auch alle und sagen dir vor.«

»Außerdem kommen zu unseren Aufführungen Freunde, Bekannte und Leute aus den umliegenden Ortschaften. Da muss es nicht perfekt sein. Wir sind schließlich nicht das Staatstheater«, sagt Vera.

»Na gut, ich werd's mir überlegen.«

Alle klatschen erleichtert Beifall, als sei die Entscheidung schon gefallen, und wenn ich ehrlich bin, dann ist sie das auch.

»Ich helfe dir beim Lernen«, sagt Philipp, als wir zusammen nach Hause fahren. »Ich kann dich abfragen. Wir haben sowieso ... also viele Dialoge zusammen, dann lerne ich ... meinen Text gleich mit.«

»Na ja, wahrscheinlich mach ich's. Ich kann doch Lea nicht enttäuschen.«

»Ach, mich schon, oder wie?«

»Du hast noch nie so schön bitte, bitte zu mir gesagt wie Lea.«

»Bitte, bitte«, sagt Philipp und klatscht zweimal in die Hände.

»Nimm gefälligst deine Hände ans Steuer, wenn du mit mir fährst«, lache ich. »Du kannst mir übrigens auch einen Gefallen tun.«

»Bin ganz Ohr.«

Ich erzähle, dass ich auf der Suche nach einer Italienerin bin. Und er kenne sich doch so gut im Internet aus, jedenfalls besser als ich. Ich wüsste allerdings nur den Namen der Frau und ihren Wohnort vor siebzig Jahren.

»Das ist nicht viel«, wirft Philipp ein, »aber ich ... will es versuchen. Warum suchst du sie denn?«

»Der Doktor hat sie mal gekannt. Und er würde wohl gern wieder Kontakt zu ihr aufnehmen.«

Die ganze Geschichte muss Philipp nicht kennen, die hat der Doktor mir im Vertrauen erzählt.

»Eine Italienerin sagst du? Da hast du Glück. Die behalten ... ihren Mädchennamen in der Regel auch nach ... nach ... der Hochzeit, soweit ich weiß. Das macht die Sache einfacher.«

»Damals auch schon? Die sind ja ganz schön emanzipiert, die Italienerinnen«, staune ich.

»Nun, vielleicht hat es auch ... also, einfach damit zu tun, dass die ... die Familie in Italien eine große Rolle spielt. Vielleicht wollen die Leute wissen, aus ... aus welcher Sippe eine Frau stammt.«

»Möglich wär's. Ich schreibe dir den Namen auf und die Adresse der Bäckerei in Verona, die damals ihrem Vater gehört hat. Wäre toll, wenn du was rauskriegen könntest.«

»Für dich geb ich mein Bestes.«

»Das hast du schön gesagt«, freue ich mich.

Ich habe mich gleich morgens an meinen Schreibtisch gesetzt, um das aktuelle Manuskript zu lektorieren. Der Verlag wartet, aber mir fehlt heute die rechte Motivation. Es ist ein Buch, das mir nicht liegt, und ein schwieriger Autor. Einer, der sich für den nächsten Literaturnobelpreisträger hält, dabei ist er davon weiter entfernt als der Mond von der Erde. Gäbe es einen Preis für Eitelkeit, dann hätte er echte Chancen. Ich bin deshalb direkt dankbar, als es an meiner Tür klingelt.

»Hallo Philipp, komm doch rein!«

»Nein, ich muss meinen Laden aufmachen, bin schon ... spät dran. Wollte Dir nur schnell die ... also die Adresse und die Telefonnummer ... von dieser, dieser Maria bringen.«

»Du hast sie gefunden? Mensch, Philipp, das ist ja toll!« Ich falle Philipp um den Hals und drücke ihn. Er lächelt verlegen.

»War nicht so ... so furchtbar schwierig. Die Bäckerei gibt's noch.« Sie werde aber inzwischen wohl nicht mehr von Maria geführt, sondern von Rosina und Pepe Fratelli, vermutlich Kinder oder Enkel von Maria. Ob Maria noch lebt, hat er nicht feststellen können. Aber sicher wäre das von den neuen Eigentümern der Bäckerei zu erfahren. Philipp meint, es sei seiner Meinung nach besser, zunächst selbst Kontakt mit ihnen aufzunehmen, um beim Doktor keine falschen Hoffnungen zu wecken.

»Also, ich muss dann«, sagt Philipp.

»Vielen Dank nochmal«, rufe ich ihm nach. »Hast einen Wunsch bei mir frei.«

Philipp dreht sich noch einmal um. »Jeden?«

»So siehst du aus«, lache ich.

Es ist sicher keine schlechte Idee von Philipp, zunächst einmal mit den Verwandten von Maria Kontakt aufzunehmen. Ich will keine Zeit verstreichen lassen. Deshalb greife ich zum Telefonhörer und wähle. Es klingelt sechsmal, dann wird der Hörer abgehoben. Ich höre laute Hintergrundgeräusche, Klappern und Menschen, die lebhaft durcheinander reden. Dann sagt jemand »Pronto«. Ich versuche mein Anliegen auf Englisch vorzubringen, da ich davon ausgehe, dass der Teilnehmer am anderen Ende der Leitung kein Deutsch versteht. Mir tönt ein Schwall rasend schnell gesprochener italienischer Worte entgegen. Das Einzige, was ich verstanden habe, ist das *pronto* vom Anfang, aber das hilft mir nicht weiter. Ich sage *scusi* und lege auf. Und jetzt?

Simon! Natürlich, ich muss Simon als Übersetzer einschalten, er ist schließlich Italiener. Es ist kurz nach neun, um diese Zeit ist Simon in der Regel zu Hause. Ich laufe die Treppe hinauf und klingle an seiner Tür. Es dauert eine Weile, dann öffnet er. Alles, was er trägt, ist Rasierschaum – sonst nichts.

»Oh, entschuldige, ich ... äh ... also, ich ... ich komme vielleicht besser später nochmal wieder.« Ich stottere schon herum wie Philipp. Obwohl ich mich bemühe, Simon in die Augen zu schauen, entgeht mir nicht, dass er gut gebaut ist.

»Warum denn? Später bin ich weg. Komm rein und setz dich. Ich bin gleich fertig.«

Ich setze mich aufs Sofa und schaue mich neugierig um. Seit ich zuletzt in der Wohnung war, hat sich einiges getan. Simon hat sich inzwischen eingerichtet, kühl, männlich, aber geschmackvoll.

»Na, was führt dich zu mir?«, will Simon wissen, der inzwischen angezogen ist.

»Ich brauche einen Dolmetscher«, sage ich und erkläre ihm das Problem. »Würdest du das für mich machen?«

»Das und noch viel mehr«, sagt Simon. »Bekomme ich eine Belohnung dafür?«

»Ich werde drüber nachdenken.«

»Klingt nicht sehr viel versprechend. Also, wo hast du die Nummer?«

Ich reiche ihm den Zettel und beobachte gespannt, wie Simon wählt und darauf wartet, dass am anderen Ende der Hörer abgenommen wurde. Wieder höre ich einen Schwall italienischer Worte, diesmal von Simon. Es ist mir ein Rätsel, wie man diese Sprache verstehen, geschweige denn erlernen kann. Ich muss an den Spruch von Anthony Quinn denken: »Italienisch ist eine Gebärdensprache, deren Verständnis durch Worte erschwert wird.«

»*Un momento per favore*«, sagt Simon, das wenigstens ist mir bekannt.

»Da ist die Enkelin von Maria am Telefon«, erklärt er mir. »Sie führt jetzt den Laden. Ihre Großmutter lebt noch, aber sie möchte mir ihre Telefonnummer nicht geben. Maria hat wohl ein schwaches Herz, und ihre Enkelin befürchtet, ein Telefonat mit dem Doktor könne sie zu sehr aufregen. Sie wäre bereit, uns die Postadresse von Maria zu nennen. Der Doktor soll ihr einen Brief schreiben. Dann wird man weitersehen. Was meinst du?«

»Klingt vernünftig.«

»*D'accordo*«, sagt Simon ins Telefon, nimmt einen Kugelschreiber und schreibt die Adresse auf einen Zettel. Mit einem »*Mille grazie e buona giornata*«, verabschiedet er sich und beendet das Gespräch.

»Vielen Dank, Simon. Was hätten wir nur ohne dich gemacht? Ich weiß nur nicht, wie der Doktor Maria einen

Brief schreiben soll. Soviel ich weiß, kann er so gut wie kein Italienisch.«

»Ist doch kein Problem.« Simon schlägt vor, der Doktor solle einen Brief aufsetzen und er würde ihn dann ins Italienische übersetzen. Genau so würden wir es machen. Ich würde später zum Doktor gehen und ihm von den aufregenden Neuigkeiten berichten.

Ich habe mit großer Freude gerechnet. Aber die Reaktion des Doktors fällt eher verhalten aus. Jetzt wo es ernst wird, ist er seiner Sache nicht mehr sicher.

»Ob es klug ist, so eine Geschichte nach mehr als siebzig Jahren wieder aufzuwärmen? Ein ganzes Leben liegt zwischen damals und heute.«

»Warum überlassen Sie die Entscheidung nicht einfach Maria? Schreiben Sie Ihr einen Brief, dann werden wir sehen, was passiert.«

So wird es gemacht, und zwei Tage später geht ein Brief auf die Reise nach Verona.

Ehekrise

Wenn ein Mann etwas ganz Blödsinniges tut,
so tut er es immer aus den edelsten Motiven.
(Oscar Wilde)

Es klingelt. Wer das wohl sein kann? Als ich öffne, steht Papa vor der Tür.

»Papa! Na, das ist ja eine Überraschung! Komm rein! Wo ist denn Mama?«

»Zu Hause.«

»Ist sie krank? Oder hast du in Esslingen allein was zu erledigen?«

»Weder noch«, sagt Papa. »Offiziell bin ich in Tübingen bei Helmut.« Helmut ist ein Freund von Papa. Jetzt verstehe ich gar nichts mehr.

»Tee oder Kaffee?«, frage ich, während Papa sich an den Küchentisch setzt.

»Lieber Tee, das beruhigt die Nerven.«

Ich hole Tassen aus dem Schrank und setze Teewasser auf. »Nun erzähl schon! Was ist los?«

Ich erfahre, dass es in der Ehe von Papa und Mama kriselt. Das ist keine erfreuliche Nachricht für eine Tochter, auch wenn sie schon erwachsen ist.

»Ich weiß nicht, was los ist«, erklärt Papa. »Ich kann ihr einfach nichts mehr recht machen. Ich hab mir lange überlegt, ob ich ausgerechnet dich damit belämmern soll. Die Tochter ist da wohl nicht unbedingt die richtige Adresse. Aber mit meinen Freunden will ich nicht darüber reden.« Klar, Männer sprechen über Politik und Sport, aber nicht über die wichtigen Dinge des Lebens. »Und vielleicht kannst du als Frau mir ja erklären, was mit Mama los ist. Erst dachte ich, es wären die Wechseljahre, aber die müsste Mama längst hinter sich haben, und die waren eigentlich auch nie ein großes Problem.«

Dann erzählt Papa, dass er jetzt, wo er viel daheim ist, Mama ein bisschen im Haushalt entlasten will, anscheinend nicht unbedingt zu Mamas Freude. Neulich, als Mama bei der Gymnastik war, habe er beschlossen, ein wenig Ordnung in Mamas Gewürzregal zu bringen.

»Da stand alles kunterbunt durcheinander. Ich hab endlich ein System reingebracht. Angefangen bei A wie Anis, über Basilikum, Bohnenkraut, Curry und so weiter bis zu Z wie Zimt. Ehrlich gesagt war ich ein bisschen enttäuscht, weil Mama es nicht gleich bemerkt hat. Na ja, vielleicht hätte ich es ihr besser gesagt. Dann wäre die Sache mit dem Geschnetzelten nicht passiert.«

Ich erfahre, dass Mama in alter Gewohnheit halb blind nach dem Gewürzdöschen griff, in der Annahme, es handle sich um Pfeffer. Da wo früher der Pfeffer stand, stand aber inzwischen Anis.

»Ich fand, dass es gar nicht schlecht geschmeckt hat. Ein bisschen exotisch. Mama hätte es Christa und Wolfgang als besondere, eigene Kreation verkaufen können.«

»Christa und Wolfgang?«

»Na ja, die hatten wir zum Abendessen eingeladen. Aber Mama war so wütend, dass sie das Essen im Müll entsorgt hat. Abends gab's dann Spaghetti und als Beilage die Geschichte mit dem Gewürzregal. Christa und Wolfgang haben sich köstlich amüsiert, ich weniger. Gut, das war jetzt vielleicht nicht so clever von mir. Aber ich kann ihr wirklich nichts recht machen. Die Spülmaschine räume ich falsch ein und klappere angeblich die Teller aneinander.« Das Einräumen der Spülmaschine führt in Beziehungen zu den häufigsten Unstimmigkeiten, habe ich neulich gelesen. »Die Wäsche hänge ich auch falsch auf. Die Hemden und Blusen sollen nicht mit Wäscheklammern auf die Leine gehängt werden, sondern auf Bügeln. Ich bin ja lernfähig, also hab ich's so gemacht. Aber dann war's doch wieder nicht recht. Angeblich habe ich zu kleine Bügel für meine Oberhemden genommen und zu große für ihre Blusen, sagt Mama. Sie ist einfach so pingelig. Egal, was ich mache und wie ich's mache, es ist falsch. Jetzt frage ich sie vorher, aber das ist anscheinend auch nicht richtig. Mama sagt, es mache sie wahnsinnig.«

»Was fragst du denn?«, will ich wissen.

»Na ja, zum Beispiel, warum Mama die Kartoffeln mit dem Kartoffelschäler schält.«

»Aha. Und, was hat Mama gesagt?«

»Sie hat gesagt: Weil das Ding Kartoffelschäler heißt und weil es sich bewährt hat, die Kartoffeln damit zu schälen. Was ist denn das für eine Antwort? Die Frage ist doch, warum sich die Kartoffeln mit diesem Gerät besser schälen lassen.«

Ich muss lachen. »Ach, Papa, weißt du, Mama ist Hausfrau, nicht Ingenieur. Vielleicht solltest du es mal mit Staubsaugen versuchen. Da wäre Mama dir bestimmt dankbar, und da könntest du auch nicht viel falsch machen.«

Aber Staubsaugen lehnt Papa ab. Das findet er total langweilig, da fehlt ihm die Herausforderung. Nun, Mama wahrscheinlich auch. Ich empfehle Papa, sich aus der Hausarbeit bis auf weiteres besser herauszuhalten.

»Vielleicht leidet Mama unter dem Älterwerden«, vermute ich.

»Ich werde schließlich auch älter.«

»Aber Männer sind nicht so eitel«, werfe ich ein. »Sie machen nicht jeden Morgen eine kritische Bestandsaufnahme vor dem Spiegel. Und wenn, dann finden sie das, was sie da sehen, ganz in Ordnung.«

»Wir haben auch unsere Probleme. Andere eben«, erwidert Papa.

Ich schlage vor, er solle Mama einfach öfter Komplimente machen. Das bessere ihre Laune ganz bestimmt.

»Komplimente? Was für Komplimente denn?«

Papa ist wirklich ein schwieriger Fall.

»Na, sag ihr zum Beispiel, dass ihr das neue Kleid gut steht.«

»Ha, ganz schlechtes Beispiel!«, erregt sich Papa und fuchtelt mit der Hand so heftig durch die Luft, dass ich Angst um die volle Teetasse bekomme. »Neulich waren wir eingeladen. Mama steht vor dem Kleiderschrank, in jeder Hand eine Bluse, und will wissen, welche sie anziehen soll. ›Egal‹, sage ich diplomatisch, ›ich finde beide hübsch‹, und was sagt deine Mutter? ›Typisch, es ist dir ganz egal, was ich anziehe. Es interessiert dich einfach nicht.‹ ›Na ja‹, sage ich friedliebend, ›zieh die grüne an. Die steht dir gut‹, und was sagt Mama? ›Ach, die blaue steht mir wohl nicht, oder wie?‹. Jetzt sag selbst, was ich da machen soll.«

»Ach, Papa«. Ich streichle seine Hand. Sieht wirklich so aus, als sei die Sache nicht so einfach.

Neulich habe ich einen Psychologen im Fernsehen gesehen, der genau dieses Problem behandelt hat: lange Beziehungen, die schon ein wenig eingefahren und eingerostet sind. Man solle sich, hatte er geraten, an die Anfangszeit der Beziehung erinnern, als man die Liebste oder den Liebsten mit Liebesbekundungen und Aufmerksamkeiten überschüttet habe: Liebesgrüße mit Lippenstift auf dem Spiegel, Zettelchen im Koffer, wenn die Liebste verreist, Blumen, Aufmerksamkeiten jeder Art. Davon erzähle ich Papa.

»Wann hast du Mama denn das letzte Mal gesagt, dass du sie liebst?«, will ich wissen.

Papa windet sich verlegen. »Du meinst ›Ich liebe dich‹ gesagt wie in diesen schmalzigen amerikanischen Liebesfilmen? Nein wirklich, da komme ich mir blöd vor. Das muss ich doch auch gar nicht sagen. Das weiß Mama doch. Außerdem sagt sie es ja auch nicht zu mir.«

»Das ist kein Argument. Einer muss schließlich anfangen. Wann hast du ihr zuletzt Blumen mitgebracht?«

»Zum Geburtstag«, sagt Papa stolz.

»Das war vor acht Monaten.«

»Im Sommer hat Mama doch jede Menge Blumen im Garten, wunderschöne, und die sind ganz umsonst. Warum soll ich denn da teure beim Gärtner kaufen?«

Ich verdrehe die Augen. »Papa, es geht um die Geste, um das, was du Mama damit sagen willst.«

»Hm«, brummt Papa. »Weißt du nichts anderes?«

»Na ja, du könntest vielleicht auch mal bei dir anfangen.«

»Wie, bei mir anfangen?«

»Nun ja, dich ein bisschen hübsch anziehen. Das würde Mama bestimmt auch freuen. Das würde ihr zeigen, dass du ihr gefallen willst.«

»Also, Anzug und Krawatte hab ich lange genug im Büro tragen müssen. Jetzt, wo ich zu Hause bin, will ich's bequem haben.«

Ich erkläre Papa, dass es ja nicht Anzug und Krawatte sein müsse, aber ein gepflegtes Poloshirt statt der ausgeleierten T-Shirts wäre doch schon mal ein Anfang. Dann habe ich eine Idee. Ich mache Papa den Vorschlag, gemeinsam in die Stadt zu fahren, ihm ein paar schickere Sachen zu kaufen und anschließend gemeinsam essen zu gehen. Den Vorschlag findet Papa gut. Wir kaufen auch eine Flasche Parfüm für Mama. Beim Essen versuche ich, ihm noch ein paar Einblicke in die weibliche Seele zu verschaffen und seine verletzte männliche ein wenig zu trösten. Gegen Abend fährt er beruhigt und mit vielen guten Vorsätzen zurück nach Hause.

Einige Tage später kommt ein Anruf von Mama. Ich erwarte begeisterte Lobeshymnen auf Papa, aber weit gefehlt.

»Was ist denn los?«, frage ich. »Du klingst irgendwie so komisch.«

»Ach, es ist wegen Papa«, stöhnt sie. »Er ist in letzter Zeit komisch, nicht ich.«

»Komisch? Wie komisch?«

»Na ja, heute Morgen zum Beispiel«, erzählt Mama, »da stand mit Lippenstift ›Ich liebe dich‹ auf dem Spiegel.«

»Aber das ist doch süß, nicht komisch.« Ich grinse. Papa hat's tatsächlich getan. Aber offensichtlich ist der gewünschte Erfolg ausgeblieben.

»Süß? Mein Lippenstift ist ruiniert. Und der ganze Spiegel war verschmiert, als ich versucht habe, das Zeug wegzuwischen.

Ich meine, was soll das denn? Wir sind doch keine Teenager mehr. Na ja, und neulich ...«

»Ja? Was war neulich?«, frage ich neugierig.

»Na ja, es ist mir direkt ein bisschen peinlich, dir das zu erzählen.« Das klingt vielversprechend. »Also, ich stehe gedankenverloren am Herd und rühre in der Tomatensoße, da küsst mich plötzlich jemand auf den Nacken.«

Ich lache los. »Das hat Papa wirklich gemacht?«

»Lach nicht. Das ist nicht lustig. Ich bin zu Tode erschrocken. Das Radio lief, ich habe ihn nicht kommen gehört. Vor Schreck habe ich den Kochlöffel nach oben gerissen und die Soße in der ganzen Küche verspritzt. Bis ich das wieder sauber hatte!« Ich sehe es förmlich vor mir und muss mich bemühen, nicht wieder loszulachen. Armer Papa. Bestimmt hat es wieder ein Donnerwetter von Mama gegeben.

»Oder neulich«, erzählt Mama weiter, »da stehe ich neben Frau Schäfer im Supermarkt an der Kasse, du weißt, Frau Schäfer, die mit mir in meiner Gymnastikgruppe ist. Und wie ich meinen Geldbeutel aus der Tasche ziehe, flattert ein Zettel auf den Boden. Frau Schäfer hebt ihn hilfsbereit auf und legt ihn mit der Schrift nach oben aufs Band. Und weißt du, was draufstand? ›Ich wünsche dir einen wunderschönen Tag, mein kleiner Schnuffelhase.‹ So hat Papa mich genannt, als wir jung und verliebt waren. Ich bin knallrot angelaufen. Frau Schäfer hat mich lächelnd angeschaut. Ich hätte im Erdboden versinken können. Bestimmt hat sie gedacht, das sei von meinem Liebhaber.«

»Unsinn, die hat dich beneidet, weil ihr Mann so etwas bestimmt nicht schreibt.«

Ach, Papa. Irgendwie scheint alles, was er macht, bei Mama nicht den gewünschten Erfolg zu haben.

»Und sonst?«, frage ich.

»Er kauft mir Blumen, er schenkt mir Parfüm, er hat sich neue Shirts gekauft. Er macht lauter Sachen, die er früher nie gemacht hat«, klagt Mama.

»Aber das sind doch wunderbare Sachen. Freu dich doch.«
Plötzlich höre ich Mama schniefen. »Mama? Mama, was ist
denn los?«

»Ich wollte es dir eigentlich nicht sagen«, schluchzt sie,
»aber ich glaube, Papa geht fremd.«

»Wie kommst du denn auf die Idee?«

»Na ja, gestern hat Helmut angerufen und wollte Papa sprechen. Und dabei hat sich herausgestellt, dass Papa ihn letzte Woche gar nicht besucht hat. Aber warum hat er mir das erzählt,
frage ich dich, wenn er nichts zu verheimlichen hat? Es passt
doch alles zusammen. Die Blumen, die Liebesschwüre, die Geschenke, seine neuen Sachen, das macht er doch nicht von unge-
fähr. Er will mich in Sicherheit wiegen, damit ich ihm nicht auf
die Schliche komme.«

»Ich glaube, ich muss dir was erklären, Mama. Es ist alles
meine Schuld. Ist Papa auch da?«

Mama erklärt, er sei in der Sauna – vielleicht mit IHR! Er
wolle aber in einer Stunde zurück sein.

»Bis dahin bin ich auch bei euch. Ich bringe Kuchen mit.
Dann können wir alles in Ruhe besprechen.«

Und was beweist uns diese Geschichte? Manchmal macht
man eine Sache schlimmer, wenn man es gut meint. Und: Man
sollte sich nicht in die Beziehung anderer Leute einmischen.
Auch nicht, wenn es die eigenen Eltern sind. Vielleicht vor allem
dann nicht. Wie auch immer, gerade ist wieder alles im Lot. Papa
und Mama haben beschlossen, für ein langes Wochenende zum
Wandern ins Allgäu zu fahren. Zur Versöhnung sozusagen.

Komm ein bisschen mit nach Italien ...

Wirklich gute Freunde sind Menschen,
die uns ganz genau kennen
und trotzdem zu uns halten.
(Marie von Ebner-Eschenbach)

Simon hat sein Versprechen wahr gemacht und die Hausgemeinschaft zum Essen ins »Da Luigi« eingeladen. Es ist ein Montagabend, normalerweise Ruhetag, wir haben das Restaurant also ganz für uns.

Zunächst serviert Simon einen Aperitif, für Lili einen alkoholfreien.

»Schön, dass ihr alle gekommen seid. Ich möchte Frau Bausch danken, dass sie mir ermöglicht hat, in diesem wunderbaren Haus zu wohnen, und euch allen, dass ihr mich so freundlich dort aufgenommen habt. Auf unser Haus und auf euch alle – *salute!*«

Wir prosten uns zu und trinken, dann stellt Simon eine große Platte mit Vorspeisen auf den Tisch: Krabbensalat, Caprese, Salami, Schinken, Käse, Oliven, gegrilltes Gemüse und dicke Scheiben italienisches Weißbrot. Dazu gibt es Rotwein und Wasser, für Lili Limonade.

»Lasst's euch schmecken!«

Das lassen wir uns nicht zweimal sagen. Wir langen kräftig zu. Eigentlich bin ich nach der Vorspeise schon satt.

Als die Teller abgetragen sind, klopft der Doktor an sein Glas. »Ich möchte die Gelegenheit nutzen, um mich bei Saskia, Philipp und Simon zu bedanken. Sie haben mir bei der Suche nach einer alten Freundin aus Jugendtagen geholfen. Ohne ihre Hilfe wäre es mir nicht möglich gewesen, sie nach so vielen Jahren, in denen wir keinen Kontakt hatten, ausfindig zu machen. Vorgestern kam nun ein Antwortbrief von meiner alten Freundin Maria. Sie äußert darin den großen Wunsch, mich noch einmal zu treffen. Sie selbst ist schwer herzkrank und kann die weite Reise nicht auf sich nehmen. Ich habe lange darüber nachgedacht, denn ich bin ja nun auch nicht mehr der Jüngste, aber ich möchte ihr den Wunsch gern erfüllen. Nun hat Saskia vorgeschlagen, mit mir nach Verona zu reisen, und ich habe ihren Vorschlag gerne angenommen. Mit ihr an meiner Seite traue ich mir die Reise zu.«

Alle am Tisch klatschen spontan Beifall.

»Das liegt doch in der Nähe vom Gardasee, oder nicht?«, fragt Lena. »Wisst ihr was? Da wollte ich schon lange mal hin. Ich begleite euch zusammen mit Lili. Wir bleiben am See, ihr fahrt weiter nach Verona, und auf dem Rückweg nehmt ihr uns wieder mit.«

»Au ja, an den See«, freut sich Lili.

»Also, ich weiß nicht«, zögere ich. So war das nicht geplant.

»Denk mal dran, worüber wir gestern gesprochen haben«, sagt Lena.

Gestern war Lena zu mir gekommen, vollkommen aus dem Häuschen und wütend. Ursprünglich sollte Lili drei Wochen der Schulferien bei ihrem Papa verbringen. Sie wollten zusammen an die Ostsee fahren, aber davon war plötzlich nicht mehr die Rede. Mit dem kleinen Baby sei das unmöglich. Lenas Vorschlag, ohne das Baby und »seine Neue« nur mit Lili zu verreisen, hatte Patrick rundweg abgelehnt. Das könne er Silke nicht zumuten. »Früher hat ihn das nie interessiert, wie ich mit Lili alleine klarkomme. Lili war so enttäuscht. Die hat den ganzen Abend geheult. Ich könnte Patrick den Hals umdrehen«, hatte sie gesagt.

Jetzt sieht Lena wohl eine Möglichkeit, Lili einen Ersatz für die verpasste Reise zu bieten und ihr damit ein wenig über die Enttäuschung hinwegzuhelfen.

»Ich weiß wirklich nicht, ob das eine gute Idee ist«, meine ich. »Ich gehe mal für kleine Mädchen. Bin gleich wieder da.« Ich werfe Lena einen Blick zu. Wir kennen uns lange genug, um uns auch ohne Worte zu verstehen. Lena steht auf und folgt mir.

»Kann mir mal einer verraten, warum Frauen immer gemeinsam aufs stille Örtchen gehen?«, will Simon wissen. »Findet ihr den Weg nicht alleine?«

»Quatsch. Da kann man so ungestört über Männer ablästern«, behauptet Lena.

Unten angekommen, erkläre ich, dass ich eine gemeinsame Reise mit Lili nicht für klug halte. Sehr alt und sehr jung in einem kleinen Auto auf hunderte Kilometer zusammengesperrt, da müsse es notgedrungen zu Spannungen kommen. »Da hat nachher keiner was davon. Der Doktor und Lili, das ist nicht gerade ein Dreamteam.«

Aber Lena hält mich für eine Schwarzseherin und ist meinen Argumenten nicht zugänglich. »Lili mag den Doktor inzwischen gern. Und sie würde sich so freuen. Warum überlassen wir die Entscheidung nicht dem Doktor?« Offensichtlich setzt sie darauf, dass der Doktor Lili inzwischen nichts mehr abschlagen kann.

»Wir dachten schon, ihr wärt reingefallen«, frotzelt Simon, als wir wiederkommen. »Fast wäre meine Pasta verkocht.« Er stellt eine große Schüssel mit Spaghetti Carbonara auf den Tisch. *»Buon appetito!«*

Ich fülle dem Doktor, der neben mir sitzt, Spaghetti auf den Teller und frage ihn leise: »Was halten Sie denn von der Idee, Lena und Lili mitzunehmen?«

»Nun ja«, sagt er, »ein bisschen Abwechslung und ein paar Tage am See würden Lili sicher gut tun. Sie hat es gerade nicht leicht.« Ich schaue ihn erstaunt an. »Sie war gestern bei mir«, erklärt er. »Wir haben zusammen ›Memory‹ gespielt. Ich hatte natürlich nicht den Hauch einer Chance gegen sie. Nun ja, nebenher hat sie mir ein bisschen erzählt. Ich möchte mich jetzt nicht zu ihrem Vater äußern, aber ich denke, wir sind da einer Meinung. Wenn wir sie mitnehmen, müssten Sie mir allerdings versprechen, dass Sie an der nächsten Tankstelle anhalten und Mutter und Kind dort absetzen, wenn Lili anfängt zu nerven.«

»Versprochen«, lache ich und drücke seine Hand. »Vielen Dank.«

»Wir fahren mit meinem Bus«, verkündet da Simon ganz unvermittelt.

»Wer ist wir? Und wieso fahren wir mit deinem Bus?«, will ich wissen.

»Weil wir zu fünft nicht in dein kleines Auto passen. Das ist ohnehin zu unbequem für den Doktor auf die weite Strecke, wenn es die Strecke überhaupt noch schafft.«

»Also hör mal, mein Auto ist zwar nicht mehr das Jüngste, aber top in Schuss! Was man von deinem alten, klapprigen Bus wohl nicht unbedingt behaupten kann. Und wieso denn fünf? Wenn überhaupt, dann sind wir vier.«

»Ich muss mitkommen, weil ich der Einzige bin, der Italienisch kann. Wie wollt ihr euch denn mit Maria verständigen?«

»Na, wie hat der Doktor sich denn früher mit ihr verständigt?«, frage ich.

Simon grinst. »Das musst du den Doktor fragen. Ich nehme mal an, dass damals nicht viele Worte nötig waren.«

»Au ja, Simon soll mitkommen«, freut sich Lili. »Aber dann muss Philipp auch mitfahren.«

»Nein, das geht nicht«, sagt Simon schnell.

»Warum denn nicht? Wir können ihn doch nicht ganz allein im Haus lassen. Ich würde auch nicht ganz allein dableiben wollen.«

»Du bist ja auch noch ein Kind. Aber Philipp ist erwachsen. Und einer muss schließlich dableiben, zum Blumengießen, und um die Zeitung und die Post herauszunehmen und aufzupassen, dass keine Einbrecher kommen«, versucht Simon, sie zu überzeugen. Es ist offensichtlich, dass er Philipp nicht mitnehmen will, aus welchem Grund auch immer.

»Dann bleib ich auch da.« Lili verschränkt trotzig die Arme vor der Brust. »Ich will aber nicht dableiben, ich will an den See.«

»Unsinn, du fährst natürlich mit«, sagt Philipp. »Es ist ja sehr lieb von dir, dass du mich mitnehmen willst. Aber weißt du, ich habe nächste Woche einen wichtigen Termin und meinen Laden kann ich auch nicht einfach so zumachen.«

»Schade.«

So ist es also abgemacht, dass wir fünf gemeinsam nach Italien aufbrechen werden.

Erstes Etappenziel: Freiburg

Küsse mich! Sonst küss ich dich!
(Goethe)

Am Morgen der Abreise klingelt Philipp bei mir, um sich von mir zu verabschieden, bevor er sich auf den Weg in sein Antiquariat macht.

»Wollte dir nur ... nur tschüs sagen ... und ... und dir eine gute Reise wünschen.«

»Danke, das ist lieb. Schade, dass du nicht mitkannst.«

»Ja, find ich auch. Aber schreiben ... also, SMS schreiben, können wir ja. Und nicht vergessen, deinen ... deinen Text zu lernen. Ich werde dich am Mittwoch ... also bei der Probe ... vermissen. Und denk dran: Verlieb dich nicht in den Koch!«

Ich lache. »Keine Angst.«

»Also dann ...« Philipp beugt sich vor und gibt mir einen Kuss – diesmal auf den Mund, stelle ich erstaunt fest. Nun, kein leidenschaftlicher Kuss, kaum habe ich die Berührung gespürt, da ist es schon vorbei. Aber für Philipp – immerhin. »Gute Reise.«

Nachdem er ein paar Schritte gegangen ist, dreht er sich noch einmal um und winkt mir zu. Er macht eindeutig Fortschritte.

Nun steht der Gehweg hinter Simons Bus voller Gepäckstücke, die wir Reiseteilnehmer zusammengetragen haben: Ein kleiner Rollkoffer von mir und ein großer sowie ein Beautycase von Lena, ein altmodischer Lederkoffer ohne Räder vom Doktor, eine dicke Reisetasche von Simon, ein Karton mit einer ausladenden Zimmerpalme für Andrea sowie ein kleiner karierter Kinderkoffer von Lili, gekrönt von ihrem Hasen Felix, und eine große Tasche mit Spielzeug und Büchern. Außerdem trägt sie einen aufgeblasenen Gummi-Delphin unter dem Arm.

»Lili, du bist die Kleinste und hast das meiste Gepäck«, stellt Simon fest. »Also, den Delphin können wir nicht mitnehmen, der ist viel zu groß.«

»Den brauch ich aber am See«, jammert Lili und presst das Gummitier fest an sich.

»Komm, wir lassen die Luft raus, dann nimmt er nicht so viel Platz weg«, schlage ich vor, aber auch dieser Vorschlag findet nicht Lilis Gefallen.

Der Delphin müsse während der Fahrt schließlich aus dem Fenster schauen können. »Ich nehm ihn auf den Schoß.«

»Meinetwegen«, seufzt Simon und beginnt den Kofferraum zu beladen, wieder auszuladen und wieder neu zu beladen.

»Darf ich mal einen Vorschlag machen?«, fragt der Doktor höflich.

»Bitte.«

Der Doktor gibt Anweisung, wie der Kofferraum am besten zu beladen ist, und kurz darauf sind alle Gepäckstücke sauber verstaut.

»Nicht schlecht«, sagt Simon anerkennend. »Deutsche Logistik. Also, dann kann's ja losgehen.«

»Halt, warte einen Moment.« Ich laufe schnell nochmal zurück ins Haus.

»Was ist denn jetzt los? Hast du was vergessen?«

»Ich will nur nochmal nachsehen, ob ich die Kaffeemaschine ausgeschaltet habe.«

»Gute Idee«, sagt Lena und läuft mir hinterher. »Ich komme mit. Ich seh auch lieber nochmal nach. Ich hab gestern Abend nämlich noch ein paar Sachen gebügelt.«

Simon verdreht genervt die Augen. »Frauen, man sollte nicht mit Frauen verreisen.«

Schließlich sind wir beide wieder da und alle können einsteigen – eigentlich, denn jetzt kommt das Problem der Platzverteilung.

»Saskia sitzt vorne bei mir«, bestimmt Simon.

»Wieso das denn?«, will Lena wissen.

»Auf dem Beifahrersitz sitzt der Doktor. Das ist der bequemste Sitz«, widerspreche ich.

»Also, ich lege gar keinen gesteigerten Wert darauf, vorne zu sitzen«, winkt der Doktor ab. »Da ist man so nah am Verkehrsgeschehen. Ich könnte mir vorstellen, dass Simon recht rasant fährt. Er ist schließlich Italiener.«

»Halbitaliener. Aber Sie haben schon Recht. Ich fahre schnell, aber nichtsdestotrotz sicher. Gut, dann kannst du ja doch vorne sitzen«, stellt Simon, zu mir gewandt, zufrieden fest.

»Nein, Saskia muss neben dem Doktor sitzen. Sie ist schließlich seine Pflegerin.« Dieser Einwurf kommt von Lena.

»Spinnst du? Ich bin doch nicht seine Pflegerin.«

»Na ja, sowas Ähnliches jedenfalls. Also, dann sitze ich vorne. Ich bin gut im Kartenlesen.«

»Wer braucht denn heute noch jemanden, der Karten lesen kann? Ich nehme doch an, dass Simon ein Navi hat.«

»Das kann schließlich auch mal ausfallen. Ich schiebe meinen Sitz ganz nach vorne, dann hat der Doktor Platz für seine Beine. Du kannst neben ihm sitzen, Saskia, und hinten Lili mit ihrem Delphin.«

»Das fängt ja gut an«, murmelt der Doktor leise. »Vielleicht kann's heute noch losgehen?«

Warum Lena wohl unbedingt vorne neben Simon sitzen will? Ich vermute, dass nicht die bessere Aussicht der Grund ist, sondern die Nähe zu Simons hübschen Augen und seinem strahlenden Lächeln. Wie auch immer – Gepäck und Mitreisende sind verstaut, es kann losgehen.

Unser erstes Ziel ist Freiburg. Es ist ein ziemlicher Umweg, aber Andrea will ihren Opa wiedersehen und uns allen ihr neues Zuhause zeigen. Sie wünscht sich, dass wir alle fünf bei ihr übernachten, und hatte keinen Einwand gelten lassen. Der Doktor sollte das Gästezimmer bekommen und wir drei Frauen könnten gemeinsam im Schlafzimmer übernachten. Ihr Freund Markus sei gerade auf Geschäftsreise und das Bett sei mit zwei Metern breit genug für alle drei. Für Lili wollte sie eine Luftmatratze auf den Boden legen, und Simon könne auf der Auszugscouch im Wohnzimmer schlafen.

»Warum tust du dir das an?«, fragte ich Andrea. »Fünf Leute zum Übernachten, zum Frühstück und im Bad. Wir können doch ins Hotel gehen.«

Aber davon wollte Andrea nichts wissen. Sie will die alte Hausgemeinschaft, die sie immer noch vermisst, in Freiburg wieder aufleben lassen, wenn auch nur für einen Tag.

Lieber Philipp,

wirklich schade, dass Du nicht mitkommen konntest. Schade für mich, weil ich mich über Deine Gesellschaft gefreut hätte, schade für uns alle, weil Du die ununterbrochen plappernde Lili vermutlich beschäftigt hättest, und schade für Dich, weil Du heute Abend bei Andrea nicht dabei sein konntest. Andrea hat uns badisches Schäufele mit schwäbischem Kartoffelsalat serviert, eine sehr gelungene, leckere schwäbisch-badische Allianz. Wir hatten so viel Spaß zusammen. So lustig und aufgeräumt habe ich den Doktor noch nie erlebt, und das trotz der sicher für ihn anstrengenden Fahrt. Wenn mir das einer vor ein paar Wochen gesagt hätte, ich hätte es nicht geglaubt.

Andreas neues Zuhause ist sehr hübsch und gemütlich. Trotzdem, auch wenn ihre Wohnung viel größer und eleganter eingerichtet ist als meine – ich möchte nicht mit ihr tauschen.

Jetzt muss ich Schluss machen. Meine »Beischläferinnen« sind schon im Bett. Mal sehen, wie es sich zu dritt im Bett schläft. Wahrscheinlich wird noch eine ganze Weile weitergegackert, so wie früher im Schullandheim.

Also dann: Gute Nacht, sofern Du nicht schon längst schläfst.

Deine Saskia

Mitten in der Nacht weckt mich Lili. Sie schüttelt mich an der Schulter und fragt leise: »Wo ist Mama?«

»Na, im Bett.«

»Da ist sie nicht.«

Von der Straßenlaterne fällt genug Licht ins Zimmer, dass ich sehen kann, dass Lili Recht hat. Lena liegt nicht mehr neben mir.

»Sie wird im Bad sein.«

»Ich kann nicht schlafen«, flüstert Lili. »Kann ich zu dir ins Bett?«

»Unmöglich. Wir sind schon zu dritt. Das Bett ist wegen Überfüllung geschlossen.«

»Aber Mama ist doch nicht da. Und ich bin viel dünner als Mama.« Lili macht Anstalten, ins Bett zu klettern.

Ich will gerade sagen, dass Lena gleich wiederkommen wird, als ich durch die offene Tür ihr Kichern aus dem Wohnzimmer höre und gleich darauf Simons leise Stimme. Es ist wohl nicht zu erwarten, dass Lena so bald wiederkommen wird. Ich hebe die Decke: »Na, dann komm. Aber untersteh dich, deine kalten Füße zu mir rüberzustrecken.«

Lili kichert und kuschelt sich zufrieden an mich.

Vielleicht würde es Philipp freuen, wenn er wüsste, dass »der Koch« offensichtlich andere Gesellschaft gesucht hat als meine, aber ich finde, dass ich es Lena als Freundin schuldig bin, das nicht auszuplaudern.

Als ich am nächsten Morgen wach werde, schaue ich als erstes auf mein Smartphone und lese Philipps Nachricht.

Liebe Saskia,

wie gern wäre ich jetzt bei Euch, nicht nur wegen des Schäufeles. Gestern Abend war ich bei der Theaterprobe, Anna hat Schinkenhörnchen gemacht, die waren auch ganz lecker, aber was sind Schinkenhörnchen ohne Dich? Alle haben Dich vermisst, besonders Lea. Ich soll Dich grüßen. Grüß auch Du alle.

Gute Weiterfahrt und einen schönen Tag!

Dein einsamer Philipp

Beim Frühstück tauschen Simon und Lena heimlich, aber unübersehbar Blicke und Berührungen. Andrea hat sich mächtig ins Zeug gelegt, um uns zu verwöhnen. Sie könnte mit ihrem Frühstück jedem Hotel Ehre machen. Nach einiger Zeit steht Lena auf und signalisiert mir, mitzukommen. Sie geht ins Bad und bedeutet mir, mit hineinzukommen. Während sie sich auf den Rand der Badewanne setzt, seufzt sie zufrieden: »Er ist es.«

»Wer ist was?«

»Simon. Er ist Mr. Right. Dass ich das nicht vorher gemerkt habe. Immerhin wohnt er doch schon eine ganze Weile nur zwei Stockwerke über mir.«

»Lena, ich gönne dir ja dein Glück, aber ich muss dich warnen. Du verrennst dich da in was. Simon macht jeder Frau schöne Augen. Wer nicht bei drei auf dem Baum ist, wird angebaggert. Ich hab jetzt schon ein paarmal im Restaurant ausgeholfen und kann dir sagen, dass keine Frau, die jünger als fünfzig ist und einigermaßen ansehnlich, vor ihm sicher ist.«

Das lässt Lena nicht gelten. »Im Restaurant. Das hat doch nichts zu bedeuten. Das ist harmlose Flirterei. Das gehört zum Service. Das erwartet man doch als Frau von den italienischen Männern, ›ciao bella‹ und so. Aber mit Simon und mir, das ist was ganz anderes, das ist ernst. Und du siehst doch, wie nett er zu Lili ist. Italiener mögen Kinder. Das ist nicht wie bei uns, wo die Männer Reißaus nehmen, sobald sie hören, dass du ein Kind hast.«

»Ich möchte doch bloß nicht, dass du unglücklich wirst, wenn er in zwei Tagen der nächsten hinterherpfeift.«

Ich merke, dass ich Lena nicht überzeugen kann. Dann macht sie mir einen Vorschlag. Sie möchte, dass Simon mit ihr am Gardasee bleibt und ich mit dem Doktor allein nach Verona weiterfahre.

»Spinnst du? Wie sollen wir nach Verona kommen?«

»Na ja, in Italien kann man sicher auch Leihwagen bekommen. Oder vielleicht gibt Simon euch auch seinen Bus. Am See brauchen wir ihn nicht unbedingt«, erklärt Lena großzügig.

147

»Ich soll den Bus fahren?«

»Ja, warum denn nicht? Kann schließlich nicht so schwer sein. Du hast doch schon lang deinen Führerschein. Simon soll dich einweisen und du drehst ein paar Runden, dann klappt das schon.«

»Und wer soll in Italien übersetzen?«

»Da findet sich schon jemand. Außerdem wolltest du ursprünglich doch sowieso allein mit dem Doktor fahren.«

Langsam werde ich wütend. »Weißt du was? Du bist eine egoistische Ziege. Du denkst immer nur an dich. Erst schmeißt du unser Programm um und hängst dich an uns dran, und jetzt soll wieder alles anders gemacht werden, weil es dir so besser passt. Wir machen das wie abgesprochen, und damit basta.«

Ich schließe die Badezimmertür auf und stürme – genau in Simon hinein, der vor der Tür steht.

»Also Mädels, jetzt übertreibt ihr aber. Auch noch zu zweit in einem Kämmerchen. Hier im Haus gibt's auch ein Gästeklo.«

Ich gebe ihm keine Antwort und gehe an ihm vorbei zurück ins Esszimmer. Soll Lena doch die Lage klären. Die beiden kommen wenige Minuten später zu zweit nach.

»Und?«, frage ich.

»Du hast gewonnen«, sagt Lena und schiebt wütend ihren Teller zur Seite. »Mir ist der Appetit vergangen.«

Alle schauen sie erstaunt an. »Ist was passiert?«, fragt Andrea besorgt.

»Nein, Lena hat nur ihre Tage. Da hat sie meistens schlechte Laune.« Ich wusste nicht, dass ich so gemein sein kann.

Der Doktor sieht mich an und schüttelt missbilligend den Kopf.

»Entschuldigung«, sage ich, »war ne blöde Bemerkung. Lena und ich, wir waren gerade nicht einer Meinung. Frieden?« Ich hebe meine Kaffeetasse und schaue Lena an. »Das mit der egoistischen Ziege nehme ich zurück.«

Nach kurzem Zögern hebt sie ebenfalls ihre Tasse und prostet mir zu. »Frieden.«

Es ist nicht der erste Streit in unserer langjährigen Freundschaft. Ich bin mir sicher, dass er keine bleibenden Spuren hinterlassen wird. Am Tisch macht sich wieder fröhliches Geplapper breit. Gott sei Dank. Andrea gibt sich so viel Mühe, unseren Besuch bei ihr angenehm zu gestalten, da sollen keine miesepetrigen, streitenden Gäste an ihrem Tisch sitzen.

Zebrahaus und Kreisverkehr

*Reisen veredelt den Geist
und räumt mit Vorurteilen auf.
(Oscar Wilde)*

In Como legen wir die erste längere Pause ein. Simon parkt seinen Bus, und wir machen uns auf den Weg zum Domplatz. Dort herrscht reges Treiben. Ein Restaurant reiht sich ans andere und es sieht so aus, als seien alle Stühle im Freien besetzt. Eigentlich hatten wir daran gedacht, uns das Lokal nach seiner Speisekarte oder nach einem Blick auf die Teller der Gäste auszusuchen, aber daran ist gar nicht zu denken. Wir sind froh, als ein Tisch frei wird, an dem wir alle Platz finden, und fackeln nicht lange. Das Essen ist gut, und von unserem Platz aus haben wir einen wunderbaren Blick auf den Dom und das ehemalige Rathaus.

»Was ist das für ein Haus?«, will Lili wissen. »Das da, das so aussieht wie ein Zebra?«

»Das ehemalige Rathaus«, erklärt der Doktor.

»Das sieht aus, als hätte es einer aus riesengroßen Legosteinen gebaut, immer eine Reihe schwarz und eine weiß übereinander. Sowas hab ich noch nie gesehen.«

Um uns nach dem Essen noch ein wenig die Füße zu vertreten, spazieren wir hinunter zum See und gehen ein paar Schritte an der Promenade entlang. Aber zu lange wollen wir uns nicht aufhalten, denn wir haben noch eine Strecke vor uns und der Gardasee ruft.

Wir sind noch nicht lange unterwegs, da ist der Doktor eingeschlafen. Die Fahrt ist anstrengend für ihn, auch der Spaziergang durch Como bei dem heißen Wetter, außerdem ist er gestern spät ins Bett und heute um seinen gewohnten Mittagsschlaf gekommen. Leider ist ihm kein langer Schlaf vergönnt, denn schon nach wenigen Minuten wird er unsanft geweckt, als Simon in einem Kreisverkehr mit einem kleinen Fiat zusammenstößt.

»Was ist los?«, fragt der Doktor, aus dem Land der Träume noch nicht ganz in der Wirklichkeit angekommen.

»Der Vollidiot hat mir die Vorfahrt genommen!«, schimpft Simon und steigt wutentbrannt aus.

Auch der Fiatfahrer ist ausgestiegen, und nun stehen sich beide wie Kampfhähne gegenüber, gestikulieren heftig, werfen sich italienische Beschimpfungen an den Kopf und blockieren den ganzen Verkehr. Ein Hupkonzert vergrößert das Chaos.

»Ein Glück, dass Simon Italiener ist. Der kann sich wenigstens verständigen. Als Deutscher wärst du jetzt total aufgeschmissen«, stellt Lena fest. »Ich steige mal aus.«

»Bleib lieber hier«, sage ich, aber Lena hat wohl das Gefühl, Simon zur Seite stehen zu müssen.

»Ist das schlimm?«, fragt Lili ängstlich. »Können wir jetzt nicht zum See fahren? Müssen wir jetzt gleich wieder heim?«

Ich beruhige sie, dass der Bus sicher nur eine Beule hat und wir später weiterfahren können.

Der Fiatfahrer zückt sein Handy und spricht aufgeregt hinein, Simon und Lena kommen zu uns zurück.

»Der Kerl behauptet steif und fest, er habe Vorfahrt gehabt. Dabei war ich im Kreisverkehr und er wollte reinfahren.«

»Eben, und der Kreisverkehr hat Vorfahrt«, bestätigt Lena.

»Tut mir leid«, wirft der Doktor ein, »aber in Italien ist es umgekehrt. Wenn nicht ein entsprechendes Schild am Kreisverkehr steht, gilt in Italien auch im Kreisverkehr rechts vor links.«

»Wie kann denn sowas sein?«, ereifert sich Lena, »Italien ist doch auch in der EU. Da müssen im Verkehr doch gleiche Gesetze gelten.«

»Tun sie aber nicht immer«, sagt der ehemalige Verkehrsrichter. »Ist der Schaden schlimm?«

»Bei mir nur ne kleine Beule«, erklärt Simon, »aber bei dem Fiat ist's der ganze Kotflügel. Bei dem alten Möhrchen ist das vielleicht sogar ein Totalschaden.«

»Der arme Kerl«, entfährt es mir.

»Wer?«

»Na, der Fiatfahrer. Totalschaden bei nem alten Auto ist für den Besitzer immer eine schlimme Sache.«

»Auf wessen Seite stehst du eigentlich?«, fährt Lena mich wütend an.

»Ruhe, meine Herrschaften«, sagt der Doktor, »nun fangt bloß nicht an, euch auch noch zu streiten. Es reicht, wenn die zwei Italiener hier den kampfeslustigen Macho geben.«

»Also hören Sie mal! Das muss ich mir nicht sagen lassen. Wenn Sie nicht wären, dann würde mein Bus jetzt friedlich und unbeschadet bei mir daheim vor dem Haus stehen. Wer wollte denn nach Verona fahren?«

»Simon, bitte.«

»Ich halte Ihnen Ihre Erregung zu Gute, junger Mann«, sagt der Doktor ruhig. »Aber davon abgesehen haben Sie natürlich Recht. Ich bin der Anlass dieser Reise, also werde ich auch für den Schaden aufkommen.«

»Aber Sie sind nicht gefahren, also sind Sie für den Unfall auch nicht verantwortlich«, werfe ich ein. »Wenn Simon als Italiener nicht die Verkehrsregeln seines eigenen Landes kennt, dann ...«

Lili fängt an zu weinen.

»Schluss jetzt«, sagt der Doktor energisch. »So ein Unfall ist kein Grund zur Freude. Aber es ist auch kein Weltuntergang. Es ist Gott sei Dank niemand zu Schaden gekommen, das ist die Hauptsache. Ein Blechschaden lässt sich reparieren. Ich komme für die Kosten auf. Es trifft keinen Armen, falls Sie das beruhigt«, sagt er in meine Richtung und tätschelt meine Hand. »Da kommt die Polizei. Wenn ich Ihnen einen Rat geben darf, Simon, dann zügeln Sie Ihr italienisches Temperament, in Ihrem eigenen Interesse.«

Es wird verhandelt, Simon und der Fiatfahrer fahren ihre Autos an den Straßenrand, die Polizisten nehmen die Daten auf, dann dürfen wir weiterfahren.

»Und?«, frage ich, als Simon zurückkommt.

»Der Doktor hat wohl Recht. Hier gilt tatsächlich, dass der einfahrende Verkehr Vorfahrt hat. Da fragt man sich wirklich, warum die EU nicht sowas regelt, anstatt die Welt mit quecksilberhaltigen Glühbirnen zu beglücken«, schimpft Simon.

»Können wir jetzt zum See fahren?«, will Lili wissen.

»Ja, das können wir«, bestätigt der Doktor, »und an den dummen Unfall wollen wir ab sofort nicht mehr denken. Wir werden uns doch nicht den schönen Tag verderben lassen.«

Wir haben uns dafür entschieden, in einem der ruhigsten Orte am See zu übernachten. Eine Freundin des Doktors hat uns ein Hotel in Torri del Benaco empfohlen. Ein wunderschönes altes Hotel aus dem Jahr 1452, wie der Hotelprospekt zeigt, mit dem Prunk alter Marmorböden und dem Luxus moderner Badezimmer. Wer Wert auf ein Schwimmbad und eine Wellnessoase legt, ist hier falsch. Hier lebt der Charme vergangener Jahrhunderte. Und obwohl in diesem Hotel schon Winston Churchill abgestiegen ist, ebenso wie André Gide, Isabel Allende, König Juan Carlos I. von Spanien und viele andere Prominente, können sich auch ganz normale arme Kirchenmäuse wie ich hier wohlfühlen.

»Sie haben Glück«, erklärt uns die hübsche, junge Italienerin an der Rezeption, die ausgezeichnet Deutsch spricht, »es haben Gäste abgesagt. In der Hauptsaison sind wir fast immer ausgebucht. Eins der Doppelzimmer ist allerdings etwas teurer, aber es ist auch unser schönstes Zimmer, das Zimmer des Dichters. Es hat einen Balkon nach beiden Seiten, zum mittelalterlichen Hafen und zum See und der Promenade.«

»Das wäre doch etwas für Sie«, wendet sich der Doktor an mich, »Sie lieben doch die Dichter.«

»Aber ich ...«

»Kein aber«, sagt der Doktor. »Genießen Sie es einfach. Sie sind jetzt in Italien, da genießt man das Leben.«

Die junge Dame an der Rezeption lächelt zustimmend. »Sollen wir noch ein Bett für die kleine Signorina richten?«, fragt sie.

»Das wird nicht nötig sein. Lili kann doch bei dir im Zimmer übernachten, oder?«, fragt Lena mich. Es ist eine rhetorische Frage. Ich hatte nichts anderes erwartet, denn das junge Glück will heute Nacht sicher für sich sein, aber ich fühle mich trotzdem ein wenig überrumpelt.

Es ist mir nicht recht, dass der Doktor so viel Geld für mich ausgibt, aber er erklärt mir, dass er den normalen Zimmerpreis unter Reisekosten für seine charmante Reisebegleitung verbuchen werde, den Aufpreis als kleine Wiedergutmachung für die unfreundliche Behandlung einer sehr geduldigen, liebenswerten jungen Dame durch einen verbitterten alten Mann. Was soll ich da noch machen, außer ihm gerührt und ein wenig verlegen einen Kuss auf die Wange zu drücken und mich zu freuen?

Während Simon seinen Bus auf dem hauseigenen Parkplatz abstellt, beziehen wir die Zimmer. Der Blick vom Balkon ist wirklich traumhaft, sowohl auf den kleinen Hafen, in dem bunt bemalte Boote träge schaukeln, als auch auf den spiegelglatten See und die gepflegte Uferpromenade.

Lieber Philipp,

Du glaubst gar nicht, wie schön es am Gardasee ist! Unser Hotel war der Hammer! Das Eckzimmer mit dem umlaufenden Holzbalkon war meins. Auf den anderen Fotos siehst Du den Blick auf den kleinen Hafen mit der dahinter liegenden Skaligerburg und die Aussicht auf den See von der anderen Balkonseite aus. Das letzte Bild zeigt uns beim Frühstück auf der blumenumkränzten Frühstücksterrasse über dem See.

Gestern Abend haben wir einen Bummel durch den kleinen Ort gemacht und in einem der vielen Restaurants an der Seepromenade gegessen. Es ist eine unvergleichliche Stimmung, wenn es allmählich dämmrig wird und sich die Lichter im Wasser spiegeln.

Zum Nachtisch gab's einen glutroten Sonnenuntergang über dem See. Und zum Abschluss haben wir unter den Arkaden des Hotels gesessen und etwas getrunken. »Dolce far niente« in Reinkultur. Es ist so schade, dass Du nicht mitkommen konntest.

Lena und Lili haben wir heute in ihrer kleinen Ferienwohnung in Garda abgesetzt. Sie wollten den gestrigen Tag und Abend noch gemeinsam mit uns verbringen und sind deshalb erst heute dort eingezogen.

Der Doktor, Simon und ich haben gerade unser Quartier in Verona bezogen. Es ist hübsch, aber mit dem gestrigen nicht zu vergleichen. Heute Abend steht außer einem Abendessen im Hotel nichts mehr auf dem Programm. Der Doktor hat vor, heute früh ins Bett zu gehen. Morgen werden wir dann Maria besuchen. Ich glaube, der Doktor ist ein wenig aufgeregt. Drück uns die Daumen, dass alles klappt.

Liebe Grüße aus Verona
Deine Saskia

Dass Lena einen Anfall von Eifersucht bekommen hat, weil Simon gestern Abend mit der hübschen Bedienung geflirtet hat, verschweige ich Philipp. Offensichtlich hat Lena sich mit Simon versöhnt, denn der Abschied heute Morgen war tränenreich. »Versprich mir, dass du ein Auge auf ihn hast«, hat sie bei unserer Abschiedsumarmung leise zu mir gesagt. Wie nuancenreich doch unsere Sprache ist. Es ist schließlich ein großer Unterschied, ein Auge auf jemanden zu haben oder ein Auge auf jemanden zu werfen. Nun, ich habe vor, weder das eine noch das andere zu tun.

Philipps Antwort kommt umgehend.

Liebe Saskia,
ich freue mich für Dich, dass ihr es am Gardasee so gut getroffen habt. Es sieht wirklich toll aus auf den Fotos. Da kann man tatsächlich neidisch werden. Wie gern wäre ich mit Dir auf der Seepromenade flaniert oder hätte bei einem Prosecco unter den Oliven-

bäumen am See gesessen. Aber was nicht ist, kann ja noch werden. Auf die Gesellschaft der übrigen Reiseteilnehmer könnte ich unter Umständen verzichten. ☺

Natürlich drücke ich Euch für Eure Verona-Mission alle mir zur Verfügung stehenden Daumen. Leider sind es nur zwei, aber sie sind kräftig.

Meine Ladenglocke klingelt, es kommt Kundschaft.

Viel Erfolg und alles Liebe

Dein Philipp

Eine italienische Nacht

Am Anfang widersteht eine Frau dem Ansturm eines Mannes,
am Ende verhindert sie seinen Rückzug.
(Oscar Wilde)

Der Doktor geht wirklich früh zu Bett. Ich habe ihn auf sein Zimmer begleitet, sein Handy, in dem meine Nummer eingespeichert ist, auf seinem Nachttisch deponiert und ihn beschworen, sich unbedingt bei mir zu melden, falls es ihm, aus welchem Grund auch immer, nicht gut gehen sollte. Er möchte nämlich unbedingt, dass »wir zwei jungen Leute« uns einen schönen Abend machen, wenn wir schon einmal in Verona sind.

»Saskia, nun gehen Sie endlich! Ich bin zwar ein alter Mann, aber kein Pflegefall. Ich habe mir vorgenommen, in meinem eigenen Bett zu sterben, Sie müssen also keine Angst haben, dass es heute Nacht passiert. Außerdem möchte ich morgen noch Maria treffen, wo es uns beiden schon gelungen ist, so alt zu werden. Ich hatte nicht zu hoffen gewagt, dass sie noch am Leben ist.«

»Also gut, dann wünsche ich Ihnen eine gute Nacht. Wir sehen uns dann morgen früh. Soll ich Sie zum Frühstück abholen?«

»Das wäre nett. Es ist lästig, sich in so einem großen, fremden Haus zurechtzufinden.«

»Gut, also dann. Und wenn etwas ist ...«

»Werde ich mich bei Ihnen melden. Und jetzt verschwinden Sie endlich, ich möchte ins Bett und schlafen.«

Da ist er wieder, der »brummige alte Doktor«, wenn auch nur für einen Moment und diesmal wohl mehr im Spaß. Ich habe ihn schon fast vermisst. Ich schließe die Tür hinter mir und gehe hinunter in die Lobby, um mich dort mit Simon zu treffen.

Wir bestellen uns ein Taxi. Es dürfte nicht einfach sein, mit Simons Bus einen geeigneten Parkplatz in Altstadtnähe zu finden, und außerdem wollen wir beide etwas trinken.

Es ist ein lauer Sommerabend, und die Stadt summt vor Leben: Einheimische und Touristen flanieren durch die Straßen, in den Restaurants und auf den Stühlen davor ist kaum ein freier Platz zu sehen, wir sind umgeben von babylonischem Stimmengewirr und Gelächter – eine italienische Nacht wie aus dem Reiseführer. Mein Handy brummt – eine Nachricht mit einem Foto von Lena und Lili mit Zahnlückengrinsen und dem Text:

Hallo ihr drei,
    wir haben einen herrlichen Tag am See verbracht. Morgen will Lili unbedingt ins Gardaland, ich hoffe, dass ich sie noch zu einem anderen Programm überreden kann. Wie geht's bei euch? Alles im grünen Bereich?
    Liebe Grüße
    Lena und Lili

Ich schreibe zurück:

Liebe Lena, liebe Lili,
    uns geht's gut. Wir bummeln gerade durch die Altstadt von Verona. (Ich schreibe nicht, dass nur Simon und ich bummeln.) Genießt weiterhin eure Ferien und viel Spaß im Gardaland ☺
    Eure drei Veroneser

»Eine Nachricht von Lena und Lili. Sie lassen dich grüßen«, erkläre ich Simon und zeige ihm das Foto. Er verdreht die Augen.

»Danke, ich habe heute selber schon vier Nachrichten von Lena gekriegt.« Ich schaue ihn fragend an. »Na ja, das nervt. Nur weil wir zwei Nächte miteinander verbracht haben, bin ich ja nicht verlobt mit ihr.«

»Vielleicht solltest du das mit den betreffenden Frauen klären, bevor du mit ihnen ins Bett gehst«, schlage ich ein wenig verärgert vor. Immerhin ist Lena meine beste Freundin und offensichtlich sehr in Simon verliebt.

»Na, komm«, sagt Simon und legt mir den Arm um die Schulter, »wir wollen uns von Lena doch nicht den schönen Abend verderben lassen. Guck mal, da drin gibt's Livemusik.«

Durch die offene Tür einer Bar dringt fröhlicher Italo-Pop. Ich liebe Italo-Pop. Drin ist es proppenvoll, aber an der Bar sind noch zwei Hocker frei. Wir bestellen uns etwas zu trinken, und als ein Pärchen seine Plätze räumt, ziehen wir an ihren Tisch um.

»Hast du Lust zu tanzen?«, fragt Simon, als er sieht, wie meine Füße im Takt der Musik wippen.

Simon ist ein super Tänzer und wir harmonieren gut zusammen. Nach zwei schnelleren Nummern kommt ein langsamer Song und wir gehen zu Stehblues über. Simons Hand fährt an meinem Rücken entlang nach unten und zieht mich näher zu sich heran. Jetzt passt kein Blatt mehr zwischen uns. Ich spüre seinen Atem an meinem Ohr und höre leise geflüsterte Worte, italienische Worte.

»Ich verstehe leider kein Wort, kannst du mir das nicht auf Deutsch sagen?«

»Nein, glaub mir, das wäre nur halb so schön. Italienisch, das klingt wie ein Liebeslied, Deutsch wie Marschmusik. Eine Liebeserklärung und Marschmusik, das passt einfach nicht zusammen. Hör einfach zu, du wirst es schon verstehen.«

Nun, es klingt wirklich schön, da hat Simon Recht. Aber sicher hat Simon auch Lena italienische Liebeserklärungen ins Ohr geflüstert und Lena hat vielleicht deshalb nicht verstanden, dass er von der Liebe für eine Nacht und nicht für die Ewigkeit gesprochen hat. Lena kann nämlich auch kein Italienisch. Egal, es ist einfach schön, die Musik, Simons Körper an meinem, seine Stimme an meinem Ohr. Ich habe die Augen geschlossen und spüre, wie sich seine Lippen sanft und trotzdem fordernd auf meinen Mund legen. Ich öffne meine Lippen und ... »Nein!«

»Was?«

»Ich kann das nicht!«

»Du kannst nicht küssen? In deinem Alter? Dann wird's Zeit, das zu ändern. Komm, ich bring's dir bei.«

»Nein, ich kann dich nicht küssen. Ich bin Lenas Freundin und ...«

»Hast du vorhin nicht zugehört? Das mit Lena, das hat nichts zu bedeuten. Nicht für uns beide heute Nacht.«

Er nimmt mich am Arm und führt mich zurück an unseren Tisch.

»Saskia, hör mir zu. Du bist hier in Italien, lass bitte, bitte für eine einzige Nacht deine deutsche Korrektheit und Schwerblütigkeit zu Hause. Das Schicksal schenkt dir eine perfekte Nacht, eine warme Sommernacht mit Musik und fröhlichen, tanzenden Menschen und einem gutaussehenden Mann, der dir Liebesschwüre ins Ohr flüstert. Und dieses Geschenk willst du ausschlagen? Morgen ist ein neuer Tag, und da kannst du ganz gewissenhaft und deutsch den lieben Doktor zu seiner Maria begleiten.«

»Du bist echt gemein. Ich fahre jetzt ins Hotel zurück«, sage ich entschlossen und mache Anstalten aufzustehen.

Simon hält mich am Arm zurück. »Nun trink wenigstens deinen Cocktail aus. Er war teuer.« Vermutlich spricht gerade seine schwäbische Hälfte zu mir.

Ich sage nichts mehr und nuckle an meinem Strohhalm, während Simon Blickkontakt mit dem Nachbartisch aufnimmt. Dort sitzen fünf laute, fröhliche Leute in unserem Alter, offensichtlich zwei Pärchen und eine einzelne Frau. Bald fliegen nicht nur Blicke hin und her, sondern auch Worte.

»Komm, wir setzen uns rüber zu denen«, sagt Simon, nimmt sein Glas und schiebt seinen Stuhl an den Nebentisch, während die Leute dort zusammenrücken.

»Hör mal, ich ...«

»Nun komm schon, sei kein Spielverderber. Die sind lustig«, sagt Simon.

Sehr lustig, vor allem, wenn man außer »*buon giorno*« und »*grazie*« kein Wort Italienisch kann und Simon sich keine Mühe macht, ein bisschen für mich zu übersetzen. Irgendwann wird es mir zu dumm. Ich stelle mein Glas energisch auf dem Tisch ab, lege einen Zehn-Euro-Schein daneben und sage: »Also, bis morgen dann. Amüsier dich gut, aber vergiss nicht, dass wir um halb elf bei Maria verabredet sind, sonst sind wir geschiedene Leute.«

»Wieso geschiedene Leute? Waren wir denn je zusammen?«

Ich drehe mich um und gehe in Richtung Theke.

»He, Saskia, nun bleib doch, war doch nicht so gemeint.«

Er könnte mir wenigstens auf Italienisch ein Taxi bestellen wie ein Gentleman. Aber wer behauptet, dass er ein Gentleman ist? Ich schaffe das auch ohne ihn.

Ich starre aus dem Taxifenster auf die Lichter draußen und auf das laute, fröhliche Leben auf den Straßen. Hat Simon vielleicht Recht? Bin ich zu blöd, um mein Glück beim Schopf zu packen? Welches Glück? Eine Nacht mit Simon, und morgen ist alles vorbei? Und wenn schon. Ist eine Nacht nicht besser als gar nichts? Aber da ist Lena. Gut, sie nimmt in der Regel auch nicht viel Rücksicht auf meine Wünsche – trotzdem. Und außerdem könnte es sein, dass ich mich noch richtig in Simon verliebe. Er ist schließlich ein netter, charmanter Kerl, und ich kann nicht abstreiten, dass ich ihn mag, auch wenn er sich heute Abend richtig schofel benommen hat. Aber ich habe ihm einen Korb gegeben, und das kann seine stolze italienische Hälfte vielleicht nicht gut wegstecken. Wie sagt Mama immer? Keiner kann aus seiner Haut. Ach, Mama, wenn du wüsstest!

161

Spätes Wiedersehen

Ach, wie bald, ach, wie bald,
Schwindet Schönheit und Gestalt!
(Wilhelm Hauff)

Ich sitze mit dem Doktor beim Frühstück. Er isst wenig, und ich verstehe warum. Sicher sind es zwiespältige Gefühle, die ihn bewegen. Einerseits freut er sich auf das Wiedersehen mit Maria, andererseits weiß er nicht, was ihn erwartet nach so vielen Jahren.

»Herr Doktor, ich finde, Sie sollten mit Simon allein zu Maria gehen.«

Er stellt erschrocken seine Kaffeetasse ab. »Haben Sie keine Lust, mich zu begleiten? Oder haben Sie Angst, Maria könnte mir in Ihrer Gegenwart den Kopf abreißen?«

»Nein, nein, das ist es nicht«, versuche ich zu erklären. »Ich finde nur, dass das, was Sie und Maria zu besprechen haben, sehr persönlich ist und nicht für fremde Ohren bestimmt. Simon wird als Dolmetscher wohl oder übel dabei sein müssen, aber ich ...«

Der Doktor legt seine Hand auf meine. »Meine liebe Saskia, was Sie da sagen, das ist feinfühlig und rücksichtsvoll, es ehrt Sie. Aber Sie sind wie eine Enkelin für mich. Nur dass ich Andrea bei dem heutigen Gespräch nicht dabeihaben wollte. Es ist leichter für mich, das vor einer fremden ... nein, das ist das falsche Wort, vor einer außenstehenden Person mit Maria zu besprechen. Es wäre mir eine Hilfe, Sie an meiner Seite zu wissen. Außerdem brauche ich Ihren Arm. Meinen Sie, ich könnte heute auf meinen Stock verzichten?« Es gelingt mir nicht, ein leichtes Schmunzeln zu unterdrücken. »Das habe ich gesehen. Sie sollten sich nicht über einen alten Mann lustig machen, der heute einen schweren Gang vor sich hat. Als Maria mich zuletzt gesehen hat, war ich jung und gutaussehend.«

»Ich habe mich nicht über Sie lustig gemacht, nur über Ihre Eitelkeit. Es tut mir leid. Aber Sie müssen keine Angst haben. Maria werden heute dieselben Gedanken bewegen, nur dass wir Frauen in der Regel noch viel eitler sind. Und im Übrigen sehen Sie heute besonders gut aus.«

Das ist nicht gelogen. Der Doktor geht zwar inzwischen ein wenig gebeugt, aber er ist schlank und hochgewachsen und hat ein gut geschnittenes Gesicht.

»Zumindest was Ihre Kleidung angeht, dürften Sie heute besser punkten als damals im Krieg«, sage ich mit Blick auf seinen grauen Anzug und die zum Hemd passende, dezent gestreifte Krawatte.

»Sagen Sie das nicht. Ich habe in Uniform sehr schneidig ausgesehen, und die Frauen mochten Männer in Uniform. Sagen Sie, wo bleibt eigentlich Simon? Ist wohl gestern Nacht spät geworden?«

»Vermutlich.« Der Doktor wirft mir einen fragenden Blick zu. »Nun, ich bin früher als er nach Hause gegangen, also ins Hotel«, erkläre ich.

»Verstehe.« Ich glaube, das tut der Doktor wirklich, auch wenn er die Einzelheiten nicht kennt.

»Ich werde ihn mal anrufen.«

Simons Handy klingelt sieben Mal, dann meldet sich endlich seine verschlafene Stimme.

»Simon? Bist du etwa noch im Bett? Wir warten hier beim Frühstück auf dich. Zieh dich an und komm runter.«

»Runter? Wieso runter? Wohin denn?«, fragt Simon undeutlich.

»Na, in den Frühstücksraum.«

»Welchen Frühstücksraum?«

Ich höre im Hintergrund eine weibliche Stimme.

»Wo bist du denn?«, will ich wissen.

Ich höre Simon etwas auf Italienisch fragen und wieder die weibliche Stimme, die ihm antwortet. »In der Via Venezia 33«, sagt Simon zu mir.

»Jetzt pass mal auf. Du ziehst dich jetzt sofort an, nimmst dir ein Taxi und fährst ins Hotel. Wenn du nicht in einer halben Stunde hier bist, besorge ich mir den teuersten Dolmetscher Veronas und setz ihn dir auf die Rechnung.«

»Hör mal, warum bist du denn so unfreundlich?«

»Ich bin nicht unfreundlich, ich bin stinksauer, und jetzt beeil dich!« Ich beende das Gespräch.

»So haben Sie ja nicht mal in meinen schlimmsten Zeiten mit mir gesprochen«, stellt der Doktor amüsiert fest.

»Doch, einmal, leider. Aber ansonsten hatten Sie mildernde Umstände bei mir.«

»Da hatte ich aber Glück«, sagt der Doktor und beißt zufrieden in sein Honigbrötchen.

Vierzig Minuten später stürmt Simon atemlos in die Lobby, wo wir schon auf ihn warten.

»Meine Güte, wie siehst du denn aus?«, entfährt es mir. Um es höflich auszudrücken: Er sieht ziemlich derangiert aus.

»Zum Duschen und für die Schönheitsmaske war leider keine Zeit mehr. Frische Wäsche hatte ich auch nicht dabei«, erklärt er mürrisch.

»Das kannst du ja jetzt nachholen.«

»Wie jetzt? Ich dachte, ihr habt's so eilig?«

»Na, jetzt bist du ja da. Zugegeben, zehn Minuten zu spät, aber ich hab heute meinen großzügigen Tag. Wir fahren in zwanzig Minuten. Das müsste für die Schönheitspflege wohl reichen. Auf die Lockenschere kannst du heute ausnahmsweise verzichten«, sage ich mit Blick auf seine nicht vorhandenen Haare.

Simon wirft mir einen finsteren Blick zu und verschwindet dann wortlos in Richtung Aufzug.

»Das war jetzt aber ein bisschen unter der Gürtellinie. Das hat seinem männlichen Ego sicher sehr wehgetan«, bemerkt der Doktor.

»Ich glaube, sein männliches Ego ist überproportional gut entwickelt. Das hält sowas aus. Außerdem hat er's verdient.«

»Für gestern oder für heute?«

»Sowohl als auch.«

Der Doktor lacht. »Ich stelle fest, Sie haben den Burschen ganz gut im Griff.«

»Ich hasse unzuverlässige Männer. Nun, vielleicht könnte ich ihn noch hinkriegen, aber ich glaube, es ist mir zu anstrengend.«

»Bemühen Sie sich nicht. Man sollte in der Liebe nicht auf die Umerziehung hoffen, das ist meistens vergeblich. Entweder es passt gleich oder nie. Glauben Sie einem alten Mann mit viel Lebenserfahrung.«

Eine gepflegte ältere Dame öffnet uns die Tür. Zunächst denke ich, es könnte Maria sein, aber dann fällt mir ein, dass die ja im Alter des Doktors sein muss, und so alt ist diese Dame nicht. Die Sache klärt sich gleich auf.

»Bitte, komme 'erein.« Sie gibt uns die Hand. »Bin Tochter. Mama wartet in die Zimmer.«

»Sie sprechen Deutsch?«, fragt der Doktor überrascht, und ich überlege, wozu wir dann eigentlich Simon mitgebracht haben.

»Oh, nur wenig.«

Sie führt uns durch den Flur zu einem Zimmer, in dem eine betagte Dame in einem Sessel sitzt und uns erwartungsvoll entgegensieht.

Sie steht mit Hilfe ihrer Tochter auf und geht ein paar Schritte auf den Doktor zu. Lange stehen sich die beiden gegenüber und schauen sich nur an. Dann legt sie vorsichtig ihre Hand an seine Wange. Die Geste berührt mich und gleichzeitig fühle ich mich unwohl, weil ich finde, dass dieser Moment nur diesen beiden Menschen gehören sollte. Aber ich glaube, sie haben unsere Gegenwart gerade völlig vergessen. Als die Tochter uns auffordert, in der Couchecke Platz zu nehmen, schaut Maria auf. Sie hat große dunkle, wache Augen und ein Gesicht, dem man auch heute noch ansieht, dass sie einmal sehr hübsch gewesen sein muss.

»*Scusi*«, sagt sie und wechselt dann ein paar Worte mit ihrer Tochter. Die nickt und verlässt das Zimmer.

Maria setzt sich neben den Doktor aufs Sofa. Sie spricht mit uns und Simon übersetzt, und während der ganzen Zeit hält sie die Hand des Doktors. Sie sagt, dass sie sehr glücklich ist, den Doktor zu sehen, und bedankt sich, dass wir ihn begleitet haben. Mit einem Blick zur Tür erklärt sie uns, dass ihre Tochter Roberta zwar wisse, dass der Doktor und sie sich aus Kriegszeiten kennen, dass sie ein Liebespaar waren, möchte sie ihr aber nicht sagen, wenigstens heute noch nicht.

Roberta betritt das Zimmer mit einem Tablett, auf dem Espressotassen und ein Teller mit Gebäck stehen.

»Mandelmakronen«, sagt der Doktor und schiebt sich andächtig eine in den Mund.

»Ja«, lacht Maria, »Mandelmakronen, die mochtest du doch immer am liebsten. Ich hab sie nachts heimlich für dich gebacken, weil Papa nichts davon wissen durfte. Die Zutaten waren sehr kostbar, damals im Krieg. Wer konnte sich in dieser Zeit schon Mandelmakronen leisten?«

Die beiden lächeln sich an in der Erinnerung an vergangene Zeiten.

»Hast du noch mehr Kinder?«, will der Doktor wissen.

»Ja, Roberta ist die Älteste. Da sind noch meine Söhne Paolo und Alessio.«

»Ich wurde 1944 geboren, Paolo zwei Jahre später und Alessio fünf«, erklärt Roberta.

»Da hast du früh geheiratet«, sagt der Doktor. Es liegt viel in dem Blick, mit dem er Maria ansieht.

Sie schlägt die Augen nieder und schaut auf ihren Schoß. »Ja, das stimmt, es waren besondere Zeiten.«

»Hast du es gut getroffen?«

»Ja«, sagt Maria, »Enrico war ein guter Mann.«

»Und ein liebevoller Vater und Großvater«, fügt Roberta hinzu. »Mama hat sieben Enkelkinder und fünf Urenkel.«

»Herzlichen Glückwunsch«, sagt Simon. Maria lächelt und sagt etwas zu Roberta. Die steht auf, nimmt ein großes, gerahmtes Foto von der Kommode und reicht es ihrer Mutter.

»Das habe ich zu Weihnachten bekommen«, erzählt die stolz. »Da sind alle drauf.« Und dann deutet sie auf die Personen und erklärt uns, wer auf dem Foto zu sehen ist und wer zu wem gehört.

»Und du?«, fragt sie dann. »Hast du auch Familie?«

»Meine Frau ist vor zwei Jahren gestorben, meine einzige Tochter und ihr Mann durch einen Unfall vor dreiundzwanzig Jahren. Damals war meine Enkelin Andrea neun. Meine Frau und ich haben sie großgezogen.«

»Das tut mir sehr leid«, sagt Maria und streichelt seine Hand. »Ist das deine Enkelin?«

»Oh nein«, erklärt der Doktor, »das ist Saskia. Sie wohnt bei mir im Haus und kümmert sich ein bisschen um mich. Sie hat mir zusammen mit Simon geholfen, dich ausfindig zu machen.«

Wir sitzen noch ein halbe Stunde zusammen. Der Doktor und Maria erzählen von den vergangenen Jahren, aber ihre gemeinsame Zeit klammern sie aus. Als Roberta danach fragt, sagt Maria: »Morgen. Würdest du morgen noch einmal kommen, Roberto? Ich bin jetzt ein wenig müde.«

»Natürlich«, sagt der Doktor und streichelt zärtlich Marias Wange. »Es tut mir leid, wenn wir dich angestrengt haben.«

»Oh nein, nein«, wehrt Maria ab, »es ist die Freude, nur die Freude. Bestimmt wird es morgen besser sein. Roberta wird dir noch ein paar Makronen einpacken. Morgen um drei?«, fragt sie.

»Gern. Ich hoffe, dass es dir dann besser geht. Es ist sicher auch das schwüle Wetter, das deinem Herzen zu schaffen macht. Bitte bleib sitzen«, sagt der Doktor und küsst sie zart auf die Wange.

Maria lächelt. »Ich möchte dir noch etwas geben«, sagt sie dann und zieht einen Umschlag aus ihrer Jackentasche. »Bitte lies den Brief erst morgen früh. Bis morgen dann, Roberto. Und danke, dass du gekommen bist. Danke Ihnen allen.«

Wir lassen uns von Roberta hinausführen, die dem Doktor noch eine Tüte mit Mandelmakronen in die Hand drückt.

»Bis morgen«, verabschieden wir uns.

Nach seinem Mittagsschlaf möchte der Doktor einige Plätze in Verona aufsuchen, an die er sich aus seiner Kriegszeit erinnert. Da er keine weiten Strecken laufen kann, beschließen wir, ein Taxi für den ganzen Nachmittag zu mieten.

»Das wird aber eine ganze Menge kosten«, gebe ich zu bedenken. Aber er erklärt mir, dass ihm das egal sei.

»In den Himmel mitnehmen kann ich mein Geld nicht. Und Andrea wird mir hoffentlich verzeihen, wenn ich etwas von ihrem Erbe verprasse. Es ist die Sache allemal wert. Wenn im Alter die Kräfte nachlassen, ist es ein angenehmer Luxus, wenn man das nötige Kleingeld hat, um sich Erleichterungen zu verschaffen.«

Simon handelt uns noch einen guten Pauschalpreis aus. Und weil wir ihn als Fahrer heute nicht brauchen und er andere Pläne für den Nachmittag hat, machen der Doktor und ich den Bummel alleine.

Der Doktor möchte nicht die Touristenattraktionen besuchen, sondern die Plätze, an denen er mit Maria unvergessliche Stunden verbracht hat.

»Sollten Sie das nicht lieber mit Maria zusammen machen?«, frage ich ihn.

»Vielleicht machen wir das ja noch, falls Maria sich das mit ihrer Gesundheit zumuten kann. Jetzt machen wir beide das zusammen.«

Heute hat der Doktor auch seinen Stock dabei. Maria kann ihn ja nicht sehen.

Wir spazieren gerade im Schatten großer Bäume an der Etsch entlang, als sich mein Smartphone meldet. Es ist eine Nachricht von Lena. Ich zeige dem Doktor das Foto von Lili, die rührend klein und schmal neben einer riesengroßen Mickymaus steht. Lena schreibt:

Hallo ihr drei,

wie ihr seht, hat Lili ihren Kopf durchgesetzt. (Hat jemand daran gezweifelt?) Hier im Gardaland ist die Hölle los. Dagegen ist es am See direkt ruhig. Aber Lili ist glücklich. Die kleine Maus strahlt mit der großen um die Wette. Und bei euch? Alles klar?

Grüße

Lena und Lili

»Was ist Gardaland?«, will der Doktor wissen.

»Ein großer Freizeitpark am südlichen Ende des Gardasees. So etwas wie Tripsdrill oder Rust auf Italienisch«, erkläre ich ihm.

»Oh, da möchte ich nicht mit den beiden tauschen. Hier an der Etsch ist es so schön ruhig. Alle Leute treiben sich in der Innenstadt herum. Deshalb sind Maria und ich früher auch hierhergekommen. Wir wollten doch nicht gesehen werden. Aber jetzt will ich trotzdem zurück in die Stadt. Ich möchte gern zu Marias Bäckerei fahren.«

Der Taxifahrer bringt uns hin, erklärt uns aber, dass er vor der Bäckerei nicht stehenbleiben dürfe. Er werde ein paarmal um den Block fahren, bis wir wieder herauskommen. Zum Glück spricht er ein paar Brocken Deutsch und Englisch, und wo das nicht reicht, nimmt er seine Hände zur Hilfe, sodass wir auch ohne Simon zurechtkommen.

Es stehen etliche Kunden im Laden, wir müssen also eine Weile warten, bis der Doktor seine Mandelmakronen kaufen kann.

»Noch mehr Mandelmakronen?«, frage ich.

»Davon kann man nicht genug haben. Hier, probieren Sie mal.« Er hält mir die geöffnete Tüte entgegen und ich greife hinein und nehme mir eine. Der Doktor hat Recht, sie schmeckt wirklich köstlich.

»Und?«, frage ich, als wir wieder draußen auf dem Gehweg stehen und auf unser Taxi warten. »Ist es so, wie Sie es sich vorgestellt haben?«

»Nein«, gesteht der Doktor, »aber wie könnte es das auch nach über siebzig Jahren? An der Fassade hat sich nicht viel verändert, aber die Einrichtung innen, die sieht ganz anders aus. Und das Mädchen hinter der Theke ist zwar hübsch, aber lange nicht so hübsch wie Maria damals. Ja, manchmal sucht man etwas, das es einfach nicht mehr gibt. Aber die Makronen, die schmecken noch immer wie damals, auch wenn sie nicht Maria gebacken hat.«

Nun, das ist doch besser als nichts.

Reise in die Vergangenheit

Das Gedächtnis ist das Tagebuch,
das wir immer mit uns herumtragen.
(Oscar Wilde)

Am nächsten Morgen komme ich gerade aus der Dusche, als es an meine Zimmertür klopft. In der Annahme, es handle sich um das Zimmermädchen, rufe ich »Herein«. Aber als ich aus dem Bad ins Zimmer trete, steht der Doktor vor meinem Bett.

»Oh, entschuldigen Sie, ich wusste nicht ... Ich werde später wiederkommen.«

Er sieht blass aus.

»Nein, bleiben Sie! Ich nehme doch an, dass Sie schon einmal eine Frau im Bademantel gesehen haben. Geht's Ihnen nicht gut? Setzen Sie sich doch. Soll ich Ihnen ein Glas Wasser bringen?«

Der Doktor schüttelt den Kopf. »Es ist der Brief, den Maria mir gestern gegeben hat. Bitte lesen Sie, dann werden Sie verstehen, warum ich ein wenig durcheinander bin.« Er streckt mir das Kuvert entgegen und lässt sich dann vorsichtig auf dem kleinen Sessel am Fenster nieder.

»Sie sollten damit zu Simon gehen. Ich kann doch kein Italienisch.«

»Der Brief ist auf Deutsch. Maria hat ihn übersetzen lassen«, erklärt der Doktor.

»Sind Sie sicher, dass ich ihn lesen soll?«

»Ja, ganz sicher. Maria hätte bestimmt nichts dagegen. Und heute Nachmittag würden Sie es ohnehin erfahren.«

Ich setze mich aufs Bett, ziehe den Brief aus dem Kuvert und beginne zu lesen.

Roberto, mein Geliebter,

ja, so nenne ich Dich immer noch. So habe ich Dich all die Jahre genannt in meinen Gedanken. Nicht mehr jeden Tag und jede Stunde, so wie am Anfang, nachdem Du mich verlassen hattest, verlassen musstest. Aber vergessen habe ich Dich nie. Was für ein Geschenk, dass wir uns am Ende unseres Lebens noch einmal begegnen dürfen.

Nachdem Du damals weggegangen warst, war meine Welt nur noch traurig und dunkel. Aber sie wurde noch viel dunkler, als ich nach wenigen Wochen feststellen musste, dass ich schwanger war.

Ich schaue auf und sehe den Doktor an. »Ist Roberta ...?«

»Lesen Sie weiter.«

Am Anfang des Krieges waren Italien und Deutschland Verbündete, dann waren wir plötzlich Feinde und die Deutschen in Italien verhasst. Ich hätte es Roberta und mir nicht antun können, mich dazu zu bekennen, dass sie das Kind eines Deutschen war. In meiner Not wandte ich mich an meine Mutter. Sie war eine praktische Frau und sie wusste Rat. Weiß Gott nicht den Rat, den ich mir gewünscht hatte, aber auch ich sah keine andere Möglichkeit.

In unserer Straße wohnte damals Enrico. Er war ein Jahr jünger als ich, ein wenig stämmig und schüchtern, vielleicht, weil er von Geburt an ein kürzeres Bein hatte. Das hat ihm viele Hänseleien eingebracht, aber ihn später davor bewahrt, an die Front zu müssen. Er hat mich schon als kleiner Junge geliebt, wie er mir später erzählt hat, und mit fünf Jahren beschlossen, mich eines Tages zu heiraten. Nun, sein Wunsch sollte in Erfüllung gehen. Normalerweise hätte ich nie daran gedacht, ihn zu heiraten. Ich war jung und hübsch und hatte viele Verehrer. Sicher hätte ich nicht ausgerechnet Enrico zu meinem Ehemann erwählt. Ich habe ihn nicht angelogen. Er wusste, dass ich das Kind eines Deutschen erwartete, aber er hat mich trotzdem geheiratet. Es

172

war eine traurige Hochzeit, es fehlte an allem, vor allem an der Liebe in meinem Herzen, die gehörte noch immer Dir. Und das habe ich Enrico spüren lassen. Gott hätte allen Grund gehabt, mich für meine Eitelkeit und meinen Hochmut zu strafen. Stattdessen hat er mir gesunde Kinder, Enkel und Urenkel geschenkt und mit den Jahren die Erkenntnis, dass ich mit Enrico einen zuverlässigen, liebenswerten Ehemann bekommen hatte, der mir jeden Wunsch von den Augen ablas. Und er war ein wunderbarer Vater, der Roberta nie hat spüren lassen, dass sie nicht sein leibliches Kind war. Er hat sie von der ersten Minute an geliebt und nie Unterschiede zwischen unseren gemeinsamen Kindern und Roberta gemacht.

Bis heute weiß Roberta nicht, dass er nicht ihr leiblicher Vater war. Ich hielt es für besser, ihr das zu verschweigen. Enrico ist auch auf ihrer Geburtsurkunde als Vater eingetragen. Aber jetzt, wo ich Dich wiedergetroffen habe und mich davon überzeugen konnte, dass Du noch immer der gleiche liebenswerte Mensch wie damals bist, soll sie die Wahrheit erfahren, bevor ich sterbe. Ich finde, sie hat ein Recht darauf. Ich werde es ihr sagen, bevor Du heute Nachmittag zu uns kommst. Ich weiß nicht, wie sie diese Nachricht aufnehmen wird, aber sie ist kein ungestümes, junges Mädchen mehr, sondern eine besonnene, reife Frau, und ich hoffe, dass sie mir meine Lüge verzeihen wird.

Ich werde diesen Brief einer Freundin geben, die Deutschlehrerin war. Auch sie wusste bisher nicht, dass Roberta nicht Enricos Kind ist. Aber sie ist verschwiegen, ich kann mich auf sie verlassen.

Noch immer in Liebe
Deine Maria

Ich lasse den Brief sinken und schaue den Doktor an.

»Roberta ist Ihre Tochter. Ist das nicht wunderbar?«

»Wunderbar? Was ist daran wunderbar? Wissen Sie, was ich Maria damit angetan habe?«

»Aber sie schreibt doch selbst, dass sie ein glückliches Leben hatte. Sie hätte Enrico sonst nie geheiratet und es gäbe auch

Roberta nicht. Sie haben eine Tochter verloren und heute eine andere geschenkt bekommen.« Ich merke selbst, wie pathetisch das klingt.

»Aber Roberta kann mir doch Marion nicht ersetzen«, sagt der Doktor ein wenig ungehalten.

»Entschuldigen Sie, so habe ich das nicht gemeint. Natürlich kann sie das nicht. Und das soll und will sie sicher auch nicht. Genauso wenig, wie Sie ihr ihren Vater Enrico ersetzen können. Für sie wird er immer ihr Vater bleiben. Aber es ist doch trotzdem schön, dass sie jetzt erfahren, noch eine Tochter, Enkel und Urenkel zu haben.«

»Nun ja«, brummt der Doktor, »vielleicht ist es das, wenn ich mich erst einmal an den Gedanken gewöhnt habe. Sie müssen verstehen, dass es nicht so einfach ist, wenn man plötzlich Vater einer Siebzigjährigen wird. Und ich weiß ja auch gar nicht, wie Roberta darauf reagieren wird. Vielleicht wird sie mich hassen, weil ich ihr ganzes Leben durcheinanderbringe, und gar nichts mit mir zu tun haben wollen.«

»Vielleicht, wir werden es heute Nachmittag erfahren. Aber eigentlich können Sie doch nur gewinnen. Im schlechtesten Fall wird es wieder so sein wie vor ihrem Treffen mit Maria, im besten Fall werden Sie Teil einer großen Familie.«

»Mein Gott! Sie meinen, Teil so einer lauten, schwatzhaften, italienischen Sippe? Ich weiß nicht, ob ich das auf meine alten Tage noch ertragen kann. Aber versuchen kann ich's ja. Man soll schließlich auch im Alter immer wieder etwas Neues ausprobieren. Auf alle Fälle werde ich Italienisch lernen müssen. Ich habe schließlich keine Lust, immer Simon mitzuschleppen, damit er für mich dolmetscht. Das ist auf Dauer wirklich ein wenig lästig.«

»Das ist ein wunderbarer Vorsatz«, lache ich und freue mich, dass beim Doktor wieder einmal die alte Kratzbürstigkeit zum Vorschein kommt. »Was halten Sie davon, wenn ich mich anziehe, und wir dann gemeinsam frühstücken gehen?«

»Das hört sich nach einem guten Plan an.«

Wie gestern öffnet uns Roberta die Tür und führt uns ins Wohnzimmer. Diesmal geht der Doktor auf Maria zu und nimmt sie in den Arm. Er flüstert ihr ins Ohr.

»Wenn Sie so leise sprechen, kann ich Sie nicht verstehen und übersetzen«, sagt Simon.

»Ich glaube, das versteht Maria auch ohne Übersetzung, aber ich sage es gern noch einmal laut. Es tut mir so leid, Maria, und ich möchte mich bei dir entschuldigen, bei dir und bei Roberta. Du hast meinetwegen viel mitgemacht.«

»Nein, Roberto, nein.« Maria schüttelt heftig ihren Kopf. »Du musst dich nicht entschuldigen. Was wir getan haben, das haben wir beide gewollt, ich habe es nie bereut. Und dass dabei Roberta entstanden ist, das ist doch ein Geschenk. Jeden Tag, wenn ich sie angeschaut habe, habe ich in deine Augen gesehen.«

»Aber du musstest einen Mann heiraten, den du nicht liebtest«, wirft der Doktor ein, der sich inzwischen neben Maria aufs Sofa gesetzt und ihre Hand in seine genommen hat.

»Das ist wahr. Aber wenn ich nicht schwanger geworden wäre, dann hätte ich vielleicht ein Leben lang um unsere verlorene Liebe getrauert und wäre als alte Jungfer gestorben. Oder ich hätte irgendeinen hübschen Taugenichts geheiratet. Es ist gut so, wie es gekommen ist. Und Roberta hatte einen wunderbaren Vater. Die Einzige, die sich entschuldigen muss, bin ich, bei Roberta, weil ich ihr siebzig Jahre lang nicht die Wahrheit gesagt habe. Das habe ich auch schon getan. Roberta weiß, dass die Zeiten damals anders waren und sie ist auch eine Mutter. Sie hat meine Entscheidung verstanden.« Sie schaut ihre Tochter liebevoll an.

»Sehen Sie das auch so, Roberta? Ist es in Ordnung, wenn ich Sie Roberta nenne?«

»O ja, sicher. Und bitte sagen Sie du zu mir. Ich glaube, dass das zwischen Vater und Tochter so üblich ist.« Sie lächelt. »Ich weiß nur nicht, wie ich zu Ihnen sagen soll.«

»Auf alle Fälle du. Auch wenn wir uns am Anfang erst daran gewöhnen müssen. Schließlich kennen wir uns kaum.

Papa zu sagen würde uns wohl beiden ein wenig seltsam vorkommen. Dein Papa war Enrico und er wird es auch bleiben. Ich bin ihm sehr dankbar, dass er dir ein liebevoller Vater war. Sag einfach Roberto zu mir. Darauf habe ich schon vor siebzig Jahren gehört.« Er schaut schmunzelnd zu Maria hinüber. »Diese Situation ist für uns alle nicht ganz einfach. Aber ich freue mich sehr, dass ich auf meine alten Tage noch eine Tochter bekommen habe.«

»Es tut mir leid, dass deine richtige, ich meine deine andere Tochter gestorben ist. Ich hätte sie gern kennengelernt. Ich hatte zwei Brüder und habe mir immer eine Schwester gewünscht. Aber deine Enkelin würde ich gern kennenlernen. Hast du ein Foto von ihr?«, fragt Roberta.

Der Doktor zieht seine Brieftasche heraus, entnimmt ihr ein Foto von Andrea und reicht es Roberta über den Tisch.

»Sie sieht hübsch und sehr sympathisch aus«, stellt sie fest. »Glaubst du, dass sie mich auch kennenlernen möchte?«

»Ganz bestimmt.«

»Sie muss auch keine Angst haben, dass ich etwas von dir erben möchte.«

»So wie ich Andrea kenne, wird sie sich freuen, dass es dich gibt und zuallerletzt dabei an Geld denken. Aber natürlich bist du genauso meine Tochter wie es Marion war, mit den gleichen Rechten. Wir werden sicher einen guten Weg finden, mach dir keine Sorgen. Die Luft ist ein wenig trocken in eurem Haus«, fügt er dann hinzu.

Simon schmunzelt, als er den Satz übersetzt.

»Findest du? Ich finde, es ist heute sogar ausgesprochen schwül«, wundert sich Maria.

Simon, der Doktor und ich lachen. »So sagt man in Deutschland, wenn es irgendwo nichts zu trinken gibt«, erklärt Simon.

Maria schlägt erschrocken die Hände vor den Mund. »Mein Gott, was bin ich doch für eine schlechte Gastgeberin. Das habe ich völlig vergessen. Roberta, hol schnell die Flasche Prosecco aus dem Kühlschrank. Die habe ich doch extra kalt gestellt, damit wir auf unser Wiedersehen und unsere wunderbare Tochter anstoßen können.«

»Auf Grund der allgemeinen Aufregung bekommst du mildernde Umstände«, lacht der Doktor.

»Es spricht der ehemalige Richter«, werfe ich ein.

»Du warst Richter?«, wundert sich Roberta. »Jetzt weiß ich endlich, warum ich unbedingt Jura studieren wollte. Meine beiden Brüder haben praktische Berufe ergriffen, Paolo hat die Bäckerei übernommen und Alessio ist Schreiner. Keiner hat verstanden, warum ich unbedingt Jura studieren und Rechtsanwältin werden wollte. Da könnten wir uns doch eigentlich auf Lateinisch unterhalten.«

»Ich fürchte, das ist bei mir inzwischen ziemlich eingerostet. Aber wir könnten es mit Englisch versuchen.«

»Da verstehe ich aber dann nichts«, beschwert sich Maria. »Ich bin eine einfache Bäckerstochter und habe mich immer gewundert, wie ich zu so einer schlauen Tochter gekommen bin. Aber jetzt bring endlich den Prosecco und die Gläser, Roberta, bevor unsere Gäste verdursten.«

Wir stoßen miteinander an. Ich sehe, dass Roberta immer wieder prüfende Blicke zum Doktor hinüberwirft, wenn sie sich unbeobachtet glaubt. Es war sicher ein Schock für sie, zu erfahren, dass der Vater, den sie so geliebt hat, gar nicht ihr leiblicher Vater ist. Aber der Doktor scheint ihr sympathisch zu sein. Zum Glück hat sie ihn ja erst kennengelernt, als er sich wieder in den liebenswerten Menschen zurückverwandelt hatte, der er vor dem Tod seiner Frau wohl gewesen ist.

Maria macht den Vorschlag, morgen mit dem Doktor einen Spaziergang zu machen, dort, wo sie sich auch als junges Paar immer getroffen haben. Roberta wird sie begleiten. Simon und ich bekommen frei. Ich freue mich darüber, nicht über den freien Tag, den ich dazu nutzen will, in Verona das übliche Touristenprogramm zu absolvieren, sondern darüber, dass Maria, Roberta und der Doktor endlich einmal alleine zusammen sind. Ich komme mir immer wie ein Störenfried bei ihren Gesprächen vor, obwohl das anscheinend keiner von ihnen so empfindt.

»Wie lange kannst du in Verona bleiben?«, fragt Maria.

»Noch zwei Tage. Am Freitag müssen wir zurückfahren.«

»Schade«, sagt Maria.

»Nun, Simon muss wieder arbeiten. Und so schön es hier ist, ich vermisse ein wenig mein eigenes Bett und meine Bequemlichkeit«, erklärt der Doktor.

»Das verstehe ich. Aber was hältst du davon, wenn wir übermorgen ein kleines Abschiedsfest feiern, ein Familienfest.«

»Mit allen? Mit deiner ganzen Familie?« Der Doktor klingt angesichts dieser Aussicht ein wenig erschrocken.

Maria lacht. »Nein, keine Angst. Ich dachte nur an deinen Teil der Verwandtschaft, also Robertas Mann, ihre Kinder und Enkelkinder. Wer weiß, wann du wiederkommst. Das Reisen wird mit dem Alter nicht leichter. Was meinst du, Roberta?«

»Ich finde, das ist eine gute Idee. Ich kümmere mich um alles, und Laura wird mir helfen. Das ist meine Tochter.«

»Wie viele Kinder hast du denn?«, will der Doktor wissen.

»Nur zwei, eine Tochter und einen Sohn. Und zwei Enkelkinder.«

»Willst du ihnen sagen, dass du meine Tochter bist?«

»Ich weiß es noch nicht. Mein Mann weiß es schon. Was die anderen angeht – das muss ich mir überlegen. Also abgemacht?«

»Abgemacht.«

»Sie sind natürlich auch eingeladen«, sagt Roberta zu uns.

Wir bedanken uns und verabschieden uns wenig später.

»Wie viele Leute sind das denn?«, will der Doktor im Auto wissen.

Ich fange an zu zählen: »Maria, Roberta, ihr Mann, Tochter und Sohn, Schwiegertochter und Schwiegersohn, zwei Enkel und dann natürlich wir drei. Ich komme auf zwölf, wenn ich richtig gezählt habe.«

»Du lieber Himmel, hoffentlich überlebe ich das. Ich glaube, da werde ich mein Hörgerät lieber gleich im Hotel lassen. Das fliegt mir sonst um die Ohren.«

»Seien Sie froh, dass Sie nicht für alle kochen müssen«, lache ich.

»Das würde mir noch fehlen. Es wird auch so schlimm genug werden. Sind Sie sicher, dass es eine gute Idee war, mit Maria Kontakt aufzunehmen?«

»Ganz sicher.«

Beim Abendessen bin ich mit dem Doktor allein. Der Einfachheit halber haben wir beschlossen, wieder im Hotel zu essen. Es hat ein sehr gutes Restaurant. Simon hat für den Abend andere Pläne.

Wir sind bei der Vorspeise, als mein Handy klingelt. Es ist Andrea, die wissen will, wie es uns geht.

»Andrea, wir sind gerade beim Essen. Können wir dich nachher zurückrufen?«, frage ich sie.

Das verschafft dem Doktor Zeit, sich zu überlegen, wann er Andrea mitteilen will, dass sie eine »Halbtante« in Italien hat.

»Auf keinen Fall am Telefon«, verkündet er seinen Entschluss.

»Sollen wir auf dem Rückweg nochmal über Freiburg fahren?«

»Oh nein, bitte nicht noch einmal dieses Massenlager. Aus dem Alter für Schullandheimaufenthalte bin ich raus«, stöhnt der Doktor.

»Na, sie hatten's doch hübsch gemütlich in Ihrem Einzelzimmer. Was soll ich denn sagen, wir lagen zu viert im Zimmer.«

»Haben Sie sich das gemütliche Einzelzimmer mal angesehen? Das ist die reinste Rumpelkammer. Berge von Akten und Papier auf dem Schreibtisch und auf dem Boden. Ich weiß nicht, wer Andrea großgezogen und versäumt hat, ihr Ordnung beizubringen. Ich müsste ihr mal Frau Federle vorbeischicken. Die würde sagen: ›Was isch denn des für en Saustall?‹, und ihr das

Nötige beibringen. Nein, ich habe wirklich das Bedürfnis, endlich wieder in meinem eigenen Bett zu schlafen. Ich werde Andrea an einem der nächsten Wochenenden zu mir einladen. Dann können wir alles in Ruhe besprechen, ohne dass Lili ständig dazwischenquakt und auf der Couch Liebesgeflüster und im Bad konspirative Treffen stattfinden.«

»Na, Sie hatten Ihre Augen und Ohren wohl überall«, lache ich.

»Das lernt man als Richter. Ich werde Andrea nachher zurückrufen, aber ihr nichts von Roberta erzählen.«

Schlechte Nachrichten

Drei Menschen können ein Geheimnis bewahren,
wenn zwei von ihnen tot sind.
(Benjamin Franklin)

Nach dem Frühstück fahren wir drei gemeinsam los. Zuerst bringen wir den Doktor zu Maria, dann geht es Richtung Innenstadt. Simon setzt mich in der Nähe des Castelvecchio ab und geht dann eigene Wege. Ich fände es schön, gemeinsam durch Verona zu bummeln und die neuen Eindrücke mit jemandem teilen zu können, aber ich verstehe, dass er andere Pläne hat.

Sicher wäre es interessant, das Castelvecchio nicht nur von außen anzuschauen, aber dazu reicht meine Zeit nicht. Ich bewundere die malerische, dreibogige Brücke, die direkt beim Kastell die Etsch überspannt. Dann mache ich mich auf den Weg zur Piazza Brà bei der berühmten Arena. Anstatt mich zu bilden und die Arena von innen zu besichtigen, genehmige ich mir einen sauteuren Cappuccino auf der Piazza. Klar, den Blick auf das berühmte Bauwerk muss man mitbezahlen. Wenn ich einmal wiederkomme, dann möchte ich die Arena im Festtagskleid einer Opernaufführung besichtigen. Frisch gestärkt mache ich mich auf zur Flaniermeile Listone, eine hübsche Gegend, in der sich Kaffeehäuser, Geschäfte und Restaurants aneinanderreihen. Inzwischen haben auch andere Touristen ausgeschlafen und bevölkern die Gassen und Plätze. Auf den berühmten Plätzen im Herzen der Stadt, der Piazza Erbe und der Piazza dei Signori, wimmelt es von Menschen, die so wie ich die prachtvollen Fassaden und Figuren der Renaissancepaläste bewundern. Obwohl ich durch meine Stadtführungen das Pflastertreten gewohnt bin, werde ich langsam müde. Vermutlich liegt es nicht nur am Laufen, sondern auch an der zunehmend schwülen Hitze, den vielen Menschen und neuen Eindrücken. Ich beschließe, noch ein wenig durch die Gassen zu bummeln, die sich an die Piazza dei Signori anschließen, und mich hin und wieder in die schattige Kühle eines Geschäfts oder Cafés zu flüchten.

Abends nehme ich mein Smartphone und schreibe:

Lieber Philipp,

während der Doktor zusammen mit Maria und ihrer Tochter einen Spaziergang gemacht hat, habe ich mir die Sehenswürdigkeiten von Verona angeschaut.

Natürlich kann ich als Literaturfreundin Verona nicht verlassen, ohne auch die Casa di Giulietta besucht zu haben, und natürlich muss ich dem Buchhändler davon berichten. Während alles andere in Verona mich begeistert hat, hat mich Julias Haus mit dem berühmten Balkon ziemlich enttäuscht. Der gotische Balkon, auf dem Julia auf ihren Romeo herabgeschaut haben soll, ist winzig klein und bei aller Phantasie wenig beeindruckend. Es liegt vielleicht auch daran, dass Pärchen aus aller Welt den kleinen Innenhof schnatternd bevölkern, um den berühmten Balkon zu besichtigen und ihre Hände auf die Brust der Bronzestatue zu legen, die die Julia darstellen soll. (Bestimmt gibt es einen Grund dafür, Du kannst ja mal googeln.) Bei mir konnte jedenfalls keine romantische Stimmung aufkommen. Vielleicht lag es daran, dass ich alleine dort war, oder auch daran, dass ich gelesen habe, der Balkon sei erst im 20. Jahrhundert gebaut worden. Egal, alles andere war wirklich sehr schön. Aber das erzähle ich Dir dann, wenn ich wieder zu Hause bin. Es würde heute zu weit führen.

Morgen Abend sind wir bei Maria zum Essen eingeladen. Sie will uns einen Teil ihrer Familie vorstellen. Dem Doktor ist schon angst und bange in Erwartung von so viel geballter italienischer Sippe.

Und übermorgen fahren wir ja dann schon wieder nach Hause. Gibt's bei Dir was Neues?

Grüße – bis bald und schlaf gut
Deine Saskia

Fünf Minuten später klingelt mein Telefon. Es ist Philipp. Ich wundere mich. Bisher haben wir uns auf dieser Reise nur per WhatsApp unterhalten. Selbst zu Hause schreibt Philipp mir ja lieber, als mit mir persönlich zu sprechen.

»Hallo Saskia, ich hab lang überlegt, ob ich dich anrufen soll«, sagt er. »Es hätte wohl auch Zeit gehabt, bis ihr wieder da seid. Ich wollte euch nicht den Urlaub verderben.«

Womit will Philipp uns nicht den Urlaub verderben? Ich merke, wie sich die Härchen auf meinen Armen aufstellen. Irgendetwas stimmt nicht. Philipp kann auch plötzlich fließende Sätze sprechen, er hat kein einziges Mal gestottert.

»Ist was passiert? Ist bei uns eingebrochen worden?«

»Nein, nein, das ist es nicht. Es ist wegen Frau Bausch. Heute Vormittag hat mich eine Frau angerufen, die bei Frau Bausch im Haus wohnt.« Ich denke an einen Sturz, einen Herzinfarkt oder Schlaganfall. »Die Frau hat bemerkt, dass bei Frau Bausch die Rollläden um halb elf noch geschlossen waren, und ist in ihre Wohnung gegangen. Sie hat einen Schlüssel. Und da hat sie Frau Bausch in ihrem Bett gefunden.«

»Tot? Oh Gott, Philipp, sag, dass sie nicht tot ist!« Mir schießen Tränen in die Augen.

»Es tut mir leid, Saskia. Deshalb wollt ich's dir eigentlich erst sagen, wenn du wieder da bist. Aber die Frau, sie heißt Frau Jung, wollte wissen, wen sie denn benachrichtigen soll, wer Frau Bauschs Angehörige sind. Und ich dachte, du wüsstest vielleicht was und könntest uns weiterhelfen.«

»Sie hat mir mal von einem Neffen erzählt. Aber Genaues weiß ich auch nicht. Vielleicht gibt es in der Wohnung ein Adressbuch oder was Ähnliches.« Ich wische mir über die Augen und ziehe die Nase hoch. »Weißt du, ich hab ja eigentlich gar keinen Grund zu heulen. Sie ist nicht meine Oma oder sowas. Ich hab sie nur ein paar Mal getroffen. Aber ich mochte sie gern. Es fühlt sich einfach so traurig an, dass sie gestorben ist.«

»Geht mir auch so. Es wäre schön, wenn wir jetzt gemeinsam traurig sein könnten. Aber vielleicht tröstet's dich zu erfahren, dass sie ganz friedlich in ihrem Bett gelegen hat. Sie muss im Schlaf gestorben sein. Eingeschlafen und nicht mehr aufgewacht. Das ist doch eigentlich ein schöner Tod.«

»Weißt du schon, wann die Beerdigung ist?«

»Keine Ahnung. Ich weiß nicht mal, wer sich drum kümmert. Aber ich werd's in Erfahrung bringen. Und dann sag ich dir Bescheid.«

»Wenn wir morgen losfahren und unterwegs nicht übernachten, dann könnten wir morgen Abend da sein«, überlege ich.

»Auf keinen Fall, Saskia. Macht das nicht. Das ist viel zu anstrengend für den Doktor. Das hätte Frau Bausch auch nicht gewollt. Und so schnell wird die Beerdigung sicher nicht sein.«

»Ich überlege, ob ich den Anderen überhaupt etwas sagen soll. Gut, Simon und Lena vielleicht. Aber nicht dem Doktor. Er hat gerade ohnehin einiges zu verarbeiten. Was meinst du?«

»Ja, wahrscheinlich hast du Recht. Macht morgen ganz normal euer Programm und fahrt dann am Freitag mit einer Übernachtung zurück. Dann seid ihr am Samstag wieder da. Das ist bestimmt früh genug«, meint Philipp.

»Danke, dass du's mir gesagt hast.«

»Nein, sag das nicht, Saskia. Ich hab nicht gedacht, dass es dich so mitnimmt, sonst hätte ich gewartet, bis du wieder da bist. Tut mir echt leid.«

»Mach dir keinen Kopf.«

»Du kannst mich auch heute Nacht jederzeit anrufen, wenn dir danach ist.«

»Wird nicht vorkommen, aber trotzdem danke. Ist lieb von dir. Gute Nacht, Philipp.«

»Gute Nacht. Schlaf trotzdem gut.«

»Ich probier's.«

Ich unterbreche die Verbindung. Es wäre wirklich schön, wenn ich jetzt nicht allein, sondern bei Philipp wäre. Komisch, er hat tatsächlich kein einziges Mal beim Sprechen gestockt. Wie kann ich jetzt an so etwas denken? Als ob das wichtig wäre.

Frau Bausch ist tot. Ich erinnere mich an unser erstes Gespräch in ihrer Wohnung, an den Grillabend im Hof und unser letztes Treffen in Simons Lokal. Ich finde es tröstlich, dass sie noch miterlebt hat, wie der Doktor sich von einem alten Grantler in einen liebenswerten Menschen verwandelt hat. Sie hat ihm noch alles Gute gewünscht für das Wiedersehen mit seiner alten Liebe. Es ist sicher richtig, wenn ich dem Doktor erst sage, dass sie gestorben ist, wenn wir wieder zurück in Esslingen sind. Und Simon und Lena auch. Sie würden sich vielleicht verplappern. Die Sache geht mir noch lange im Kopf herum, aber irgendwann schlafe ich dann doch ein.

Familie auf Italienisch

Es sind die Begegnungen mit Menschen,
die das Leben lebenswert machen.
(Guy de Maupassant)

Am nächsten Morgen bekomme ich eine Nachricht von Philipp
auf mein Smartphone:

Liebe Saskia,
ich hoffe, Du hast trotz allem einigermaßen gut geschlafen. Du
kannst mich ja mal anrufen, wenn es bei Dir ins Programm passt.
Alles Liebe
Dein Philipp

Wir haben uns für halb zehn zum Frühstück verabredet. Ich habe
also noch eine halbe Stunde Zeit und rufe Philipp deshalb gleich
zurück. Es gibt noch nichts Neues zu berichten, aber es tut mir
gut, seine Stimme zu hören und mit ihm über die Angelegenheit
sprechen zu können. Beim Doktor und Simon muss ich ja heute
die Gutgelaunte spielen. Das fällt mir schwer. Philipp erzählt
mir, dass Frau Bausch Frau Jung einmal erzählt hat, mit welchem
Beerdigungsinstitut sie sich schon vor längerer Zeit in Verbindung gesetzt habe. Philipp will heute einmal dort vorbeischauen.

Wir verabreden, dass ich mich am Nachmittag oder Abend
noch einmal bei Philipp melde. Bis dahin weiß er sicher schon
mehr.

Der Doktor und ich beschließen, es in Anbetracht des voraus-
sichtlich turbulenten Abends heute ruhig angehen zu lassen. Wir
lassen uns von einem Taxi zu einem Park fahren. Der Giardino
Giusti ist im Nordosten der Stadt und an einem heißen Tag wie
heute ein ausgesprochen angenehmer und vergleichsweise ruhi-

ger Ort. Wir spazieren auf den schattigen Kieswegen und legen immer wieder Pausen auf einer der Parkbänke ein.

Simon hat beschlossen, sich stattdessen wieder ins trubelige Stadtleben zu stürzen. Vielleicht feiert er auch Abschied von einer Schönen, wer weiß? Wir fragen ihn nicht danach, es geht uns ja auch wirklich nichts an. Und wenn Lena mich fragt, dann kann ich ihr guten Gewissens antworten, dass ich keine Ahnung habe. Hauptsache, er ist heute Abend pünktlich zurück. Wir brauchen ihn dringend als Dolmetscher.

»Ist es nicht herrlich hier?«, fragt der Doktor und blickt versonnen in die dichten, grünen Baumkronen. »Bäume sind etwas Wunderschönes, zu jeder Jahreszeit, sogar im Winter. Da kann man besonders gut sehen, wie schön sie gewachsen sind. Sie strahlen eine solche Ruhe aus. Neulich habe ich gelesen, dass es gesund sein soll, im Wald spazieren zu gehen. Anscheinend scheiden die Bäume Stoffe aus, die das Immunsystem stärken. Was die alten Bäume wohl schon alles gesehen haben? Sie standen auch schon da, als ich als junger Soldat hier in Verona war.«

So kommen wir wieder auf die alte Geschichte zu sprechen. Der Doktor kann es noch immer nicht verwinden, dass er die schwangere Maria im Stich gelassen hat.

»Was hätten Sie denn tun sollen? Sie wussten es doch gar nicht. Und wenn? Als der Krieg vorbei war, war Maria längst verheiratet. Sie hätten nur Unruhe in ihr Leben gebracht. Schauen Sie sie doch an. Maria ist glücklich. Sie hat eine große Familie.«

»Die wir heute Abend kennenlernen werden.«

»Nur einen Teil davon«, werfe ich ein.

»Ich glaube, das ist auch gut so.«

Als wir zurück im Hotel sind, legt der Doktor sich noch einmal hin, während ich Philipp anrufe. Er erzählt mir, dass er inzwischen beim Beerdigungsinstitut war. Dort habe Frau Bausch tatsächlich schon alles geregelt, schriftlich festgelegt und bezahlt. Sie wolle eingeäschert werden, dann solle eine kleine Trauerfeier stattfinden und anschließend eine Beisetzung im Friedwald. Philipp würde gemeinsam mit Frau Jung und dem Bestatter alles in ihrem Sinn regeln.

Außerdem war er noch einmal mit Frau Jung in der Wohnung von Frau Bausch. Sie haben dort tatsächlich ein Adressbuch mit der Telefonnummer des Neffen gefunden und Philipp hat mit ihm telefoniert.

»Das ist vielleicht ein unsympathischer Kerl«, erzählt Philipp, »kalt wie ein Fisch, keine Spur von Trauer. Er will nicht einmal eine Trauerfeier für sie. Aber da werden wir uns wehren. Das hat Frau Bausch so verfügt, daran wird er nicht rütteln können. Aber das Tollste kommt noch: Er hat Frau Jung und mir verboten, die Wohnung noch einmal zu betreten. Frau Jung soll ihm den Schlüssel von Frau Bauschs Wohnung zuschicken. Anscheinend hat er Angst, wir könnten ein paar silberne Löffel klauen. Wenn wir uns nicht daran halten, will er uns anzeigen.«

»Frau Bausch hat mir einmal erzählt, dass sie ihn nicht besonders mag. Jetzt weiß ich auch, warum. Auf alle Fälle werden wir wohl zur Trauerfeier rechtzeitig zurück sein – sofern es überhaupt eine gibt.«

»Es wird eine geben, verlass dich drauf! Ich kenne genügend Leute, die gern von Frau Bausch Abschied nehmen wollen. Und wie war's bei euch?«

Ich erzähle Philipp, was wir unternommen haben, und verabschiede mich dann.

»Ich ruf dich morgen wieder an«, sagt Philipp. »Wenn du vorher Redebedarf hast, ich hab mein Handy immer an.«

»Lieb von dir, aber es wird nicht nötig sein. Der Nachmittag im Park hat mir gut getan. Und heute Abend werde ich nicht viel Zeit haben, darüber nachzudenken. Der Tod von Frau Bausch kam nur so unverhofft, aber für sie müssen wir wohl froh sein. Also dann bis morgen.«

»Bis morgen.«

Der Doktor besteht darauf, auf dem Weg zu Maria an einem Blumengeschäft zu halten, weil er Blumen für Maria und Roberta kaufen will. Nur ist leider kein Blumengeschäft in Sicht, und Simon weigert sich, jemanden danach zu fragen. Andererseits ist es seiner Laune mehr als abträglich, vergeblich durchs Viertel zu kurven, ohne fündig zu werden. Der Doktor wiederum ist brummig, weil Simon nicht bereit ist, jemanden zu fragen.

»Da vorne ist eine Frau mit Kinderwagen, die weiß bestimmt, wo ein Blumengeschäft ist. Halten Sie mal an!«

»Ich denke nicht dran«, schimpft Simon, ganz nach dem Motto: Selbst ist der Mann. »Ich mach mich doch nicht zum Affen!«

»Man macht sich zum Affen, wenn man zu stolz ist, um nach dem Weg zu fragen und stattdessen stundenlang vergeblich durch die Gegend kurvt. Wir werden bestimmt zu spät kommen.«

Simon hält abrupt an. Wir werden unsanft in die Gurte gedrückt. Allerdings sind wir schon ein ganzes Stück an der Frau vorbeigefahren und ein anderer Passant ist nicht in Sicht.

»Sie können gern aussteigen und jemanden fragen«, sagt Simon.

»Sie wissen genau, dass ich das nicht kann. Erstens ist niemand zu sehen und zweitens kann ich kein Italienisch.«

»Simon, es reicht!«, mische ich mich jetzt auch noch ein. Der Doktor ist an dem Disput nicht ganz unschuldig, aber Simons Verhalten ihm gegenüber ist mehr als respektlos.

»Er hat gesagt, dass ich mich zum Affen mache. Das muss ich mir von niemandem sagen lassen. Auch nicht vom Doktor.« In dem Moment fahren wir glücklicherweise an einem Blumengeschäft vorbei. »Hab ich doch gewusst, dass ich das auch ohne Hilfe finde.« Simons Laune bessert sich schlagartig.

»Reiner Zufall«, murmelt der Doktor.

Wir steigen zu dritt aus. Der Doktor ist der Chef, mich will er als weibliche Beratung dabei haben, Simon als Dolmetscher. Ich suche Gladiolen aus. Die sind ja schon von Natur aus sehr groß gewachsen, aber was die Floristin daraus macht, das ist ein bombastisches Gebinde, das ausreichen würde, um ein Doppelgrab abzudecken.

»Du lieber Himmel«, stöhnt der Doktor, »ich wollte eigentlich keinen Altarschmuck für den Dom kaufen. Sagen Sie ihr, sie soll das kleiner machen.«

»Nein.«

»Wie bitte? Sind Sie etwa immer noch beleidigt? Mein Gott, sind Sie eine Mimose.«

»Ich bin nicht beleidigt, ich bin Italiener. Und deshalb kenne ich mich hier aus. Auch wenn Sie gerade nicht freundlich zu mir waren, meine ich es nur gut mit Ihnen. In Italien müssen Sträuße, die man verschenkt, groß sein. Sonst sind Sie als Knauser verschrien. Aber wenn Sie das wollen, bitteschön. Dann sage ich der Floristin, sie soll für den geizigen Herrn aus Deutschland zwei popelige, kleine Sträußchen binden, mit denen er sich bis auf die Knochen blamiert.«

»Ist ja schon gut«, brummt der Doktor »Ich kann schließlich nicht wissen, dass in Italien auch die Blumen *bella figura* machen müssen. Sie haben ja einen Bus. Da werden wir die Sträuße wohl unterbringen.«

Als wir ankommen, sind wir tatsächlich die Letzten. Es sind zwar noch einige Plätze an der langen Tafel im Garten frei, aber das sind die Plätze der Frauen, die in der Küche dabei sind, fürs Essen zu sorgen, und unsere drei natürlich. Maria sitzt an der Stirnseite des Tischs und weist uns die Plätze zu ihrer Rechten und Linken zu. Die Kinder spielen auf der Wiese Ball. Unsere Sträuße lösen Freude aus, aber keineswegs Erstaunen. Diese Größenordnung scheint hier wirklich an der Tagesordnung zu sein, und insofern besteht Hoffnung, dass im Haushalt auch die entsprechenden Vasen dazu vorhanden sind.

Etwas später stoßen die Frauen zu uns. Sie stellen große Platten mit Vorspeisen auf den Tisch. Dann macht uns Maria mit ihrer Familie bekannt: Das sind Robertas Mann Gianni, Enkelin Laura und ihr Mann Mario, Enkel Guiseppe und seine Frau Marcella und die zwei Urenkel. Die Gläser werden gefüllt, ein Trinkspruch ausgebracht, dann machen wir uns daran, die Platten zu leeren. Da Simon nicht überall gleichzeitig dolmetschen kann, versuche ich, mich auf Englisch zu verständigen, und stelle fest, dass das ganz gut klappt und einfacher ist, als immer auf die Übersetzung warten zu müssen. Die Erwachsenen haben alle in der Schule Englisch gelernt. Die Aussprache ist manchmal ein wenig gewöhnungsbedürftig, aber um ein einfaches Gespräch zu bestreiten, reicht's. Roberta hat uns zu verstehen gegeben, dass sie ihre Familie noch nicht über ihre Herkunft aufgeklärt hat, und so bleibt dieses Thema ausgespart.

Wir werden sehr freundlich und offen aufgenommen, und ich freue mich zu sehen, wie wohl sich Maria als Mittelpunkt ihrer Familie fühlt. Als es dunkel wird und der letzte Gang auf den Tisch kommt, Panna cotta mit frischen Früchten, werden Kerzen auf den Tisch gestellt. Sie verbreiten ein heimeliges Licht, und mit jedem Glas Wein steigt die Stimmung.

Es ist schon fast zwölf, als wir uns verabschieden. Maria und der Doktor sehen sich lange in die Augen. In diesem Alter kann jeder Abschied der letzte sein.

»Ich danke dir und deiner Familie für deine Gastfreundschaft und den wunderbaren Abend, Maria. Das Essen war köstlich. Ich werde dir schreiben«, verspricht der Doktor. »Und ich werde Italienisch lernen. Schließlich muss Simon nicht alles wissen, was ich dir sagen will. Mal sehen, ob mein alter Kopf das noch hinbekommt.«

»Bestimmt«, lacht Maria, »wirst sehen, er wird wieder ganz jung dabei.«

»Sie glaubt immer noch an Wunder.« Der Doktor schüttelt lachend den Kopf.

»Nun, war es vielleicht keins, dass wir uns wiedergetroffen haben?«, fragt Maria.

»Das Wunder heißt Internet«, bemerkt Simon trocken. »Und jetzt kommt endlich, es ist schon spät.«

»Du bist ganz schön prosaisch«, stelle ich fest, als wir zum Auto gehen.

»Vielleicht tu ich nur so, damit man nicht merkt, wenn mich die Rührung überkommt«, behauptet Simon. »Und, was sagt ihr? Die Deutschen können vielleicht besser den Kofferraum beladen, aber im Feiern und Singen sind die Italiener ihnen um Längen voraus, stimmt's?«

»Du bist wohl noch nie auf dem Cannstatter Wasen gewesen?«, frage ich.

»Also, das kann man ja nun wohl nicht miteinander vergleichen.« Da hat der Doktor sicher Recht.

Heimreise mit Jacuzzi-Wanne

*Heutzutage kennen die Leute von allem den Preis
und von nichts den Wert.
(Oscar Wilde)*

Nach dem Frühstück brechen wir zum Gardasee auf. Als wir bei Lenas Ferienwohnung ankommen, kommt Lili uns schon entgegengelaufen. Sie hat im Garten auf uns gewartet.

Sie umarmt mich stürmisch. »Da seid ihr ja endlich! Können wir nicht noch ein bisschen am See bleiben, alle zusammen? Da ist es so schön«, bettelt sie.

»Nein, Lili, das geht nicht. Aber was haltet ihr von einem Abschiedseis in Garda?«, frage ich.

Da ist Lili gleich dabei. Lena schmust inzwischen mit Simon, und es sieht wirklich so aus, als wären die beiden ein Herz und eine Seele.

»Hast du mich auch vermisst?«, höre ich sie fragen.

»Was denkst du denn?«, eine diplomatische Antwort, die genaugenommen nur eine Gegenfrage darstellt.

»Und warst du mir treu?«

»Na, wo sollte ich denn so schnell einen ebenbürtigen Ersatz für dich finden?« Das kleine, eindeutige Wörtchen »Ja« scheint in Simons Wortschatz nicht vorzukommen. »Traust du mir denn was Schlechtes zu?«

»Na ja, immerhin bist du Italiener. Die pfeifen doch jedem Rock hinterher.«

»Erstens bin ich nur ein halber Italiener und zweitens kann ich ganz schlecht pfeifen. Habt ihr schon gepackt?«

»Klar. Wir müssen die Wohnung ja spätestens um elf verlassen.«

»Dann woll'n wir mal.«

Wir laden das Gepäck ins Auto und parken den Wagen dann am Hafen von Garda. Das ganze Seeufer entlang stehen

Tische und Stühle aufgereiht. Jeden Tisch ziert eine hübsche Stoffdecke. Am wechselnden Muster kann man sehen, wo ein Restaurant oder Café aufhört und das nächste anfängt. Auf der einen Seite des Tischs kann man auf den See schauen, der spiegelglatt in der Morgensonne glitzert, mit dem Rücken zum See kann man die Leute beobachten, die zwischen dem See und den Lokalen über die Promenade schlendern, und das ist äußerst unterhaltsam. Wir suchen uns Plätze in einem Eiscafé. Die Eisbecher, die an uns vorbeigetragen werden, sind so groß, dass eine ganze Familie davon satt werden könnte. Das schaffe ich nie. Deshalb bestelle ich mir einen Eiscafé. Später würde ich ohnehin Lili helfen müssen, die sich einen riesigen Erdbeerbecher bestellt hat.

»Schön ist das hier. Da möchte man wirklich nicht abreisen«, seufzt Lena und greift unter dem Tisch nach Simons Hand.

»Lena, ich möchte Ihnen etwas über Maria und ihre Tochter erzählen«, ergreift der Doktor das Wort. »Saskia und Simon waren ja bei mir und wissen es schon, deshalb finde ich, dass Sie es auch erfahren sollten. Sie wissen ja, dass Maria und ich im Krieg für wenige Wochen ein Paar waren. Der Krieg hat uns zusammengebracht, aber dann wieder getrennt. Nun, vor zwei Tagen habe ich erfahren, dass unsere Liebe nicht ohne Folgen geblieben ist. Maria hat eine Tochter von mir bekommen. Ich möchte Sie aber bitten, Andrea noch nichts davon zu erzählen. Ich möchte es ihr gern selbst sagen.«

»Du hast eine Tochter? Wie heißt die denn?«, quietscht Lili.

»Roberta.«

»Komischer Name. Und wie alt ist die?«

»Siebzig.«

»Siebzig?« Lili reißt erstaunt die Augen auf. »Ich bin sechs«, sagt sie und streckt beide Hände in die Luft. An der Rechten spreizt sie fünf Finger ab, an der Linken den Daumen. »Na ja, fast sieben.« Sie streckt auch den linken Zeigefinger aus.

»Und das ist zehn.« Sie streckt alle zehn Finger aus. »Und siebzig, wie viel ist das?«

Der Doktor hebt beide Hände mit gespreizten Fingern und schiebt sie siebenmal ein Stück in Lilis Richtung. »Das ist siebzig.«

Lili schaut fasziniert zu und vergisst dabei sogar ihr Eis. »Da ist deine Tochter ja so alt wie eine Schildkröte.«

Der Doktor lacht. »Das werde ich ihr lieber nicht sagen. Na ja, ehrlich gesagt kommt mir siebzig auch ziemlich alt vor für eine Tochter, aber ich finde, sie sieht wesentlich besser aus als eine Schildkröte.«

»Na, hoffentlich«, sagt Lili und schiebt sich einen Löffel Eis in den Mund.

Über die Sitzordnung gibt es für die Rückfahrt keine Diskussion, sie ist die gleiche wie auf der Herfahrt. Inzwischen würde Lena wohl auch keinen anderen Platz als den neben Simon akzeptieren. Für den Doktor stellt diese Sitzordnung allerdings ein Problem dar. Er sitzt hinter Lena und kann sehen, dass sie ihre linke Hand nicht bei sich behalten kann. Die liegt abwechselnd auf Simons Oberschenkel oder sie krault liebevoll seinen Nacken.

»Lena, wären Sie wohl so freundlich, Ihre Hand während der Fahrt bei sich zu behalten, anstatt Simon vom Fahren abzulenken?« Da ist er wieder, der strenge Ton des Richters, auch wenn der Doktor seine Worte sehr höflich wählt.

»Lenke ich dich ab?«, fragt Lena Simon.

»Na ja.«

»Ich hatte in meiner Laufbahn bei Gericht genügend Fälle zu verhandeln, wo so ein Verhalten der Auslöser für einen schweren Unfall war«, erklärt der Doktor.

»Und das haben die Ihnen erzählt, dass sie im Auto geknutscht haben?«, fragt Lena. »Ganz schön blöd.«

»Manchmal konnten es nur noch die Mitfahrer erzählen, weil das Liebespaar tot war.«

»Wer ist tot?«, fragt Lili.

»Hoffentlich sind wir bald zu Hause, gesund und munter«, stöhnt der Doktor leise.

Lena nimmt ihre Hand von Simons Schenkel – für ganze fünf Minuten.

Der Doktor möchte gern in Meran eine Pause einlegen. Da hat er früher mehrmals mit seiner Frau Urlaub gemacht und er möchte gern ihr Lieblingscafé aufsuchen. »Ich hoffe, die Torten und Kuchen sind noch so gut wie damals«, sagt er. Sie sind es. Wir bummeln unter den schattigen Arkaden zurück zum Auto und setzen unsere Reise gut gestärkt fort.

Wir haben beschlossen, über den Reschenpass zu fahren. Lili ist sehr beeindruckt von dem Kirchturm, der als einziges Überbleibsel eines gefluteten Dorfes aus dem Wasser ragt. Sie stellt sich vor, wie dieses Dorf unter Wasser wohl aussieht, und würde sich gerne ein U-Boot mieten, um es sich anzuschauen. Ich würde mit ihr fahren, wenn es ein Dorf unter Wasser gäbe, aber die Häuser wurden ja alle abgerissen, bevor man das Tal geflutet hat. Ich überlege, ob ich es Lili erzählen oder ihr die fantastische Vorstellung der Unterwasserwelt lassen soll. Simon nimmt mir die Entscheidung ab.

»Da gibt's keine Häuser mehr. Die hat man alle vorher plattgemacht. Nur den Kirchturm hat man stehen lassen, zur Erinnerung.«

»Plattgemacht? Und was ist mit den Sachen passiert, die da drin waren? Die Betten und die Spielsachen von den Kindern?«, will Lili wissen.

Vielleicht war es keine kluge Entscheidung, mit Lili über den Reschenpass zu fahren.

»Das hat man vorher rausgeholt. Die Leute wurden umgesiedelt«, erklärt Simon.

»Umgesiedelt? Was ist umgesiedelt?«

»Na, die wohnen jetzt irgendwo anders.«

Ich habe das Gefühl, mich einschalten zu müssen. »Die Leute haben jetzt viel schönere Häuser als vorher, weißt du.« Ich habe die Rechnung ohne Simon gemacht.

»Erzähl dem Kind doch nicht so nen Unsinn. Das hat einen Riesenaufstand gegeben, weil die Leute aus ihrem Dorf nicht wegziehen wollten.«

»Ich würde auch nicht von zu Hause wegziehen wollen. Die armen Leute«, klagt Lili.

»Mensch, Simon, ehrlich. Muss das sein?«

»Was denn? Ich finde, man soll Kindern keine Lügen erzählen.«

»Sag mal, Lili, kennst du eigentlich das Spiel ›Ich sehe was, was du nicht siehst‹? Das haben wir immer mit Andrea gespielt, als sie noch klein war. Die konnte lange Autofahrten nämlich gar nicht leiden.«

Der gute Doktor! Ich fasse hinüber und drücke seine Hand. »Das wird jetzt aber anstrengend für Sie, das wissen Sie schon?«

»Sie können mich ja unterstützen, und Lena und Simon auch. Also: Ich sehe was, was du nicht siehst, und das ist blau. Nächstes Mal sind Sie dran.«

Wir überlegen, ob wir bis nach Hause durchfahren sollen. Der Doktor hat Sehnsucht nach seinem eigenen Bett. Aber dann kommen wir in einen Stau, Lili fängt an zu quengeln, der Doktor kann nicht mehr sitzen, und so beschließen wir, nach einer Übernachtungsmöglichkeit in Lindau zu schauen.

Wir fragen bei der dortigen Tourist-Information an, ob es in einem hübschen Hotel in der Stadt noch vier Zimmer gibt, pardon drei, Lena und Simon nehmen natürlich ein Doppelzimmer. »Das ist ja auch viel günstiger.«

»Und ich? Wo schlafe ich?«, will Lili wissen.

»Na, bei Saskia im Zimmer.«

»Au ja«, freut sich Lili und drückt mich.

Nicht, dass ich etwas dagegen hätte, aber man hätte mich ja wenigstens mal fragen können.

Die freundliche Dame am Info-Schalter vermittelt uns Zimmer in einem Hotel auf der Insel, also in der Altstadt von Lindau. An der Rezeption des Hotels empfängt uns eine ebenfalls nette junge Dame im Dirndl und händigt uns die Zimmerschlüssel aus.

»Die Nummer zwölf ist ein besonders schönes Zimmer mit einer Sitzecke im Erker und einer Jacuzzi-Badewanne«, sagt sie und streckt dem Doktor den Schlüssel mit der Nummer zwölf entgegen.

»Was ist eine Jacuzzi-Badewanne?«, will Lili wissen.

»Eine Badewanne, in der das Wasser sprudelt.« Das findet Lili sehr beeindruckend.

»Ich brauche so einen Schnickschnack nicht«, erklärt der Doktor. »In eine Badewanne komme ich sowieso nicht mehr rein, und vor allem nicht mehr raus. Ich dusche lieber.«

»Dann nehmen wir das Zimmer«, erklärt Lena und streckt begehrlich ihre Hand nach dem Schlüssel aus. Aber trotz seines Alters ist der Doktor schneller.

»Nein, das Zimmer mit der Jacuzzi-Wanne bekommt Lili. Die wird eine Menge Spaß damit haben. Hier, Lili.« Lili strahlt.

»Du hast aber einen lieben Opa«, stellt die Dame am Empfang fest.

»Das ist nicht mein Opa. Aber lieb ist er schon.«

Jetzt ist es am Doktor zu strahlen. Er will sich vor dem Abendessen noch ein wenig auf seinem Zimmer ausruhen, Lena und Simon auch, wobei ich mir sicher ganz schön die Finger verbrennen würde, wenn ich für die Beschreibung »ausruhen« meine Hand ins Feuer legen würde. Lili ist kaum auf unserem Zimmer, als sie schon die Badewanne inspiziert.

»Die sieht ja ganz normal aus«, stellt sie enttäuscht fest. Aber als ich ihr die Düsen zeige, die dafür sorgen, dass das Wasser sprudelt, will sie sich gleich ausziehen und ins Sprudelbad steigen. So habe ich mir den Abend allerdings nicht vorgestellt.

»Später, Lili, jetzt gehen wir erst ein bisschen bummeln. Lindau ist eine hübsche Stadt.«

»Bummeln ist langweilig«, knatscht Lili.

Erst als ich ihr ein Eis verspreche, ist sie bereit, die aufregende Jacuzzi-Wanne zu verlassen.

Lindau mit seinen malerischen Bürgerhäusern muss sich nicht hinter den italienischen Städten verstecken. Die Häuser und vor allem das prachtvolle Rathaus mit seinen Fassadenmalereien gefallen Lili auch, aber die Auslagen in den Schaufenstern findet sie im Gegensatz zu mir langweilig. Als ich vor den Fenstern eines Schuhgeschäfts stehenbleibe, trippelt sie ungeduldig von einem Fuß auf den anderen. Im Schaufenster sind nur Damen- und Herrenschuhe ausgestellt. Eine hübsche Sandalette ist wohl noch vom Ausverkauf übrig, denn sie ist deutlich heruntergesetzt. Das ist eine echte Versuchung. Ich mache Lili einen Vorschlag. Wir gehen zusammen ins Schuhgeschäft und ich probiere die hübschen Schuhe aus dem Schaufenster an. Und anschließend gehen wir Eis essen. Gesagt, getan.

Im Schuhgeschäft bedient mich eine sympathische ältere Verkäuferin. Sie holt mir die Schuhe aus dem Schaufenster, während Lili durch den Laden strolcht. Ich sehe, wie sie vor dem Regal mit den Kinderschuhen stehenbleibt. Aber dann kommt die Verkäuferin mit den Schuhen aus dem Schaufenster und ich bin abgelenkt. Ich probiere die Sandaletten an, freue mich, dass sie mir passen, bewundere mich im Spiegel und gehe probeweise ein paar Schritte. Plötzlich steht Lili neben mir.

»Guck mal!« Sie steht strahlend da und zeigt auf ihre Füße in rosafarbenen Ballerinas, die mit glitzernden Steinchen verziert sind.

»Du darfst doch nicht einfach Schuhe aus dem Regal nehmen. Wo hast denn deine eigenen Schuhe gelassen?«, will ich wissen.

»Die stehen da hinten, aber die nimmt bestimmt keiner mit. Die sind ja schon alt. Und die Schuhe hab ich nicht selber rausgenommen, die hat mir eine Verkäuferin gegeben. Sind die nicht toll?« Ja, das sind sie ohne Zweifel. »Kaufst du mir die?«

»Nein, Lili, Schuhe musst du mit der Mama kaufen.«

»Aber die ist doch nicht da.«

»Dann kommst du eben heute Abend oder morgen mit der Mama nochmal her.«

»Aber vielleicht hat Mama keine Zeit. Oder keine Lust.« Lilis Tonlage wird höher und schriller. »Oder der Laden hat zu. Oder ein anderes Kind hat sie dann gekauft. Bitte, Saskia. Wir können sie doch kaufen und Mama gibt dir das Geld dann wieder.«

»Also, ich weiß nicht. Was kosten sie denn?« Ich suche nach dem Preisschild. »Vergiss es, Lili, die sind viel zu teuer. Die kauft die Mama dir nie. Deine Füße wachsen doch noch. Im nächsten Jahr passen dir die Schuhe bestimmt nicht mehr.«

Jetzt fangen Lilis Augen an zu schwimmen. »Papa würde sie mir bestimmt kaufen. Der hat mir immer was Schönes gekauft, wenn wir im Urlaub waren. Aber Papa ist ja nicht da.«

Jetzt laufen ihre Augen über und zwei dicke Tränen rollen ihr die Wangen herunter. Ach, Lili! Ich merke, dass sie nicht nur um die Schuhe weint, und plötzlich ist es mir völlig egal, was sie kosten und ob Lena bereit ist, sie zu zahlen. Irgendwie werde ich das Geld schon wieder einsparen können.

»Okay Lili, du kriegst sie.« Lili umarmt mich stürmisch. »Aber passen sie auch richtig? Die haben sie bestimmt auch eine Nummer größer da, falls sie dich drücken.«

»Nein, die passen. Die Verkäuferin hat geguckt.«

»Prima, dann komm, gehen wir zahlen und dann Eis essen.« Lili hat Glück, die Schaufenster lasse ich für den Rest des Nachmittags links liegen, denn in meinem Geldbeutel herrscht jetzt Ebbe.

Als Lena erfährt, was die Schuhe gekostet haben, flippt sie aus. »Bist du verrückt? Und sowas kaufst du? Du weißt ganz genau, dass ich da nie zugestimmt hätte.«

»Du warst aber nicht da«, wirft Lili ein, die ihre Felle davonschwimmen sieht.

»Du hältst besser den Mund, Fräulein. Du ziehst jetzt die Schuhe aus und wir bringen sie morgen zurück in den Laden.«

»Nein!« Jetzt fließen die Tränen bei Lili in Sturzbächen.

»Das kommt gar nicht in Frage. Dann zahle ich eben die Schuhe«, sage ich.

»Du? Von was denn? Bei dir reicht's ja kaum für die Miete.«

»Ich krieg das schon hin. Vielleicht kann ich mal wieder bei Simon kellnern.«

Jetzt mischt sich Simon ein. »Sag mal«, wendet er sich an Lili, »du hast doch heute Morgen gesagt, dass du bald Geburtstag hast. Wann ist das denn?«

»Am zweiundzwanzigsten August«, piepst Lili, unterbrochen von unterdrückten Schluchzern.

»Na, das ist ja nicht mehr lange. Und ich hab noch kein Geschenk für dich. Was würdest du davon halten, wenn ich dir die Schuhe zum Geburtstag schenken würde?«

»Das wär ... das wär toll«, schluchzt Lili und wischt sich mit dem Ärmel den Rotz von der Nase.

»Na prima, dann machen wir das so, unter einer Bedingung, nein, besser zwei Bedingungen.« Lili schaut ihn unsicher an. »Erstens: Saskia verspricht, mir trotzdem im Restaurant zu helfen, auch wenn sie das Geld nicht dringend für deine Schuhe braucht.«

Lili sieht mich erwartungsvoll an. »Ich brauche immer dringend Geld, auch wenn's nicht für Schuhe ist. Also, ich versprech's«, sage ich.

»Zweitens«, wendet sich Simon an Lili, »du hörst auf zu weinen und putzt dir die Nase mit einem Taschentuch.«

Lili nickt. »Ich hab aber keins.«

»Daran soll's nicht scheitern«, sagt Simon, holt eins aus seiner Hosentasche und gibt es ihr. »Ich will nämlich als Dankeschön von dir gedrückt werden, aber nur, wenn du mich dabei nicht total nass machst.«

Das lässt Lili sich nicht zweimal sagen. Mir wird ganz warm ums Herz, und ich muss mir schnell andere Szenen der vergangenen Tage ins Gedächtnis rufen, um mich nicht doch noch in Simon zu verlieben.

Lieber Philipp,

Du musst unbedingt einmal mit mir nach Lindau fahren. Ich muss Dich nämlich mit einer zauberhaften Buchhandlung bekannt machen. Sie ist schmal, geht aber über zwei beziehungsweise drei Stockwerke, je nachdem, von welcher Straße aus Du sie betrittst. Sie hat nämlich zwei Eingänge auf unterschiedlichem Niveau. Im obersten Stockwerk gibt es eine gemütliche Sofaecke mit Kaffeemaschine und selbstgebackenem Kuchen und einen kleinen verglasten Balkon mit einem Sessel drauf. Ich glaube, der wartet auf Dich! ☺

Wir übernachten hier, also nicht in der Buchhandlung, in Lindau. Morgen kommen wir nach Hause. Ich freue mich.

Schlaf gut
Deine Saskia

Liebe Saskia,

wirst Du mir untreu? Du schwärmst hier von einer Buchhandlung in Lindau, und ich dachte immer, meine sei die schönste. Täusche ich mich da?

Ich freue mich auf morgen. Schlaf gut
Dein Philipp

Lieber Philipp,

natürlich ist Deine Buchhandlung die allerschönste! Aber eigentlich kann man die beiden gar nicht miteinander vergleichen, weil sie zu verschieden sind. Anschauen lohnt sich auf alle Fälle, ein Ausflug nach Lindau auch, nicht nur wegen der Buchhandlung. Es gibt hier auch ein hübsches Schuhgeschäft und ein Hotelzimmer mit Jacuzzi-Badewanne, Lili testet sie gerade. Ich vermute, sie hat schon Schwimmhäute an den Händen und Füßen und wird heute Nacht in der Wanne übernachten wollen. Du siehst, wir haben viel zu erzählen, wenn wir wieder zu Hause sind.

Liebe Grüße
Saskia

Abschied

Die Summe unseres Lebens
sind die Stunden,
in denen wir lieben.
(Wilhelm Busch)

Es ist schön, wieder daheim zu sein. Noch schöner wäre es, wenn nicht die Beerdigung von Frau Bausch anstehen würde.

Philipp lädt gleich am ersten Abend die Hausgemeinschaft zu sich ein. Bisher bin ich außer ihm ja die Einzige, die davon weiß, dass Frau Bausch gestorben ist. Wir treffen uns dann aber in meiner Wohnung, weil sie neben der von Lena liegt. Dann kann Lili herüberkommen, falls sie aufwacht.

Alle sind sehr betroffen, als sie von Frau Bauschs Tod erfahren, und die Stimmung bleibt gedrückt. Philipp erzählt, dass eine Trauerfeier stattfinden soll, aber noch kein Termin feststeht. Zusammen mit Frau Jung hatte er schon ein Gespräch mit dem Pfarrer. Mit der Gärtnerei sei besprochen, dass sie die Trauerhalle ausschmücken und einen Kranz für die Urne anfertigen sollen. Dafür habe man im Haus von Frau Bausch zusammengelegt und auch unsere Hausgemeinschaft würde noch Geld sammeln. Kränze oder Schalen fürs Grab entfielen, denn im Friedwald dürfe kein Blumenschmuck unter den Bäumen abgelegt werden. Frau Jung wolle zusätzlich flache Schalen mit Schwimmkerzen und Rosenblättern auf dem Boden der Trauerhalle aufstellen.

»Ich fände es schön, wenn wir nach der Trauerfeier noch zusammensitzen würden, also nicht nur wir, sondern auch andere, die zur Trauerfeier kommen. Mit wie vielen Leuten rechnest du denn?«, fragt Lena Philipp.

»Nun ja, Frau Bausch hat eine Liste hinterlassen, wer von ihrem Tod informiert werden soll. Da standen etwa zwanzig Namen drauf. Aber Frau Bausch war beliebt, gut möglich, dass auch andere kommen, die von der Trauerfeier erfahren. Schwer zu sagen, wie viele das letztendlich sein werden.«

»Hört sich so an, als wäre mein Wohnzimmer in dem Fall zu klein«, stellt Lena fest. »Und eure Wohnungen sind noch kleiner.«

»Wenn man die Trauerfeier auf Montag legen könnte, dann würde ich Onkel Luigi fragen. Montags ist doch Ruhetag. Bei uns im Lokal hätten wir in jedem Fall alle Platz«, schlägt Simon vor.

Ich finde, das ist eine schöne Idee. Auch deshalb, weil wir dort das letzte Mal mit Frau Bausch zusammen waren. Wir können Kuchen mitbringen und Simon will für die Getränke sorgen.

»Hast du etwas von dem Neffen gehört?«, frage ich Philipp.

»Ich hab nochmal mit ihm telefoniert. Er hat gesagt, ich bräuchte ihm den Termin der Trauerfeier gar nicht mitzuteilen. Er habe nicht vor, von Frankfurt extra herzufahren«, erzählt Philipp.

»Nett«, stellt Simon fest, »so wünscht man sich seine Verwandtschaft.«

Als ich abends im Bett liege und den Abend noch einmal Revue passieren lasse, fällt mir auf, dass Philipp auch heute ganz fließend gesprochen hat. Hat er sich das Stammeln während meiner Abwesenheit abgewöhnt? Oder liegt es daran, dass er nicht mit mir allein war, sondern mit allen gesprochen hat? Ich weiß es nicht. Wahrscheinlich weiß Philipp es auch nicht, aber das ist ja eigentlich auch egal. Schön wäre jedenfalls, wenn es auch in Zukunft so bleiben würde.

Am nächsten Tag bin ich im Verlag. Es ist viel los, und ich komme deshalb erst gegen Abend nach Hause. Mein Anrufbeantworter blinkt mir erwartungsvoll entgegen, als ich die Zimmertür öffne. Neugierig drücke ich auf die Taste. Karls Stimme tönt mir entgegen. Er gehört zu den Leuten, die auch mit dem Anrufbeantworter auf Du und Du stehen und sich nicht bemühen, ihr Anliegen nur seinetwegen in gepflegtem Hochdeutsch vorzutragen.

»Hallo Saskia. I bin's, dr Karl. I han von deiner Mama g'hört, dass d Frau Bausch gstorbe isch. Des dud mr leid. Kannsch mi ja nachher mal zrückrufe. Bis später.«

Ich brühe mir eine Tasse Tee auf, setze mich bequem aufs Sofa und lege die Beine auf den Couchtisch, bevor ich Karl zurückrufe. Er nimmt schon beim zweiten Klingelton ab.

»Hallo Saskia. Nett, dass de zrückrufsch. Des dud mr so leid mit dr Frau Bausch. I han se ja bloß oimal kenneglernt, damals bei euerm Grillfescht, aber des war so a nette Frau. Also, wenn i net scho mei Marga hätt, a Techtelmechtel mit dr Frau Bausch, des hätt i mr au vorstelle könne.« Ich muss lachen. »Ja, ja, lach du no. Hasch ja Recht. I woiß ja selber, dass des a feine, reiche Dame war. Was hätt die mit oim wie mir afange solle? Außerdem wär i na jetzt Witwer, oder jedenfalls so ebbes Ähnlichs. Des wär na au net so toll. Also, weshalb i aruf: Ihr mached doch a Trauerfeier. Hen r scho a Musik?«

»Philipp wollte etwas vom Band abspielen. Warum fragst du?«

»Also, i han mit em Hugo und em Ernst gschwätzt und die wäred eiverstande.«

»Womit einverstanden?«

»Also, wenn euch des recht wär, na könntet mir ebbes spiele, live, also net grad Swing, sondern ebbes, was zu ra Beerdigung basst. Vielleicht hat ja d Frau Bausch a Lieblingslied ghett. Oder 's ›Ave Maria‹, des basst doch immer.«

»Oh Karl, das ist eine großartige Idee. Das hätte Frau Bausch bestimmt gefreut.«

»Des freut se sicher au so. Im Himmel ka mr sich schließlich au freue.«

»Ja, da hast du wohl Recht. Das ›Ave Maria‹ fände ich schön und auch ›Von guten Mächten wunderbar geborgen‹, aber da muss ich bestimmt weinen.«

»Des macht doch nix. I moin, a Beerdigung, uff der net gheult wird, des isch doch a traurige Agelegeheit, findsch net?«

Karl bringt mich schon wieder zum Lachen, weil der Satz so paradox klingt. »Ja, das stimmt wohl. Ich sag dir dann Bescheid, wenn ich mit den Anderen gesprochen habe. Aber die finden die Idee bestimmt auch gut. Dann weiß ich vielleicht auch schon den Termin für die Trauerfeier. Grüß Ernst und Hugo von mir. Zum anschließenden Leichenschmaus seid ihr natürlich auch eingeladen.«

»Des han i ghofft«, sagt Karl.

»Also, dann bis bald. Grüße an Marga.«

»Ach, jetzt hätt i s fast vergesse. D Marga däded mr natürlich au mitbringe. Und die könnt au ebbes singe, die isch doch im Kirchechor.«

Nun, nicht jede Stimme aus dem Kirchenchor ist für ein Solo geeignet. Ich habe Marga schon einmal singen gehört, und es war nicht unbedingt ein musikalischer Hochgenuss.

»Das ist lieb von Marga, danke fürs Angebot. Aber ich glaube, nur instrumental wäre in dem Fall besser. Weißt du, Frau Bausch hörte lieber Männer- als Frauenstimmen.« Das ist glatt gelogen, besser gesagt, soeben erfunden, um meine Absage zu begründen, ohne Karl oder Marga zu kränken. »Aber wir singen ja auch gemeinsam Lieder, da sind wir froh, wenn uns Marga mit ihrer schönen Stimme unterstützt.«

»Oder moinsch, i soll de Kirchechor frage? Die däded vielleicht komme.«

»Nein, Karl, auf keinen Fall!« Wir wollten doch die Kirche im Dorf lassen, besser gesagt, den Kirchenchor in seiner Kirche in Neubach. »Wenn ihr vier kommt, das wäre wunderbar, aber alles andere wäre wirklich zu viel des Guten. Es ist ja nur eine kleine, private Trauerfeier, kein Staatsbegräbnis.«

»Wenn de moinsch.«

Ich glaube, Frau Bausch hätte sich über unser Telefongespräch amüsiert. Aber wenn man Karl glaubt, dann kann man ja auch im Himmel lachen.

Es ist eine schöne Trauerfeier, wenn man das Wort »schön« überhaupt für einen solchen Anlass benutzen will. Die Bewohner von Frau Bauschs Haus sind fast vollzählig gekommen, auch einige Kinder sind dabei. Die älteren weinen, die Kleinen verfolgen das Ganze eher mit Neugier oder auch Langeweile. Sie begreifen noch gar nicht, was das alles bedeutet.

Beim anschließenden Leichenschmaus in Onkel Luigis Lokal kommen wir mit den Mietern aus Frau Bauschs Haus ins Gespräch. Einige zeigen sich besorgt darüber, ob sie jetzt mit Mieterhöhungen rechnen müssen, aber ich kann sie beruhigen. Schließlich hat Frau Bausch mir bei ihrem ersten Gespräch erzählt, dass sie das durch eine entsprechende Stiftung verhindern wollte. Das Leben geht weiter. Die Kinder laufen lachend durchs Lokal, und auch an den Tischen der Erwachsenen geht es mitunter lustig zu, nicht zuletzt das Rentner-Trio sorgt für gute Laune. Simon macht den Vorschlag, sich einmal im Jahr hier zu treffen. Damit es nicht in Vergessenheit gerät, schlägt er als Termin den Montag vor, der Frau Bauschs Todestag am nächsten liegt. Der Vorschlag wird begeistert angenommen.

Prinzessin Lillifee die Zweite

Kummer, sei lahm!
Sorge, sei blind!
Es lebe das Geburtstagskind!
(Theodor Fontane)

Kurz darauf feiert Lili ihren Geburtstag. So dicht liegen Freud und Leid beieinander. Lena hat mich um Unterstützung gebeten, denn mit Lili sind es neun Kinder, die bald durch ihre Wohnung toben werden. So viele Gäste wie Lebensjahre, diese Regel hat Lena einmal aufgestellt, und je älter Lili wird, desto größer wird die Gästeschar. Diesmal wurde noch ein achtes Kind eingeladen, denn auch Juliane ist Lilis Freundin und sie kann doch wegen so einer blöden Regel, wie Lili findet, nicht ausgeschlossen werden. Eigentlich war das Fest im Hof geplant, aber ausgerechnet heute regnet es und die Fete muss drinnen stattfinden.

Ich finde, dass heute ein unglaublicher Aufwand getrieben wird, wenn Kindergeburtstag gefeiert wird. Bei uns gab's Kuchen, Topfschlagen und Sackhüpfen, und wir fanden das wunderbar und waren zufrieden. Gut, Mama war abends sicher auch ganz schön müde, aber sie musste den Geburtstag nicht nach einem bestimmten Motto ausrichten, die dazu passenden Kuchen backen und die Wohnung entsprechend dekorieren. Man kann alles, was man dazu braucht, schon nach Motto sortiert und abgepackt im Spielwarengeschäft oder im Internet kaufen. Dumm ist allerdings, wenn das Kind eine Person mehr einladen will, als Becher und Teller im Set abgepackt sind. Dann hat Mutter die Alternative, entweder ein zusätzliches Set zu kaufen oder ein Kind weniger einzuladen. Ein falscher Becher auf dem Tisch würde das schöne Gesamtbild stören. Als ich Lena auf diesen Wahnsinn anspreche, sagt sie: »Ich find's ja auch doof. Aber da kannst du einfach nicht aus der Reihe tanzen, sonst steht dein

Kind vor den Anderen blöd da«. Ich glaube eher, die Mutter vor den anderen Müttern.

Dieses Jahr gibt es ein Problem, denn Lili möchte unbedingt einen »Prinzessin-Lillifee-Geburtstag« feiern. Prinzessin Lillifee stand aber schon letztes und vorletztes Jahr auf dem Programm.

»Ist doch super«, sage ich. »Da hast du den ganzen Kram nicht nur für einmal gekauft und musst dir dieses Jahr nicht den Kopf zerbrechen.«

»Na, toll, und die anderen Mütter denken dann, ich sei zu geizig oder zu faul oder zu doof, um mir mal was Anderes einfallen zu lassen«, gibt Lena mir zu Antwort.

»Was ist dir denn wichtiger, die Anerkennung der anderen Mütter, die im Zweifelsfall doch nur neidisch sind, weil Lilis Geburtstag schöner war als der ihrer Tochter, oder dass Lili glücklich ist?« Lili steht nun mal auf Prinzessin Lillifee. Wenn sie älter wäre, würde sie sicher einen Lillifee-Fanclub gründen. Sie ist auch der festen Überzeugung, dass es kein Zufall sein kann, dass sie ausgerechnet Lili heißt. Seit sie lesen und schreiben kann, ist sie allerdings sehr ärgerlich auf ihre Eltern. Die haben sie nämlich Lili mit nur einem »L« in der Mitte getauft und nicht mit zwei wie die echte Prinzessin Lillifee. Als ich zu erklären versuche, dass Lili die Abkürzung von Lillifee ist und dass man die mit nur einem »L« schreibe, ernte ich nur einen mitleidigen Blick, der wohl sagen soll: »Netter Versuch.« Lili unterschreibt inzwischen nur noch mit »Lilli«. Ihre Geburtstagspost, die »falsch« adressiert ankommt, nimmt sie allerdings trotzdem gnädig entgegen.

»Du hast ja recht«, gibt Lena zu. »Aber krieg du erst mal selber Kinder, dann wirst du merken, dass es gar nicht so einfach ist, gegen den Strom zu schwimmen.«

Das stimmt wohl. Wenn man nicht betroffen ist, ist es leicht, ein Klugscheißer zu sein.

Lili öffnet mir die Tür in einem rosa Tüllröckchen, mit einer glitzernden Krone im Haar und strahlenden Augen. Ich bin die Erste, denn ich will Lena ja noch helfen, bevor die Gäste kommen. Ich umarme Lili, gratuliere ihr und gebe ihr mein Geschenk. Ich habe Lili ein Buch gekauft, denn ich finde, im Gegensatz zu Spielzeug kann man von Büchern nie genug haben. Und glücklicherweise ist Lili eine Leseratte.

»Super, Saskia, danke! Von Philipp hab ich auch schon ein Geschenk bekommen. Ach so, das weißt du ja.«

»Nein, er hat mir nichts verraten.«

»Aber du kommst doch mit!«

»Mit? Wohin?«

»Na, in die Wilhelma. Philipp hat mir doch einen Gutschein geschenkt. Einen Ausflug in die Wilhelma mit Philipp und dir.«
Sie sagt nicht »Bist du vielleicht doof«, aber irgendwie höre ich es aus ihrer Betonung heraus.

»Ach, ja, klar, natürlich.«

Ich kann doch nicht zugeben, dass ich von der ganzen Sache nichts weiß. Philipp hätte mich wenigstens informieren können, wenn er mich schon nicht fragt. Ist das jetzt Gedankenlosigkeit oder eher ein listiger Gedanke, um mich zu einem Ausflug zu animieren?

Lenas Wohnung hat sich in einen Albtraum in rosa und pink verwandelt, selbst der Kuchen mit silberfarbenen Liebesperlen auf rosa Zuckerguss macht keine Ausnahme.

»Sag nichts«, sagt Lena, als sie meinen Blick auffängt, »mir ist schon beim Backen schlecht geworden. Ich kann unter Garantie kein einziges Stück davon essen.«

»Dann sind wir schon zu zweit.«

Den Kindern scheint der Kuchen gut zu schmecken. Nur ein Mädchen hat sich eine Tüte Zwieback mitgebracht und knabbert ein wenig lustlos an einem herum.

»Was ist mit ihr?«, frage ich Lena. »Hat sie was mit dem Magen?«

»Nein, ihre Mutter hat mir verboten, ihr was Süßes zu geben«, erklärt Lena.

»Hat sie ne Allergie oder sowas?«, frage ich mitleidig.

»Hab ich sie auch gefragt. Aber anscheinend ist es nur, weil Zucker ungesundes Teufelszeug ist, wie die Mutter sich ausdrückt.«

»Na ja, das mag ja grundsätzlich eine ganz vernünftige Einstellung sein, aber doch nicht auf dem Kindergeburtstag. Auch in der Erziehung muss es schließlich mal Ausnahmen geben. Meinst du, die Kleine würde uns verpetzen, wenn wir ihr ein kleines Stück Kuchen geben? Ich würd's auf meine Kappe nehmen. Ich hab mit der Mutter ja nichts zu schaffen. Ich kenne sie ja nicht einmal.«

»Du würdest sie aber mit Sicherheit kennenlernen. Die versteht da keinen Spaß. Ich musste ihr das hoch und heilig versprechen, sonst hätte Emma gar nicht kommen dürfen.«

Zu trinken gibt es – wie könnte es anders sein – »Prinzessin-Lillifee-Tee« mit der Geschmacksnote Erdbeere-Himbeere, und den darf die kleine Emma zum Glück auch trinken. Trotzdem bin ich froh, als die Kaffeetafel aufgehoben wird, denn jetzt gibt es keine Unterschiede mehr. Emma mischt sich fröhlich zum Spielen unter die anderen Kinder. Der stillste und zurückhaltendste von allen ist der einzige Junge in der Runde. Er stellt meine ganzen Vorurteile in Frage, dass Jungs wilder und lauter seien als Mädchen. Nun, vielleicht liegt es daran, dass er der einzige Junge ist und Mädchenspiele blöd findet.

Zum Glück hört später der Regen auf und die Sonne kommt heraus. So können wir die Rasselbande doch noch auf den Hof lassen. Das entspannt das Ganze enorm.

Als alle Kinder abgeholt sind und Lena und ich in dem Chaos, das sie zurückgelassen haben, total geschafft auf unsere Stühle sinken, genehmigen wir uns erst mal ein Glas Sekt.

»Auf uns«, sagt Lena. »Für ein Jahr haben wir's wieder mal geschafft!«

Auch Lili, die den ganzen Nachmittag total aufgedreht war, sitzt still auf dem Sofa.

»Na, du bist wohl auch müde?«, frage ich.

»Papa war noch nicht da«, sagt sie.

»Ich hab's ihm so ans Herz gelegt«, flüstert Lena mir zu.

»Der wollte bestimmt warten, bis die wilde Bande aus dem Haus ist«, tröste ich Lili.

»Ist sie ja jetzt«, antwortet Lili kläglich.

»Na ja, das kann der Papa ja nicht wissen. Der will wohl auf Nummer sicher gehen.«

In dem Moment schellt es. Lili flitzt an die Tür. »Hoffentlich ist er es«, sagt Lena, als auch schon ein Papa-Schrei von Lili unsere Hoffnung bestätigt.

Patrick kommt ins Zimmer – mit leeren Händen.

»Ich glaub's nicht. Der ist nicht mal in der Lage, ein Geschenk zu kaufen«, flüstert Lena mir empört ins Ohr.

»Hauptsache, er ist da«, gebe ich leise zurück.

»Hallo, die Damen.« Patrick steht ein bisschen verlegen in der Gegend herum. »Na, wie war's?«

»Anstrengend«, sagen Lena und ich wie aus einem Mund. Unser Lachen löst die Spannung.

Lili hat ihre Arme um Patricks Bauch geschlungen und lässt ihn nicht mehr los.

»Na, zeig mal. Was hast du denn alles geschenkt bekommen?«, fragt Patrick.

Lili holt ihre Geschenke und breitet sie vor Patrick aus, der inzwischen neben ihr auf dem Sofa sitzt.

»Ein Gutschein für einen Besuch in der Wilhelma von Philipp und Saskia, das ist toll. Aber ich glaube, ich hab noch was Tolleres für dich.« Na, da bin ich ja mal gespannt. Ich glaube, Lena denkt das Gleiche wie ich. Es muss wohl ein sehr kleines Geschenk sein, das in die Hosentasche passt. Oder ein sehr großes, das noch im Auto wartet.

»Na, kannst du's erraten?« Lili schüttelt den Kopf. »Nun, was hab ich dir denn versprochen?«

»Dass du zu meinem Geburtstag kommst.«

»Und was noch?« Lili zuckt die Schultern. »Weißt du's nicht mehr? Wir wollten doch zusammen ans Meer fahren, und dann hat das nicht geklappt. Aber jetzt: eine Woche Ostsee, nur du und ich. Am Samstag geht's los.«

Lili fällt ihm um den Hals und dann fließen vor lauter nachlassender Spannung und Freude die Tränen. Ich hätte am liebsten mitgeheult, so freue ich mich für Lili.

»Eine Woche?«, fragt Lena.

Ich stoße sie in die Seite und ziehe sie am Arm Richtung Küche. »Du bleibst doch zum Essen?«, frage ich Patrick im Hinausgehen.

»Also, ich …«

»Geburtstagsessen für Lili«, erinnere ich ihn.

»Okay.«

Ich schleuse Lena in die Küche und schließe die Tür hinter mir.

»Erst sagt er drei Wochen, jetzt ist es nur noch eine. Na, wenigstens fährt er ohne seine Neue und den Kronprinzen«, zischelt Lena.

Ich hab so eine Wut im Bauch. Lena ist meine beste Freundin, aber manchmal könnte ich ihr den Hals umdrehen. »Die Neue und der Kronprinz haben einen Namen. Es ist Zeit, dass du dich endlich an die neuen Verhältnisse gewöhnst. Lili zuliebe. Hast du gesehen, wie die sich gefreut hat? Wenn du ihr das kaputtmachst …«

»Mach ich ja gar nicht. Aber wenn er mir früher Bescheid gesagt hätte …«

»Hat er aber nicht. Nachdem du jetzt Simon hast, müsste es dir doch eigentlich leichter fallen, endlich loszulassen. Mensch, Lena.« Ich nehme sie in den Arm. Ich habe eine Wut, aber ich kann sie auch verstehen. »Komm, freu dich einfach für Lili. Und tu so, als fändest du's schön, dass Patrick zum Essen bleibt. Lili zuliebe.«

»Ich werde oskarverdächtig sein, wirst sehen«, sagt Lena und lächelt schief.

»Übertreib's nicht.«

Ich muss zugeben, dass Lena sich wirklich Mühe gibt. Da wir alle Themen meiden, die Anlass zu Unstimmigkeiten geben könnten, obwohl sich das als nicht ganz einfach erweist, und da Lili mit ihrer Unbefangenheit und ihrem Geplapper das ihre dazutut, wird es noch ein ganz netter Abend.

»Na bitte«, sage ich, als Patrick gegangen ist und wir dabei sind, das Chaos des Tages zu beseitigen, »geht doch.«

»Na ja, ich hab mir ja auch alle Mühe gegeben. Aber ...«

»Kein Aber. Ist doch ein Anfang, dass Patrick jetzt mit Lili Ferien macht. So glücklich hab ich sie schon lange nicht mehr gesehen. Ich glaube, dieses Geburtstagsgeschenk wird sie so schnell nicht vergessen.«

Eine böse Überraschung

Wenn Gott mit dem Tod kommt,
dann naht der Teufel mit den Erben.
(Spichwort)

Als ich meinen Briefkasten öffne, finde ich zwischen der Post ein Kuvert, das offiziell aussieht. Es kommt von einer Immobilienfirma in München. Was habe ich mit einer Immobilienfirma zu tun? Ich lese das Schreiben, und mir schlägt das Herz bis zum Hals. Das kann doch nur ein Irrtum sein! Bestimmt haben alle im Haus das gleiche Schreiben erhalten. Ich will schon zu Lena hinüberlaufen, als mir einfällt, dass sie Lilis Ferien an der Ostsee und ihre eigenen dazu nutzt, eine Freundin in Schwäbisch Gmünd zu besuchen. Simon habe ich heute Morgen aus dem Haus gehen sehen, den Doktor will ich nicht aufregen, und Philipp ist in seinem Antiquariat. Ich könnte ihn anrufen oder gleich zu ihm fahren und das Schreiben mitnehmen.

Philipp scheint sich zu freuen, als ich den Laden betrete.

»Saskia, was führt dich her?«

»Nichts Gutes. Ich habe ein Schreiben bekommen, und du und alle anderen im Haus sicher auch.«

»Ein Schreiben? Von wem?«

»Von einer Immobilienfirma. Hier, lies!« Ich reiche ihm den Brief.

Sehr geehrte Frau Liebe,

wir sind in Verhandlungen über den Kauf des Gebäudes Schwabstraße 7, das bis zu ihrem Ableben im Besitz von Frau Margarete Bausch war und nach ihrem Tod in den Besitz von Herrn Mathias Bausch überging. Dieser ist mit einem Verkaufsangebot an uns herangetreten. Bevor wir uns entscheiden, möchten wir selbstverständlich das Gebäude sowie die darin befindlichen Wohnungen

besichtigen und auf ihren Zustand prüfen. Der Besichtigungster-
min ist für den 28. September festgesetzt. Wir bitten Sie, uns zu
diesem Termin einen Zugang zu Ihrer Wohnung zu ermöglichen.
Sollten Sie selbst zu dem entsprechenden Termin verhindert sein,
möchten wir Sie ersuchen, eine andere Person damit zu beauftragen.
Mit freundlichen Grüßen
Sebastian Huber

Ich kann es kaum abwarten, bis Philipp den Brief gelesen hat.

»Und? Was sagst du? Das kann doch gar nicht sein! Wie kann dieser Neffe denn ein Haus verkaufen, das ihm gar nicht gehört?«

»Na ja, er ist wohl der nächste Verwandte von Frau Bausch. Wahrscheinlich hat er das Haus geerbt«, vermutet Philipp. »Komm, jetzt setz dich erst mal hin und trink eine Tasse Kaffee. Du bist ja total durch den Wind.«

Philipp führt mich zu dem grünen Ohrensessel, verschwindet hinter dem Vorhang und kommt kurz darauf mit einer dampfenden Tasse Kaffee wieder. »Zucker? Milch?«

»Beides, bitte. Weißt du, was das heißt? Die Immobilienfirma wird die Häuser sanieren, dann wird sie die Mieten erhöhen und wir können alle ausziehen«, jammere ich. »Aber ich verstehe das nicht. Frau Bausch hat doch gesagt, dass es eine Stiftung gibt.«

»Vielleicht ist sie ja nicht mehr dazu gekommen, diese Stiftung ins Leben zu rufen. Wir müssen das herausfinden.«

Philipp ist die Ruhe selbst. Das verstehe, wer will. Wenn er bei mir vor der Tür steht, dann fängt er zu stottern an, und jetzt ist er die Souveränität in Person.

»Oh Mann, ich hab mich so gefreut, als ich die Wohnung in unserem Haus gekriegt habe. Ich fühle mich da total wohl. Die Wohnung, die Lage, der kleine Garten, die Leute. Ich meine, direkt neben Lena und Lili zu wohnen, und den Doktor mag ich inzwischen auch richtig gern.«

»Aha.«

»Ist das alles, was du zu sagen hast?«

»Na ja, ich warte, dass ich in deiner Aufzählung auch vorkomme, als Hausfreund oder so.«

»Mensch, Philipp, mir ist nicht nach Späßen zumute. Was sollen wir denn jetzt machen?«

»Vor allem die Ruhe bewahren. Du bleibst jetzt noch ne halbe Stunde da, um dich zu beruhigen. Es gibt keinen Ort, an dem man besser herunterkommen kann als in einer Buchhandlung. Hier, lies was, das hilft.« Er nimmt das Buch, das auf dem Tischchen neben mir liegt und drückt es mir in die Hand. »Der Mörder kam bei Nacht. Thriller« steht auf dem Umschlag.

»Und das soll mich beruhigen?«

»Na ja, war jetzt vielleicht nicht ganz die richtige Wahl. Ich such dir was Besseres aus. Jedenfalls gehst du nachher zum Doktor und bringst ihm seine Post nach oben. Das machst du doch sowieso immer. Dann bist du da, wenn er das Schreiben liest. Ich meine, in seinem Alter ist es doch viel schlimmer, umziehen zu müssen, als für uns junge Leute.«

»Na, das sehe ich aber ein bisschen anders«, widerspreche ich. »Der Doktor muss ja vielleicht gar nicht umziehen. Er hat schließlich das nötige Kleingeld, um sich auch eine Mieterhöhung leisten zu können oder womöglich sogar die Wohnung zu kaufen. Während ich wahrscheinlich wieder bei Mama und Papa unterschlupfen muss.«

Philipp geht vor mir in die Hocke und streichelt mir über die Wange. »He, jetzt sieh doch nicht so schwarz. Ich rufe nachher Frau Jung an. Dann wissen wir, ob sie auch so ein Schreiben bekommen hat. Und heute Abend treffen wir uns alle bei mir. Vielleicht wissen die Leute im Haus von Frau Bausch etwas über ein Testament oder die Stiftung. Frau Jung war anscheinend mit Frau Bausch befreundet. Wenn jemand etwas weiß, dann sie. Und dann sehen wir weiter. Okay?«

»Okay«, seufze ich. »Ruf sie doch gleich an, dann weiß ich auch Bescheid.«

Das macht Philipp und erfährt, dass Frau Jung und auch andere im Haus ebenfalls ein Schreiben der Immobilienfirma bekommen haben. Sie will sich gleich um einen Babysitter für den Abend kümmern und versuchen, möglichst viele Hausbewohner zu unserem Treffen mitzubringen. Sie ist auch total aus dem Häuschen. Sie hat vier Kinder, und sie und ihr Mann haben ewig nach einer bezahlbaren Wohnung in Esslingen gesucht. Das relativiert meine Sorgen. Ich habe zwar keine große Lust, wieder bei meinen Eltern einzuziehen, aber es ist sicher um einiges komfortabler, als mit vier Kindern auf der Straße zu stehen.

Ich lese noch eine halbe Stunde in Erich Kästners Kindheitserinnerungen, das heißt, lesen ist eigentlich das falsche Wort, denn genau genommen verstehe ich kein Wort von dem, was da steht. Ich sehe nur schwarze Buchstaben, während die Gedanken in meinem Kopf durcheinanderwirbeln.

Der Doktor reagiert wider Erwarten recht gelassen auf das Schreiben.

»Wie können Sie so ruhig bleiben?«, frage ich ihn.

»Sehen Sie, Saskia, ich habe in meinem langen Leben gelernt, dass es nicht weiterhilft, wenn man kopflos reagiert. In meinem Beruf war es wichtig, erst mal alle Fakten zusammenzutragen und sich schlauzumachen. Wir müssen als Erstes in Erfahrung bringen, ob es diese Stiftung gibt und ob ein Testament existiert.«

»Nun, dieser Neffe muss doch ein Testament haben, sonst kann er das Haus der Immobiliengesellschaft schließlich nicht zum Kauf anbieten«, werfe ich ein.

»Nicht unbedingt. Wenn es kein Testament gibt, dann wird das Gericht den nächsten noch lebenden Verwandten zum Erben einsetzen. Aber das dauert seine Zeit. Es ist also unwahrscheinlich, dass der Neffe diesen Erbschein schon hat. Er kann aber natürlich schon mal seine Fühler ausgestreckt und die Immobilienfirma hinsichtlich des Dokuments vertröstet haben. Es kann auch sein, dass er ein altes Testament besitzt, das durch die Stiftung ungültig geworden ist. Aber um das zu beweisen, müsste es diese Stiftung geben. Und genau das wissen wir nicht. Sie sehen, es gibt mehrere Möglichkeiten. Wir müssen jetzt herausfinden, welches die richtige ist.«

»Könnten wir nicht einen Detektiv beschäftigen?«, schlage ich vor.

»Könnten wir schon. Aber ich glaube, das können wir auch alleine. Vielleicht sogar besser. Vergessen Sie nicht, dass ich jahrzehntelang mit Rechtsangelegenheiten beschäftigt war. Ich kenne nicht nur die Gesetze, ich kenne auch die Leute, die in der Juristerei arbeiten.«

»Sie meinen, Sie könnten Ihre Beziehungen spielen lassen?« Das ist ein hoffnungsvoller Gedanke, der mir vorher noch gar nicht gekommen ist.

»Na ja, im einen oder anderen Fall vielleicht schon. Aber die Leute, mit denen ich zu tun hatte, sind inzwischen zum großen Teil auch schon im Ruhestand. Und die, die noch arbeiten, sind an ihre Schweigepflicht gebunden. Aber ich habe ein bisschen Lebenserfahrung und Menschenkenntnis. Ich werde in den nächsten Tagen ein wenig herumtelefonieren. Aber jetzt warten wir erst mal ab, was die Anderen heute Abend wissen. Vielleicht bringt uns das schon ein Stück weiter. Und wissen Sie was? Es ist halb zwölf. In einer halben Stunde bringt mir jemand diesen schrecklichen Fraß zum Mittagessen. Ich finde, auf diesen Schrecken haben wir uns etwas Besseres verdient. Meine grauen Zellen arbeiten nur zuverlässig, wenn sie ordentliches, sprich schmackhaftes Futter bekommen. Ich lade Sie zum Essen ein. Was halten Sie davon?«

Davon halte ich sehr viel. Und so verbringen der Doktor und ich zwei sehr angenehme Stunden in einem gutbürgerlichen Restaurant in der Innenstadt. Und während des ganzen Essens wird nicht über die Hausangelegenheit gesprochen. Das hat der Doktor sich ausbedungen.

Philipps Wohnung platzt aus allen Nähten. Lena und ich haben noch Stühle nach oben getragen, aber einige Leute müssen trotzdem auf den Kissen sitzen, die Philipp auf den Boden gelegt hat.

Da Philipps Haushalt sich als typischer Junggesellenhaushalt entpuppt, der nur über eine sehr begrenzte Anzahl Gläser verfügt, bringen wir auch die von unten mit.

Die Stimmung schwankt zwischen deprimiert und aufgeheizt. Nicht alle reagieren so besonnen wie der Doktor und Philipp. Da auch die Anderen das Gefühl haben, dass die beiden am besten in der Lage sind, die Sache in die Hand zu nehmen, werden sie beauftragt, etwas in Erfahrung zu bringen und die anderen Mieter dann wieder zu informieren. Frau Jung gegenüber hat Frau Bausch ein Testament erwähnt und auch die Absicht, eine Stiftung zu gründen. Wo sich dieses Testament befindet und ob die Stiftung inzwischen ins Leben gerufen wurde, das weiß sie allerdings auch nicht. Zu den Leuten der Immobiliengesellschaft sollen wir freundlich sein, meint der Doktor, aber auf keinen Fall etwas unterschreiben oder uns anmerken lassen, dass wir an der Rechtmäßigkeit des Ganzen zweifeln. Der Neffe soll sich in Sicherheit wiegen.

So trennen wir uns nach drei Stunden wieder, ohne etwas Konkretes in Erfahrung gebracht zu haben. Aber es gibt uns schon ein gutes Gefühl, in der Sache Mitstreiter zu haben.

Für den Doktor erweist sich die Angelegenheit als wahrer Jungbrunnen. Wenn ich vormittags zu ihm nach oben komme, hat er meistens schon das Telefon in der Hand. Er ruft Notariate an, um zu erfahren, ob dort ein Testament von Frau Bausch hinterlegt ist. Es ist faszinierend, zu hören, wie er seine Taktik dem jeweiligen Gesprächsteilnehmer anpasst.

Da ist einmal die unsichere Praktikantin. »Richter Deppert am Apparat ... Ich rufe wegen einer Auskunft an. Es geht um eine Frau Margarete Bausch. Ich sollte wissen, ob in Ihrer Kanzlei ein Testament auf diesen Namen hinterlegt ist ... Wieso entscheiden? ... Sie sollen ja nichts entscheiden, Sie sollen mir nur sagen, ob ein solches Testament bei Ihnen hinterlegt ist ... Nein, ich kann später nicht noch einmal anrufen. Ich brauche die Auskunft jetzt, sofort ... Sie sollen Ihren Chef ja gar nicht stören, wenn er in einer Besprechung ist. Das haben Chefs nicht besonders gern, das weiß ich aus eigener Erfahrung. Vor allem, wenn es sich um eine solche Lappalie handelt ... Sie sollen mir doch gar nicht sagen, was in dem Testament steht, ich will lediglich wissen, ob es ein solches Testament bei Ihnen gibt. Ich denke, das ist eine Aufgabe, die auch eine junge Dame wie Sie erledigen kann. Ihr Chef wird Ihre Selbstständigkeit zu schätzen wissen ... Ja, ich warte.« Er zwinkert mir zu. »Haben Sie nicht? Gut, herzlichen Dank für Ihre Bemühungen.«

Anders sieht es aus, wenn der Doktor auf einen Namen stößt, den er aus seiner Berufszeit noch kennt, so wie den von Notar Hieber. Dann hält er erst einen netten Plausch, erinnert an gemeinsame Weinproben mit weinseligem Ausgang und fragt nach Frau und Kindern. »Geschieden? Oh das tut mir leid ... Ja, das glaube ich Ihnen, dass Sie sich von Ihrer Frau nicht haben über den Tisch ziehen lassen ... Das ist der Vorteil, wenn man sozusagen vom Fach ist ... Und sonst?« Erst nach einer ganzen Weile kommt er dann auf sein Anliegen zu sprechen. »Es handelt sich um einen sehr guten Freund von mir, der da in einer ganz misslichen Lage ist. Es geht um eine Erbschaftsangelegenheit. Ich habe ihn letztes Wochenende auf seinem Weingut im Kaiserstuhl besucht. Das sind vielleicht edle Tröpfchen, die mein Freund da kredenzt, kann ich Ihnen sagen. Schwarzriesling. Da hab ich gleich drei Kartons voll mitgenommen. Haben sie den nicht auch immer so gern getrunken? ... Sehen Sie, wenn's um Wein geht, funktioniert mein Gedächtnis noch ganz gut.« Der Doktor lacht. »Aber ich schweife vom Thema ab. Also, es würde meinem Freund sehr helfen, wenn er wüsste, ob es von dieser Frau Margarete Bausch ein Testament gibt. Dass Sie nichts über den Inhalt sagen dürfen, ist mir natürlich klar, aber es fällt ja nicht unter das Schweigegebot, mal nachzuschauen, ob Frau Bausch zu Ihren Mandanten gehört ... Ja, ich warte gern ... Nicht? Gut, die Auskunft hilft ihm sicher schon weiter. Ich schicke Ihnen eine Flasche von dem Schwarzriesling, den müssen Sie unbedingt einmal probieren ... Ja, das wünsche ich Ihnen auch ... Alles Gute.«

Dann macht der Doktor ein zufriedenes Gesicht und streicht wieder einen Namen auf seiner Liste.

Am Donnerstag fragt mich Frau Federle: »Saged Se mal, was isch denn des für a Gschicht mit dem Patekind von dr Frau Bausch?«

»Ein Patenkind von Frau Bausch? Davon weiß ich nichts. Aber ich kannte sie ja auch nicht so gut.«

»I scho«, sagt Frau Federle. »I han ja jede Woch bei ra butzt. Und da hemmer au immer zamme a Tass Kaffee trunke und gschwätzt. Aber a Patekind hat die nie erwähnt. Und dass d Frau Bausch hilfsbedürftig war, des wär mr au neu.«

»Wer sagt denn sowas?«

»Na, dr Herr Doktor. Der hat verzählt, d Frau Bausch hätt a Patedochter ghett und die hätt sich jahrelang liebevoll um se kümmert. Und deshalb hett die alles von ra erbe solle. Aber weil koi Testament da isch, geht die jetzt leer aus und s kriegt alles ihr Neffe, den d Frau Bausch scho jahrelang nemme gsehe hat.«

»Und das hat der Doktor Ihnen erzählt?« Das kann ich kaum glauben.

»Net mir. Irgendjemand am Telefon. I han's halt ghört, wo i im Wohnzimmer grad abgstaubt han.«

Na toll, wir reden uns die Köpfe heiß und der Doktor weiß etwas von einer Patentochter, die alles erben soll, und sagt kein Wort davon. Als ich ihn darauf anspreche, schmunzelt er und klärt die Sache auf. Er hat wieder einmal mit einer Notariatskanzlei telefoniert und zwar mit der Vorzimmerdame. Diese Vorzimmerdame ist das, was der Doktor eine alte Jungfer nennt. Sie sei als junge Frau sehr hübsch gewesen und hätte wohl auch etliche Verehrer gehabt, aber die hatten ihre Eltern alle erfolgreich vergrault. Ihre Mutter sei chronisch krank gewesen und Vater und Mutter wohl froh, die Tochter als Hilfe im Haus zu haben. Inzwischen sei die Mutter verstorben, aber jetzt sei der Vater ein Pflegefall, ihr Bruder weigere sich jedoch, den Vater ins Pflegeheim zu geben. Um die Kosten bezahlen zu können, müsse man das elterliche Haus verkaufen, und von dem würde der Bruder die Hälfte erben.

»Das ist ein ganz armes Luder«, stellt der Doktor fest.

»Und was hat das alles mit dem Patenkind von Frau Bausch zu tun?«

»Na ja, also diese Patentochter habe ich erfunden, weil die Frau Reindel, also die Vorzimmerdame, ja ein ähnliches Schicksal hat. Setzt sich jahrelang ein und wird dann ausgebootet von jemandem, der nur abkassieren will. Frau Reindel gilt als Zerberus, weil keiner an ihr vorbeikommt, der zum Notar will. Aber in Wirklichkeit hat sie ein Herz aus Gold. Und mit diesem goldenen Herzen will sie der armen Patentochter von Frau Bausch gern zu ihrem Recht verhelfen, indem sie nachschaut, ob in der Kanzlei das Testament von Frau Bausch hinterlegt ist.«

»Schämen Sie sich nicht, die arme Frau so anzulügen?«

»Nein, warum sollte ich? So nett wie ich hat sich bestimmt schon lange niemand mehr mit ihr unterhalten. Sie konnte ihr Herz ausschütten, ich habe ihr zugehört und sie bedauert. Was soll daran schlecht sein? Ganz nebenbei hat sie uns einen Gefallen getan. Leider war das Testament nicht da. Es bleiben nicht mehr viele Kanzleien übrig. Und falls es sie beruhigt, ich werde ihr in den nächsten Tagen eine Packung Pralinen schicken als kleines Dankeschön.«

Ich glaube, der Doktor wird es bedauern, wenn er alle Notare abtelefoniert hat. Die Detektivarbeit scheint ihm Spaß zu machen.

Italienisch für Anfänger

*Man bleibt jung,
solange man noch lernen,
neue Gewohnheiten annehmen
und Widerspruch ertragen kann.
(Marie von Ebner-Eschenbach)*

Die Schule hat wieder angefangen, für Lili, für Lena und dieses Jahr auch für den Doktor. Lili ist sehr stolz, weil sie bei der Einschulungsfeier für die neuen Erstklässler mitspielen darf. Und der Doktor? Der fragt mich, ob ich so nett wäre, ihn am Dienstag zur Volkshochschule zu fahren. Als ich ihn erstaunt ansehe, erklärt er mir, er habe sich zu einem Italienischkurs angemeldet. Einen speziellen Seniorenkurs gäbe es nicht, habe ihm die Dame von der VHS am Telefon erklärt, aber einen Anfängerkurs. Er könne an zwei Kurseinheiten kostenlos teilnehmen, um festzustellen, ob er in diesem Kurs richtig sei.

Also fahre ich den Doktor am nächsten Dienstagvormittag zur Volkshochschule. Ich helfe ihm beim Aussteigen und begleite ihn bis zur Eingangstür.

»Soll ich mit reinkommen?«, frage ich ihn.

»Nein, bitte nicht! Wie sieht denn das aus? Ich würde mir ja vorkommen wie ein Erstklässler, der von seiner Mama zur Schultür gebracht wird. Fehlt nur noch die Schultüte. Ich nehme an, dass die anderen Teilnehmer auch ohne Begleitung kommen.«

»Nun, ich vermute, dass die auch ein bisschen jünger sind als Sie.« Saskia, das war der falsche Satz.

»Nett, dass Sie mich darauf aufmerksam machen. Das ist wirklich sehr ermutigend für mich«, brummt der Doktor.

»Tut mir leid. So war das doch nicht gemeint«, versuche ich die Sache auszubügeln. »Ich hole Sie dann um halb zwölf wieder ab. Wenn vorher was ist, ich habe mein Handy an.«

»Wird schon nichts sein. Sie werden mich wohl nicht rausschmeißen, wenn ich zu blöd bin, um mitzukommen«, gibt der Doktor unwirsch zurück. Er ist eindeutig verärgert, vielleicht auch ein bisschen nervös.

Ich nutze die Zeit, um Besorgungen in der Stadt zu machen. Als ich den Doktor abhole, kommt mir eine Gruppe entgegen, deren Teilnehmer geschätzt zwischen vierzig und Ende sechzig sein dürften. Der Doktor kommt als letzter, an seiner Seite eine grauhaarige Dame, die sich angeregt mit ihm unterhält. Allerdings scheint mir, als würde sie die Unterhaltung mehr oder weniger alleine bestreiten. Als der Doktor mich sieht, verabschiedet er sich und kommt auf mich zu.

»Und, wie war's?«, frage ich, während er sich bei mir einhakt.

»Erzähle ich Ihnen beim Essen«, gibt er knapp zur Auskunft. Er hat beschlossen, die Gelegenheit zu nutzen und wieder einmal »dem Fraß« zu entgehen, wie er sein Essen bezeichnet, das ich gar nicht so schlecht finde. Aber es ist besser, ihm das nicht zu sagen. Darauf reagiert er nämlich ausgesprochen verärgert. Jetzt also sitzen wir uns am Tisch gegenüber. Vermutlich genießt er nicht nur das Essen, sondern auch die angenehme Atmosphäre im Restaurant.

»Also, schießen Sie los. Ich bin neugierig«, sage ich.

»Nun, Sie können sich freuen. Sie werden mich nicht mehr herfahren müssen«, stellt er fest und nippt an seinem Rotwein.

»War der Unterricht nicht gut?«

»Na schön, ich merke schon, sie wollen's genau wissen. Also, Punkt eins: Ich bin mit Abstand der Älteste. Sagen Sie jetzt nicht, das hätte nichts zu sagen – für mich schon. Punkt zwei: Ich bin der einzige Mann. Wenn ich ein paar Jahre jünger wäre und die Damen auch, dann könnte das ja ganz nett sein, aber so? Punkt drei: Es geht in diesem Kurs zu wie in der Schule, mit Fingerstrecken und Aufrufen und Hausaufgaben. Also dafür fühle ich mich nun wirklich zu alt. Außerdem spricht die Lehrerin sehr schnell, leise und undeutlich. Ich verstehe sie schlecht.« Das liegt vielleicht nicht an der Lehrerin, sondern an seinen Ohren, aber das würde er nie zugeben.

»Und jetzt?«, frage ich. »Doch weiterhin Dolmetscherdienste von Simon?«

»Auf keinen Fall. Es gibt ja auch noch andere Möglichkeiten.«

Da fällt mir ein, dass meine Freundin Vera über Skype Französisch lernt. Ohne längere Pausen durch Semesterferien und mit Einzelunterricht, der ganz auf ihre individuellen Bedürfnisse und ihr Arbeitstempo zugeschnitten ist, hat sich bei ihr erstaunlich schnell ein Erfolg eingestellt. Dieser Unterricht ist natürlich teurer als ein Kurs bei der Volkshochschule, aber der Doktor wird es sich leisten können.

Ich erzähle dem Doktor davon, und er lässt sich von mir erklären, wie das funktioniert. »Sie meinen, so wie Telefonieren mit Fernsehbild? Da müsste ich mir ja erst mal einen Computer kaufen.«

»Das müssten Sie wohl. Aber dafür könnten Sie dann auch mit Andrea skypen, das wäre doch nett.«

»Ja, das wäre es wohl«, gibt der Doktor zu. »Mein Geschnetzeltes ist ausgezeichnet, ganz zart. Ist Ihr Essen auch gut?«

»Sehr.«

»Das freut mich. Nein, also dieses ... wie heißt das?«

»Skypen.«

»Genau, dieses Skypen, ich glaube, das ist nichts für mich. Aber es muss doch auch Privatlehrer geben, was meinen Sie?«

»Bestimmt. Ich kann mich ja mal umhören. Sie könnten auch mal Frau Federle fragen.«

Der Doktor runzelt die Stirn. »Frau Federle spricht Italienisch? Also, selbst wenn, nein, Frau Federle als Lehrerin, das möchte ich nicht. Die spricht bestimmt auch mit ganz schrecklich schwäbischem Akzent. Ich will es schon so lernen, dass Maria mich auch verstehen kann.«

Ich verschlucke mich am Essen, so muss ich lachen.

»Soll ich Ihnen auf den Rücken klopfen?«, fragt der Doktor hilfsbereit. Ich schüttle den Kopf. Es geht schon wieder. »Was ist denn so lustig?«

»Ich meinte, Sie sollen Frau Federle fragen, ob sie jemanden kennt, der sie unterrichten könnte. Sie kommt doch mit ihren Putzstellen viel rum.«

»Ach so.« Jetzt muss auch der Doktor über das Missverständnis lachen. »Sie haben Recht, das werde ich tun.«

Letztendlich ist es dann Philipp, der dem Doktor eine Lehrerin vermittelt. Sie ist eine gute Kundin von ihm. Eine Woche später stellt sie sich beim Doktor vor. Signora Aleardi ist eine gepflegte, humorvolle Frau, die den Doktor zu nehmen weiß. In Italien geboren und in Deutschland aufgewachsen, spricht sie die eine Sprache so perfekt wie die andere. Und sie hat ihre ganz eigenen Lehrmethoden.

»Wozu soll ich Ihnen sämtliche Verbformen und Zeiten beibringen?«, fragt sie. »Sie wollen schließlich nicht das Dolmetscherexamen ablegen. Wenn Sie zu Maria sagen: ›Ich komme morgen wieder‹ anstatt ›Ich werde morgen wiederkommen‹, dann wird sie das sicher genauso gut verstehen. Und da Sie vermutlich nie ohne Begleitung nach Italien reisen werden, müssen Sie Ihren Kopf auch nicht unnötig mit Sätzen belasten wie: ›Haben Sie ein Einzelzimmer für heute Nacht frei?‹ oder ›Wo finde ich die nächste Apotheke‹?«

Das leuchtet dem Doktor ein. Als sie aber statt eines Lehrbuchs Bilder- und Kinderbücher mitbringt, wird er ungehalten: »Ich mag ja vielleicht alt sein, aber auf dem Stand eines Kleinkindes bin ich noch nicht wieder angelangt«, schimpft er. Doch dann leuchtet ihm ein, dass diese Bücher eine einfache Sprache haben und Alltagssituationen beschreiben, genau das, was er braucht.

Frau Federle staunt nicht schlecht, als sie am nächsten Donnerstag die Wohnung mit Haftnotizen gepflastert vorfindet. Am Schrank klebt eine mit der Aufschrift *l'armadio*, an der Lampe steht *la lampada*, am Fenstergriff *la finestra*, am Stuhlrücken *la sedia* und am Bilderrahmen *il quadro*.

»Was soll denn des werde, wenn's fertig isch?«, fragt sie misstrauisch.

»Auf die Art lerne ich jeden Tag ganz nebenbei meine Wörter«, erklärt der Doktor.

»Und wie soll i da abstaube, wenn überall komische Zettele draklebed?«

»Ach, das Putzen ist doch jetzt ganz nebensächlich«, stellt der Doktor fest.

»So? Na kann i ja glei wieder gange«, sagt Frau Federle, dreht sich um und geht zur Tür.

»Nun seien Sie doch nicht so empfindlich. Auf die Art können Sie beim Putzen doch gleich ein bisschen Italienisch lernen.«

»Danke, net nötig«, erwidert Frau Federle schnippisch. »Mi hat bisher jeder verstande und i bin au scho a bissle rumkomme in dr Welt.«

»Na«, meint der Doktor, »aber nur, weil man als Schwabe auf der ganzen Welt auf Landsleute trifft.«

»Pff«, macht Frau Federle. »Also an dr Kaffeekann und am Milchkännle kommed die Zettel wieder weg. Wie soll i die denn sonst spüle?«

Aber auch dafür hat Signora Aleardi eine geniale Lösung. Nächstes Mal stehen auf dem Buffet des Doktors Kaffeekanne, Milchkännchen, Zuckerdose und eine Tasse vom guten Geschirr, das nur zu besonderen Gelegenheiten aus dem Schrank geholt wird, beschriftet mit *cafè*, *latte*, *zucchero* und *la tazza*.

Inzwischen hängen auch bei Lena in der Wohnung solche Zettel, denn Lili findet die Idee genial und möchte auch gern Italienisch lernen. Sie sagt jetzt öfter Sätze wie: »Ich hol mir mal einen Joghurt aus dem *frigorifero*.« *Frigorifero* heißt Kühlschrank und ist ihr absolutes Lieblingswort.

Lena verdreht die Augen und stöhnt: »Sie macht mich verrückt.«

»Freu dich doch«, entgegne ich. »Da lernst du nebenbei auch ein bisschen Italienisch und kannst dich mit Simon in Geheimsprache unterhalten.«

»Tolle Geheimsprache«, gibt Lena zurück, »wenn Lili sie besser spricht als ich.«

Wann immer sie Zeit hat, nimmt Lili auch an den Unterrichtsstunden teil. Anfangs hat Signora Aleardi das nicht so gern gesehen. Sie mag Kinder, aber sie hatte Angst, dass Lili mit ihrer schnellen Auffassungsgabe und ihrem jungen Kopf den Doktor entmutigen könnte. Aber genau das Gegenteil ist der Fall. Es spornt ihn an und er strahlt vor Stolz, wenn er etwas besser kann als Lili.

Die Signora legt das Hauptgewicht auf die gesprochene Sprache. Der Doktor wolle sich mit Maria schließlich unterhalten.

»Schon, aber ich will ihr doch auch schreiben«, gibt der Doktor zu bedenken.

»Nun, Maria wird sich nicht daran stören, wenn die Worte einmal nicht ganz richtig geschrieben sind. Außerdem kann ich Ihnen beim Briefeschreiben ja helfen. Aber unterhalten müssen Sie sich mit Maria schließlich alleine.«

»Kommen Sie denn nicht mit, wenn ich Maria das nächste Mal besuche?«, fragt der Doktor, und die Signora betrachtet diese Frage als großes Kompliment und will es sich überlegen.

»Das ist doch viel besser als Volkshochschule oder Skypen, finden Sie nicht?«, fragt mich der Doktor. Oh doch, das finde ich auch.

Kugelkäfer-Alarm

Wir müssen die Dinge lustiger nehmen,
als sie es verdienen ...
(Friedrich Nietzsche)

Herr Hofmann von der Immobilienfirma ist da. Ein gut gekleideter, höflicher Mann mittleren Alters, der mir versichert, mich nicht länger als notwendig zu belästigen. Ich bitte ihn freundlich herein.

»Ich hoffe, Sie mussten nicht allzu lange nach einem Parkplatz suchen. Das ist hier ein echtes Problem.«

Das kann Herr Hofmann bestätigen. Ich führe ihn durch die Wohnung.

»Wohn- und Essbereich sind hier in einem Raum, wie Sie sehen«, erkläre ich ihm, »das Bad ist nur über die Küche zu erreichen, das Schlafzimmer nur über das Wohnzimmer. Na ja, der Grundriss ist ein bisschen speziell und vielleicht nicht jedermanns Sache, aber mich hat's eigentlich nie gestört.« Verkauf ihm die Negativpunkte dieser Wohnung, Saskia, aber so, dass er nicht merkt, dass eine Absicht dahintersteckt. »Das Schlafzimmer ist ziemlich dunkel durch das Haus, das so dicht danebensteht, aber das ist ja nicht schlimm, da kann man auch ein Mittagsschläfchen halten, ohne die Vorhänge zuzuziehen.«

Herr Hofmann hält eine Hand an den Fensterrahmen.

»Ja, hier zieht's immer rein«, sage ich. »Ist halt ein altes Haus. Aber dafür muss man nie Angst haben, dass man erstickt, wenn man mal vergisst zu lüften.«

Herr Hofmann zückt Block und Kuli und notiert sich etwas. »Also, neue Fenster müssen auf alle Fälle rein«, stellt er fest.

»Wenn Sie das dürfen«, bemerke ich. »Das Haus steht unter Denkmalschutz, ist eins der ältesten in Esslingen. Da gibt es strenge Auflagen. Ein Mitbewohner hat mir erzählt, dass es hier im Haus mal einen Wasserschaden gab. Der musste so repariert werden, dass alles wieder wie vorher war, also mit Stroh in den Wänden und allem Pipapo.«

»Aha«, sagt Herr Hofmann.

»Also, das mit dem Stroh in den Wänden hat so seine Nachteile. Es sorgt dafür, dass es hier kleine Mitbewohner gibt, Kugelkäfer.«

»Kugelkäfer?« Herr Hofmann klingt nicht begeistert.

»Na ja, sie sind winzig klein, grade mal drei Millimeter groß. Und man sieht sie praktisch nie, sie sind nämlich nachtaktiv, tagsüber verkriechen sie sich in den Ritzen. Zum Glück. Die sehen nämlich echt ein bisschen eklig aus, wie kleine Spinnentiere mit langen Antennen am Kopf. Ich hab mir mal Fotos im Internet angeschaut. Das hätt ich besser lassen sollen. Aber wie gesagt, tagsüber begegnet man ihnen ja nicht. Und wenn man nachts unterwegs ist, sollte man eben Hausschuhe tragen. Ist sicher nicht besonders angenehm, barfuß draufzutreten. Bevor ich mich damit auskannte, hab ich regelmäßig ihre Hinterlassenschaften in meinen Lebensmitteln gefunden. Nicht sehr lecker, das können Sie sich ja denken.« Ich lache. Herr Hofmann sieht nicht so aus, als wäre ihm zum Lachen zumute. »Auf Getreide sind sie wohl besonders scharf. Jetzt bewahre ich Mehl und Haferflocken eben in geschlossenen Behältern auf. Aus Schaden wird man klug.«

»Nun«, meint Herr Hofmann, »da kann man ja sicher was dagegen machen. Mal den Kammerjäger kommen lassen.«

»Tja, das dürfte nicht so einfach sein. Die nisten im Stroh der Wände und Decken. Ist halt ein altes Fachwerkhaus. Aber das Stroh muss drinbleiben, das hab ich Ihnen ja erklärt. Die Käfer finden Sie hier in jeder Wohnung. Sogar in meinem Mietvertrag wird auf die Kugelkäfer hingewiesen und darauf, dass ich deshalb keinen Mietnachlass verlangen kann. Darf ich Ihnen etwas zu trinken anbieten?«, frage ich höflich.

»Nein, vielen Dank. Ich will Sie auch gar nicht länger aufhalten. Ich möchte mir ja auch noch die anderen Wohnungen im Haus ansehen.«

Ich erkläre Herrn Hofmann, dass ich den Schlüssel zu Philipps Wohnung habe und ihn auch zum Doktor begleiten werde, weil der Herr schon sehr alt ist und solche Besuche ihn ein wenig aufregen. Das versteht Herr Hofmann. Von wegen alt und aufgeregt: Wenn der den Doktor neulich am Telefon erlebt hätte!

Als wir zusammen nach oben gehen, wundere ich mich scheinheilig, dass es in diesem Fall so schnell mit der Testamentseröffnung geklappt hat. Bei meiner Großmutter hätte es Wochen gedauert, bis wir daran denken konnten, ihr Haus zu verkaufen.

»Nun, soviel ich weiß, hat der Neffe von Frau Bausch sich schon einmal vorab mit uns in Verbindung gesetzt. Da er der nächste Verwandte ist, dürfte das Testament ja keine Überraschungen bereithalten. Aber so genau bin ich natürlich nicht informiert.«

Wir sind oben angekommen und stehen vor der Tür des Doktors. Ich gebe das vereinbarte Klingelzeichen und schließe die Tür auf, klopfe dann noch an die Wohnzimmertür und trete zusammen mit Herrn Hofmann ein. Der begrüßt den Doktor, stellt sich vor und fragt, ob er sich ein wenig in der Wohnung umsehen dürfe.

»Nur zu«, sagt der Doktor, »wenn Sie die Unordnung nicht stört. Meine Zugehfrau kommt erst morgen. Frau Liebe wird Ihnen alles zeigen.«

Ich führe Herrn Hofmann durch die Wohnung. Er macht sich einige Notizen und fragt dann den Doktor, ob es ihm hier gefalle.

»Na ja, im Großen und Ganzen schon. Ein bisschen wärmer könnte es im Winter sein. Die alte Heizung schafft's halt nicht mehr.«

»Vielleicht wird die Heizung auch wegen der Kugelkäfer gedrosselt«, werfe ich ein. »Bei Wärme entwickeln sich die Larven nämlich explosionsartig. Durch geringe Raumtemperatur kann man dem gegensteuern.«

»Das kann sein«, stimmt der Doktor mir zu. »Im Alter friert man eben leichter. Nun ja, die paar Jahre, die ich noch lebe, die werd ich's hier schon noch aushalten. Auch wenn nicht alles komfortabel ist, lebend kriegt mich hier keiner raus.«

Als Herr Hofmann sich etwas notiert, grinse ich den Doktor an und hebe unauffällig meinen Daumen. Einen Mieter in seinem Alter kann man nicht einfach auf die Straße setzen. Das wird die Immobilienfirma nicht freuen.

Herr Hofmann verabschiedet sich. Vor der Wohnungstür sagt er zu mir: »Der alte Herr spricht aber sehr gut Deutsch.«

Ich schaue ihn verständnislos an.

»Na ja, für einen Italiener«, erklärt Herr Hofmann. »Die Zettel überall, das ist doch Italienisch, oder? Schrecklich, diese Demenz. Ich meine, wenn einem die einfachsten Worte nicht mehr einfallen, Tisch und Stuhl und Fenster. Dabei machte er auf mich einen ganz vernünftigen Eindruck. Aber das ist bei dieser Krankheit wohl so.«

Jetzt verstehe ich. »Aber nein, der Doktor ist topfit im Kopf. Er war früher Richter.« Es kann nicht schaden, wenn Herr Hofmann das weiß. »Er lernt gerade Italienisch.«

»In seinem Alter?«, staunt Herr Hofmann.

»Ja, er hat eine Geliebte in Italien, deshalb.«

»Hut ab«, sagt Herr Hofmann mit Bewunderung in der Stimme.

Er verabschiedet sich von mir, bedankt sich höflich und steigt die Treppe nach oben zu Simon, während ich nach unten gehe, zurück in meine Wohnung. Ich finde, die Sache ist nicht schlecht für uns gelaufen. Mal sehen, ob die Immobiliengesellschaft immer noch an dem Haus interessiert ist. Ich glaube, wir haben Frau Bauschs Neffen ganz schön in die Suppe gespuckt.

Tucholsky am Abend

Ich liebe Männer, die eine Zukunft,
und Frauen, die eine Vergangenheit haben.
(Oscar Wilde)

Der Tag beginnt mit einer E-Mail von Philipp.

Guten Morgen Saskia,
ich hoffe, Du hast gut geschlafen. Heute habe ich eine Überraschung für Dich. Ich möchte Dich gerne zu einem Tucholsky-Abend ins »Theater im Bahnhof« in Rechberghausen einladen. Als ehemalige Neubacherin kennst du es vermutlich, es ist ja nicht weit von dort entfernt. Und Kurt Tucholsky kennst Du sicher auch. Hast Du Lust? Ich würde Dich am Freitag um sieben abholen, die Vorstellung beginnt um acht. Anschließend könnten wir ja noch etwas essen gehen. Was meinst Du?
Liebe Grüße
Dein Philipp

Lieber Philipp,
super Idee! Ich mag Tucholskys Texte. Vom »Theater im Bahnhof« habe ich schon gehört, war aber noch nie dort. Ich hätte allerdings Lust, es kennenzulernen, unter einer Bedingung: Ich möchte nicht wieder unter einem Vorwand in ein Theater gelockt und dann auf die Bühne gezerrt werden. Diesmal komme ich nur als Zuschauerin, sonst verlasse ich das Etablissement unter Protest und dem Absingen schmutziger Lieder, wie Papa immer sagt. Einmal Bretter, die die Welt bedeuten, reichen mir. Unter dieser Voraussetzung sehr gern. Vielleicht können wir uns bei den Profis ja noch was abgucken.
Danke für die Einladung. Ich freue mich auf Freitagabend.
Deine Saskia

Liebe Saskia,

ich freue mich, dass Du mitkommst. Gegen den Vorwurf, Dich auf die Bühne gezerrt zu haben, muss ich mich aber verwahren. Wir haben Dich sehr höflich gebeten. Ich verspreche aber, dass auch das am Freitag nicht passieren wird. Obwohl ich wirklich gern Deine schmutzigen Lieder hören würde. Aber das muss ja nicht unbedingt in Rechberghausen passieren. Vielleicht testen wir das erst einmal auf Annas Bühne. Falls Du gut bist, nehmen wir's ins Programm auf. ☺

Bis Freitag
Dein Philipp

Ich erinnere mich, irgendwann einmal gelesen zu haben, dass sich das »Theater im Bahnhof« im stillgelegten Bahnhof von Rechberghausen befindet. Die Gemeinde hat den Bahnhof vor etwa dreißig Jahren erworben, und eine Laienspielgruppe führt seither dort in unregelmäßigen Abständen Theaterstücke auf, immer wieder unterstützt durch Profis, die dort Gastspiele geben. Offensichtlich mit Erfolg, sonst würde es das Theater wohl nicht mehr geben. Papa und Mama waren schon dort und haben begeistert davon erzählt.

Philipp holt mich wie versprochen pünktlich um sieben ab. Er trägt eine Jeans, ein weißes Hemd und einen Schal in kräftigen Rot- und Orangetönen, das steht ihm richtig gut. Wir passen zueinander, denn auch ich habe mich für eine Jeans und eine weiße Bluse entschieden. Im Auto erzähle ich Philipp von Herrn Hofmanns Besuch und den Kugelkäfern. »Gut gemacht«, lobt mich Philipp und berichtet mir dann, dass er gerade den Kampf mit einem ganz anderen Käfer aufgenommen habe, dem Bücherwurm.

»Ich denke, du liebst Bücherwürmer. Schließlich lebst du von ihnen«, werfe ich ein.

»Die zweibeinigen mag ich ja auch«, lacht Philipp und erklärt mir dann, dass es auch tierische Bücherwürmer gibt, die zwar Würmer heißen, aber eigentlich Nagekäfer sind und mit den Holzwürmern verwandt. Aber während die Holzwürmer sich an Holz gütlich tun, wie ihr Name schon sagt, hätten es die Bücherwürmer vor allem auf Pergament abgesehen, das sie vorwiegend in alten Büchern fänden. »Das Beste und Wertvollste ist ihnen gerade gut genug«, stellt Philipp seufzend fest. »Sie sind zwar nur wenige Millimeter groß, aber der Schaden, den sie anrichten, ist enorm.« Er sei gerade dabei, ein altes Buch aus dem neunzehnten Jahrhundert zu restaurieren, das Fraßstellen aufweise. Das sei eine sehr aufwändige und langwierige Arbeit, aber die Mühe lohne sich. Er habe schon einen Interessenten für das Buch.

Das Gespräch gestaltet sich recht flüssig. Vielleicht liegt es am Thema, vielleicht auch daran, dass Philipp dabei auf die Straße schaut und so den Blickkontakt mit mir vermeidet, was ihm die Konversation wohl zusätzlich erleichtert.

In Rechberghausen biegt er von der Hauptstraße ab. Das Theater ist leicht zu finden, denn davor stehen auf einem Stück der alten Gleise zwei Güterwaggons. Hinter der Eingangstür betreten wir einen nicht allzu großen Raum, wohl die alte Schalterhalle. Geradeaus befindet sich eine Theke, an der wir uns zwei Gläser Sekt holen, rechts Kleiderständer für die Garderobe, links führen zwei Türen in die Toilettenräume. Die Wände sind dicht an dicht behängt mit Plakaten, Programmheften und Fotos, denen wir entnehmen können, welch abwechslungsreiches Programm hier in den vergangenen Jahren gespielt wurde. Von Agatha Christies »Mausefalle« über »Wer hat Angst vor Virginia Woolf?« und »Kennen Sie die Milchstraße?« bis zu »Drei Einakter von Kurt Goetz« ist alles dabei.

Wir stellen uns an einen der Stehtische und nippen an unseren Getränken, bis ein Gong ertönt und die Leute im Foyer sich Richtung Treppe drängen. Unter einer großen, alten Uhr, vermutlich der ehemaligen Bahnhofsuhr, steigen wir eine kurze Treppe hinauf und betreten das eigentliche Theater. Es ist klein, die Stuhlreihen neben dem Mittelgang sind steil gestaffelt und es fasst wohl kaum mehr als siebzig Personen.

Wir suchen uns Plätze in der zweiten Reihe, blättern ein bisschen im Programmheft und warten gespannt auf die Vorstellung. Auf der Bühne stehen Gitarren, ein Kleiderständer mit zwei Kleidern und einem roten Hut daran sowie ein alter aufgeklappter Koffer. Dann betreten ein Mann mit Hosenträgern und Schiebermütze und eine Frau mit Hose, Weste und Zylinder die Bühne. Eine gelungene Kostümierung, denn im Laufe der Vorstellung wechselt die Frau einige Male die Rollen, verkörpert mit dem Zylinder einen Mann, mit dem Hut eine Frau, je nachdem, wie es der Text erfordert. Ihr Gesang wird virtuos von ihrem Partner auf Gitarre und Ukulele begleitet, während sie verschiedene Rhythmusinstrumente aus ihrem Koffer zaubert und damit den Takt angibt.

In der Pause holen wir uns im Foyer nochmal etwas zu trinken.

»Und, gefällt's dir?«, fragt Philipp.

»Ja, ich find's super. Du auch?«

»Und ob.«

Dann erzähle ich Philipp von einem ähnlichen Abend, den ich vor geraumer Zeit zusammen mit zwei Freundinnen erlebt habe. Damals ging es um vertonte Gedichte von Mascha Kaléko.

»Kennst du Mascha Kaléko?«

»Na, du kannst vielleicht fragen. Ich kenne sie nicht nur, ich mag ihre Gedichte sehr«, gibt Philipp zurück und nimmt einen Schluck aus seinem Glas.

»Ich glaube, der Abend hätte dir auch gefallen. Drei hübsche, junge Frauen, ein Akkordeon, ein Kontrabass und Saxophon und Klarinette. Und Gesang natürlich. Es war toll. Walzer und Tango, Klezmer und Swing, genau die Musik, die ich liebe. Die Veranstaltung fand in einem kleineren Gemeindesaal statt, man war genau wie hier ganz nah dran an der Bühne. Ich hab mir damals eine CD gekauft, die leihe ich dir gerne mal aus«, sage ich. »Falls du sowas magst.«

»Klingt toll«, meint Philipp. »Wir könnten die CD ja auch … also, ich meine bei mir … oder bei dir … zusammen anhören. Statt DVD gucken. Ein Glas Wein … dazu trinken.«

»Und Tango tanzen?«

»Ich bin kein … also, kein besonders guter Tänzer.«

»Ich bring's dir gern bei«, schlage ich vor und sehe, wie Philipp leicht errötet.

Der Gong ertönt und enthebt ihn einer Antwort. »Es geht weiter«, sagt er.

Die zweite Hälfte ist dem Thema »Mann und Frau« gewidmet und es zeigt sich mal wieder, dass das beim Publikum besonders gut ankommt. Am Ende gibt es lang anhaltenden Beifall und eine Zugabe.

Philipp hat einen Tisch in einem nahegelegenen Restaurant vorbestellt. Wir erkennen einige der Theaterbesucher wieder, die sich angeregt über die Vorstellung unterhalten, so wie wir auch. Dann wechselt Philipp das Thema.

»Du … du hast mir noch gar nichts … von Italien erzählt, außer deinen … deinen SMS.«

»Das ist wahrscheinlich in der Aufregung um Frau Bauschs Tod untergegangen.« Ich berichte Philipp von dem Besuch bei Andrea, den Sehenswürdigkeiten in Como und Verona und von Maria und ihrer Familie.

»Und Simon?«

»Wie ›und Simon‹?«

»Na ja, du … du hast gar nichts … von ihm erzählt.«

»Da gibt's nicht viel zu erzählen. Er war halt auch dabei und hat bei Maria übersetzt.« Ich merke, dass ihn diese Antwort nicht befriedigt. »Du willst wissen, ob ich mich in den Koch verliebt habe?«, frage ich schmunzelnd, in Erinnerung an sein früheres Wortspiel. Per E-Mail und SMS ist der gute Philipp um einiges mutiger und wortgewandter.

»Nein, nein«, versichert Philipp wenig glaubwürdig und zerkrümelt Weißbrot auf dem Tischtuch. »Ich meine nur so.«

Ich muss lachen. »Hast du noch nicht gemerkt, dass Lena und Simon inzwischen ein Paar sind? Da hat's auf der Reise gefunkt. Aber ganz abgesehen davon wäre Simon sowieso nichts für mich. Er ist ein Schmetterling.«

»Ein Schmetterling?«

»Na ja, er flattert von Blüte zu Blüte, heute hier, morgen da. Du kannst also ganz beruhigt sein.«

»Ich war nicht ... beunruhigt.«

»Dann ist es ja gut. Hast du am Montagabend Zeit?«, frage ich.

»Zeit? Wofür?« Er sieht mich unsicher an.

»Na, für Mascha Kaléko.«

»Ach so. Montag? Oh, Montag ist nicht so ... günstig. Geht auch Dienstag?«

»Ja«, bestätige ich. »Klar. Ist kein Problem, wenn dir das besser passt. Also, dann Dienstag. Um acht?«

»Ja, das ist gut.«

Wieder zu Hause verabschieden wir uns vor meiner Wohnungstür. Philipp steht ein wenig unentschlossen herum. Soll ich den Anfang machen oder verschrecke ich ihn damit, überlege ich. Da ergreift Philipp doch noch die Initiative. Er nimmt mich in den Arm und küsst mich, ein bisschen zärtlich, ein bisschen leidenschaftlich. Und diesmal ist es kein scheuer, kameradschaftlicher Kuss, diesmal ist es ein richtiger. Ich stelle überrascht fest, dass der schüchterne Philipp, von dem ich angenommen hatte, ihm fehle jegliche Erfahrung, ein sehr geübter Küsser zu sein scheint. Entweder ist er ein Naturtalent oder jemand hat es ihm irgendwann beigebracht. Es könnte mehr daraus werden, denke ich, obwohl ich nach der Trennung von Eckart eigentlich wenig Lust verspürte, mich gleich wieder auf eine neue Beziehung einzulassen. Philipp löst sich von mir.

»Also dann ...«, sagt er ein wenig verlegen. »Dienstagabend um acht ... bei mir?«

»Gern. Möchtest du noch hereinkommen?«, frage ich.

»Nein, danke«, sagt Philipp, so als hätte ich ihm ein Stück Kuchen angeboten. »Also, dann schlaf gut«, spricht's und geht den Flur entlang, ohne sich noch einmal umzudrehen. Ich werde einfach nicht schlau aus ihm.

Einbruch am Morgen

Wir suchen die Wahrheit,
finden wollen wir sie aber nur dort,
wo es uns beliebt.
(Marie von Ebner-Eschenbach)

Gestern war Kaléko-Abend in Philipps Wohnung. Morgens im Bett lasse ich den Abend noch einmal Revue passieren. Als ich Philipps Wohnung betrat, sah alles nach dem Beginn eines romantischen Abends aus. Philipp hatte gekocht, knusprig gebratene Austernpilze auf Rucola und danach Lachslasagne, und den Tisch mit Servietten und Kerzen hübsch gedeckt. Nach dem Essen hörten wir uns die CD von Mascha Kaléko an und tanzten zur Musik, wenn es passte. Philipp tanzte gar nicht so schlecht, wie er behauptet hatte, aber ich musste an meinen Abend mit Simon in Verona denken – und damit war Philipps Tanzkunst nicht zu vergleichen. Tango ist ja eigentlich ein durchaus erotischer Tanz, aber mir schien, als müsse Philipp sich zu sehr auf die Schritte konzentrieren, um auf romantische Gedanken zu verfallen. Nun ja, Tango ist nicht unbedingt der Tanz, den man gleich parat hat, wenn die Tanzstunde schon ein paar Jahre zurückliegt. Auf dem Sofa gab's ein bisschen Kuscheln und ein paar Küsse, aber bevor es ernst werden konnte, ging Philipp auf Abstand. Was ist nur los mit ihm? Ist er vielleicht doch schwul? Aber warum hat er mich dann geküsst? Und warum hat er mich nach Simon gefragt, wenn er kein Interesse an mir hat? Was Simon an Forschheit zu viel hat, hat Philipp zu wenig. Ich hätte ihm auf die Sprünge helfen können, aber das hätte ihn vielleicht verschreckt. Außerdem – ein Mann, den man zum Jagen tragen muss? Will ich das? Nun, vielleicht braucht er einfach noch ein bisschen Zeit. Ich muss Geduld haben und abwarten, wie sich die Dinge entwickeln. Immerhin ist ein Anfang gemacht.

Als ich später meinen Computer öffne, erscheint eine E-Mail von Philipp.

Liebe Saskia,

ich hoffe, Du hast gut geschlafen. Ich fand es gestern wunderschön, mit Dir zusammen die Gedichte von Mascha Kaléko zu hören und zur Musik zu tanzen. Nun ja, Du hast ja gemerkt, dass ich kein begnadeter Tänzer bin, Stehblues ist wohl eher mein Ding. Aber was nicht ist, kann ja noch werden. Ich werde mir Mühe geben, denn es macht mir Spaß, mit Dir zu tanzen, und alles andere auch. (Was versteht er denn unter » alles andere«?)

Wir sehen uns ja heute Abend bei der Versammlung der Hausgemeinschaft. Bis dahin einen schönen Tag.

Dein Philipp

Ich antworte:

Lieber Philipp,

vielen Dank für den schönen Abend bei Dir. Das Essen war sehr lecker, Du bist ein ausgezeichneter Koch. Es wäre also gar nicht ausgeschlossen, dass ich mich doch noch in einen Koch verliebe. (Soll ich das so stehen lassen, oder ist das zu plump und anbiedernd? Andererseits kann es vielleicht nichts schaden, Philipp mein Interesse zu signalisieren. Und ich schreibe ja nicht, dass ich schon verliebt bin. Ich lasse mir alle Möglichkeiten offen.) *Was das Tanzen angeht, bin ich einem Stehblues nicht abgeneigt. Es muss ja nicht immer die CD von Mascha Kaléko mit Walzer und Tango sein, sicher gibt's in unseren CD-Sammlungen Alternativen für weniger routinierte Tänzer.*

Auch Dir einen schönen Tag. Bis heute Abend.

Deine Saskia

Abends trifft sich die Hausgemeinschaft in der Wohnung des Doktors, um in Sachen Erbschaft Bausch einen Schlachtplan zu entwerfen. Der Doktor meint, unsere Möglichkeiten, zu erfahren, ob ein Testament irgendwo hinterlegt ist, seien wohl erschöpft. Die ihm bekannten Notare in Esslingen habe er abtelefoniert, ohne Erfolg, und bei den offiziellen Stellen sei sicher nichts in Erfahrung zu bringen, das brauche er gar nicht erst zu versuchen. Um hier eine Antwort zu erhalten, müsse man einen triftigen Grund haben, und der Wunsch, weiterhin preisgünstig zu wohnen, zähle wohl nicht dazu.

»Es besteht natürlich die Möglichkeit, dass Frau Bausch ein Testament hinterlassen hat, das sich in ihrer Wohnung befindet und in dem sie wie angekündigt etwas wegen der Häuser verfügt hat«, sagt der Doktor. »Falls der Neffe es gefunden hat, wird er es vermutlich vernichtet haben, aber das sind natürlich alles Spekulationen.«

»Nun, dann sollten wir vielleicht in der Wohnung danach suchen«, schlägt Simon vor. »Haben Sie noch den Schlüssel?«, fragt er Frau Jung.

Frau Jung verneint, den habe sie zurückgeben müssen. Der Neffe habe auch verboten, dass jemand noch einmal die Wohnung betrete.

»Dann bleibt uns nichts anderes übrig, als in die Wohnung einzubrechen«, stellt Simon fest. »Kennen Sie aus alten Zeiten noch einen Panzerknacker?«, wendet er sich an den Doktor.

»Bedaure, ich war für Verkehrsdelikte zuständig, Einbrüche fielen nicht in mein Resort. Aber um in die Wohnung zu kommen, gibt es ja auch noch andere Möglichkeiten.«

Wir schauen den Doktor gespannt an. »Woran denken Sie?«

»An einen Schlüsseldienst«, erklärt der Doktor. »Frau Jung wohnt doch im gleichen Haus wie Frau Bausch. Ich schlage vor, sie ruft den Schlüsseldienst an, wartet mit einem vollen Einkaufskorb vor Frau Bauschs Wohnungstür und erklärt dem Schlüsseldienst, sie hätte unterwegs wohl ihren Schlüssel verloren. Falls der Mann vom Schlüsseldienst ihren Ausweis sehen will, was eher unwahrscheinlich ist, steht dort die gleiche Adresse wie bei Frau Bausch.«

»Gute Idee«, stellt Simon fest.

»Aber an der Klingel steht doch Frau Bauschs Name«, wirft Lena ein.

»Gut, dass du dran gedacht hast. Das Namensschild müssen wir natürlich vorher austauschen.«

Wir finden den Plan ausgezeichnet, alle außer der Hauptakteurin des Ganzen. »Ich kann das nicht«, erklärt Frau Jung. »Das ist doch strafbar. Ich habe vier Kinder. Wenn sie mich erwischen, dann komme ich womöglich ins Gefängnis. Außerdem kann ich ganz schlecht lügen.«

Das ist ein Problem. Lena schlägt vor, ich solle den Part von Frau Jung übernehmen, schließlich sei ich Schauspielerin, was ja nun reichlich übertrieben ist. Aber sollte der Schlüsseldienst nach dem Ausweis fragen, würde die Sache wegen des Fotos auffliegen. Und falls zufällig jemand aus dem Haus vorbeikommt, während der Schlüsseldienst da ist, dann könnte Frau Jung sich besser herausreden als ein Fremder.

»Ach Gott, ach Gott, daran hab ich ja noch gar nicht gedacht, dass jemand aus dem Haus uns sehen könnte!«, stöhnt Frau Jung.

»Sollen wir die anderen Bewohner denn nicht einweihen?«, schlägt Lena vor.

Das würde das Risiko, entdeckt zu werden, zwar minimieren, andererseits müsste man damit rechnen, dass jemand mit der Aktion nicht einverstanden wäre oder irgendetwas durchsickerte. Je weniger davon wüssten, desto besser.

»Nein, wirklich, ich kann das nicht. Tut mir leid«, jammert Frau Jung.

»Tja, dann müssen wir das Ganze wohl vergessen und warten, bis der Neffe uns auf die Straße setzt«, seufzt Simon resigniert.

Schließlich erklärt Frau Jung sich doch noch bereit, sich auf die Sache einzulassen, vorausgesetzt, ich käme zur moralischen Unterstützung mit. Ich solle mich als ihre Nachbarin ausgeben. Philipp sucht die Nummer eines Schlüsseldienstes heraus, der von außerhalb kommt. Das würde die Kosten wegen der weiteren Anfahrt zwar vermutlich erhöhen, aber es wäre wohl sicherer. Frau Jung und ich verabreden uns für den kommenden Tag um zehn Uhr. Ihre Kinder werden dann im Kindergarten und in der Schule sein und die Aktion nicht stören.

Frau Jung, der Mann vom Schlüsseldienst und ich stehen vor Frau Bauschs Wohnungstür. Bis jetzt läuft alles wie am Schnürchen. Der Mann ist freundlich, kompetent und scheint keinen Verdacht zu schöpfen. Er steht überlegend vor seinem geöffneten Werkzeugkoffer. »Haben Sie abgeschlossen oder die Tür nur zugezogen?«, will er von Frau Jung wissen.

»Oh je, das weiß ich gar nicht mehr genau. Normalerweise schließe ich immer ab, aber heute war ich in Eile, vielleicht habe ich die Tür nur zugezogen«, erklärt sie. Sie kann nicht wissen, ob der Neffe inzwischen da war und ob er die Tür abgeschlossen hat, und will deshalb nichts Falsches sagen.

»Abschließen ist immer besser, dann haben's die Einbrecher nicht so leicht. Aber für mich wär's von Vorteil, wenn Sie nicht abgeschlossen haben. Dann kann ich die Tür leichter öffnen. Wird dann auch billiger für Sie.«

Wir hören leichte, schnelle Schritte die Treppe heraufkommen. Ein Junge von etwa zehn Jahren mit einem Schulranzen auf dem Rücken erscheint auf dem Treppenabsatz.

»Lukas, wo kommst du denn her?«, fragt Frau Jung erschrocken.

»Die letzte Stunde ist ausgefallen, Herr Ziegler ist krank. Warum hast du mir denn nicht aufgedrückt? Ich hab unten bei Frau Vogel klingeln müssen, die hat mir dann aufgemacht. Und warum steht an unserer Klingel ›Bausch‹?«

»Das ... also ...«, stottert Frau Jung.

»Da hast du dich wahrscheinlich mit der Klingel vertan«, komme ich ihr zur Hilfe.

»Häh? Ich wohne hier, seit ich ein Baby bin. Ich weiß doch, wo unsere Klingel ist«, stellt der Junge empört klar. Na toll, der hat uns gerade noch gefehlt. »Was macht ihr denn da?«, will er wissen.

»Deine Mutter hat den Schlüssel verloren«, erklärt der Mann vom Schlüsseldienst freundlich.

»Den von Frau Bausch?«

Es wird Zeit, dass wir den Jungen loswerden, bevor er noch mehr verdächtige Fragen stellt, sonst kommt unser schöner Plan ins Wanken. Der Mann vom Schlüsseldienst könnte Verdacht schöpfen, und dann würde genau das eintreffen, was Frau Jung befürchtet hat. Sie sieht schon leicht panisch aus.

»Ich nehme ihn mit nach oben«, sage ich und zwinkere ihr unauffällig zu. »Er kann doch oben bei mir in der Wohnung so lange warten.« Ich strecke ihr auffordernd die Hand entgegen, aber Frau Jung schaut mich nur verständnislos an. »Mein Schlüssel.« Sie kapiert noch immer nicht. »Ich glaube, den haben Sie vorhin eingesteckt, nachdem wir bei mir oben auf den Herrn vom Schlüsseldienst gewartet hatten.« Endlich scheint Frau Jung zu verstehen.

»Oh ja, natürlich, den hab ich wohl in der Aufregung tatsächlich eingesteckt.« Sie holt ihren Wohnungsschlüssel aus der Jackentasche und gibt ihn mir.

»Komm, Jonas«, sage ich und schiebe ihn an seinem Ranzen energisch Richtung Treppe.

»Ich heiße Lukas«, verbessert er mich empört und schüttelt meine Hand von seinem Ranzen. »Wer sind Sie überhaupt?«

»Na, die neue Nachbarin von oben. Nun geh schon«, schaltet sich jetzt Frau Jung ein. »Frau Liebe ist erst vor Kurzem eingezogen«, erklärt sie in Richtung Schlüsseldienst-Mann.

Mich reitet der Teufel. »Ja, eine Wohnung ist durch einen Todesfall frei geworden«, erkläre ich und schiebe den unwilligen Lukas energisch die Treppe hinauf. »Wir sind in geheimer Mission unterwegs, deine Mama und ich«, flüstere ich ihm ins Ohr. »Aber das darf der Mann vom Schlüsseldienst nicht wissen. Ich erklär's dir gleich.«

Lukas macht große Augen, aber er hört Gott sei Dank auf, Fragen zu stellen. Oben in Frau Jungs Wohnung erkläre ich ihm dann, dass wir dringend in die Wohnung von Frau Bausch müssen, um ein Geheimpapier zu suchen. Und da seine Mutter keinen Schlüssel mehr zur Wohnung hat, mussten wir den Schlüsseldienst rufen. Der dürfe aber nicht wissen, dass wir uns Zutritt zu einer fremden Wohnung verschaffen.

»Deshalb das falsche Namensschild an der Klingel«, kombiniert Lukas richtig. »Ganz schön clever. Was steht denn in dem Geheimpapier?«

Lukas ist Feuer und Flamme. Nun, er wäre kein kleiner Junge, wenn er diese Geschichte nicht hochspannend fände. Aber wie viel kann ich ihm verraten?

»Da steht wahrscheinlich drin, dass wir alle in den Häusern von Frau Bausch wohnen bleiben dürfen und nicht mehr Miete dafür bezahlen müssen als jetzt«, erkläre ich. »Aber du darfst niemandem davon erzählen, das muss unser Geheimnis bleiben. Kannst du dichthalten?«

»Klar, großes Ehrenwort«, erklärt Lukas wichtig und hebt drei Finger zum Schwur.

Das Telefon klingelt. Lukas hebt ab. »Okay, wir kommen«, sagt er, und dann zu mir: »Die Tür ist offen und der Mann vom Schlüsseldienst ist weg. Wir können runterkommen.«

Ich rufe Philipp von meinem Handy aus an. Er will seinen Laden schließen, um uns beim Suchen zu helfen. Bis ich fertig telefoniert habe, ist Lukas schon voller Tatendrang nach unten gelaufen. Ich schließe die Tür zu Frau Jungs Wohnung und folge ihm.

Wir drei sind schon eifrig bei der Suche, als es an der Tür klopft. Frau Jung fährt erschrocken zusammen.

»Das wird Philipp sein«, beruhige ich sie, und so ist es auch.

Lukas haben wir erklärt, dass er nichts durcheinanderbringen darf. Wenn wir die Wohnung verlassen, soll nichts darauf hindeuten, dass jemand hier nach etwas gesucht hat. Alles muss genauso aussehen wie vorher. Lukas fühlt sich offensichtlich sehr wohl in seiner Rolle als Detektiv und gibt sich Mühe, alles richtig zu machen.

Ich nehme mir den Schreibsekretär vor, der im Esszimmer steht. Jedes Stück Papier nehme ich in die Hand, Briefe, Rechnungen, Überweisungen, Zeitungsausschnitte, Traueranzeigen, Glückwunschkarten – aber kein Testament. Ich gehe langsam und systematisch vor, um nichts zu übersehen, denn der Sekretär scheint mir der logischste Platz zu sein, um ein Testament zu Hause aufzubewahren.

Philipp steht vor dem Bücherschrank im Wohnzimmer, nimmt jedes Buch einzeln heraus, blättert durch die Seiten und schüttelt es mit dem Buchrücken nach oben, in der Hoffnung, das Testament könnte herausflattern.

»Frau Bausch war gut sortiert«, stellt er dabei fest, »aber zum Glück sind es doch ein paar Bücher weniger als in meinem Antiquariat.« Er schaut auch hinter die Bücher, denn auch dort könnte etwas versteckt sein.

Frau Jung sichtet das Gästezimmer, denn auch da gibt es einen kleinen Schreibtisch und ein paar Bücherregale. »Es macht mich so traurig, hier zu sein«, seufzt sie, »ich denke dauernd, sie müsste gleich um die Ecke kommen.«

Wir sind alle sehr beschäftigt, als wir Lukas aufgeregt aus dem Schlafzimmer rufen hören: »Ich glaub, ich hab's! Da steht ›Mein letzter Wille‹ drauf.«

Wir drei anderen lassen alles liegen und stehen und eilen ins Schlafzimmer.

»Wo? Zeig her!«

Lukas streckt uns ein einzelnes Blatt Papier entgegen. Philipp nimmt es ihm aus der Hand und liest vor:

Mein letzter Wille

Ich, Margarete Bausch, verfüge hiermit, dass ich das Gemälde »Dorfleben« von Britta Egeler, das in meinem Esszimmer über dem Tisch hängt, Frau Anita Jung vermache, in Erinnerung an die Freude, die sie und ihre Kinder an diesem Bild hatten. Möge es sie an die schönen Stunden erinnern, die wir gemeinsam hier verbracht haben.

Margarete Bausch

»Ist das alles?«, frage ich. »Sie schreibt nur von diesem Bild?«

»Scheint so«, sagt Philipp und reicht das Dokument an Frau Jung weiter.

Die hat Tränen in den Augen. »Das hat sie am Tag vor ihrem Tod geschrieben«, stellt sie beim Blick auf das Datum fest. »Vielleicht hat sie sich da schon nicht wohlgefühlt und geahnt, dass sie sterben würde.«

Philipp vermutet, dass das der Grund sein könnte, warum sie hier nur von dem Bild geschrieben hat. Vielleicht hatte sie schon früher ein Testament verfasst, und dies war eine Ergänzung, die ihr später eingefallen ist. Es kann aber auch sein, dass ihre Kräfte nicht mehr ausreichten, noch mehr zu schreiben.

»Wo hast du es gefunden?«, will ich von Lukas wissen. Der deutet auf die offen stehende Nachttischschublade. Wir fördern eine Lesebrille daraus zu Tage, ein Taschenbuch mit heiteren Kurzgeschichten, eine angebrochene Schachtel mit Schlaftabletten, ein Päckchen Papiertaschentücher, einen Kugelschreiber und ein kleines Lederetui, das einen Ring und eine Brosche enthält, sonst nichts. Wir gehen ins Esszimmer, um uns das Bild anzuschauen. Es ist eine naive Malerei, die einen Dorfplatz zeigt, der von bunten Fachwerkhäusern umgeben ist, und auf dem sich viele Menschen tummeln, Kinder mit Ball und Fahrrad und Erwachsene mit Hunden, Einkaufstaschen und Kinderwagen. Es strahlt eine heitere, unbeschwerte Stimmung aus.

»Dürfen wir das Bild jetzt mitnehmen?«, will Lukas wissen.

»Nach der Testamentseröffnung, ja«, erklärt Frau Jung.

»Das sehe ich anders«, sagt Philipp. »Ich finde, Sie sollten das Bild gleich mitnehmen. Frau Bausch hat es Ihnen geschenkt. Wenn Sie es hier hängen lassen, könnte es passieren, dass es dem Neffen oder dem Entrümpler in die Hände fällt, und das wäre sicher nicht im Sinn von Frau Bausch.«

»Ist das nicht Diebstahl? Außerdem merkt der Neffe doch dann, dass wir in der Wohnung waren.«

»Ich glaube nicht, dass er überhaupt merken wird, dass das Bild fehlt«, werfe ich ein. »Es ist kein Monet oder van Gogh.

Und der Neffe war sicher nicht oft hier zu Besuch. Und im Fall des Falles haben Sie das Blatt mit Frau Bauschs letztem Willen.«

Philipp hängt das Bild ab und reicht es Frau Jung.

»Ich glaube, dass das Bild auch nicht sehr wertvoll ist«, sagt die. »Eine Freundin von Frau Bausch hat es gemalt. Sie hatte ein paar kleinere Ausstellungen, aber sie war nicht berühmt. Meine Kinder haben immer ganz begeistert davorgestanden. Für sie war es wie ein Wimmelbild. Frau Bausch und ich haben Geschichten dazu erfunden. Svenja konnte kaum sprechen, als sie uns erzählt hat, was sie alles darauf sieht. Ach du Schreck, Svenja! Die hab ich ja ganz vergessen.« Sie schaut auf die Uhr. »Gleich zwölf. Ich muss los und Svenja vom Kindergarten abholen.«

Wir verabreden, dass sie Svenja abholt und dann Mittagessen für ihre Kinder kocht, während Philipp und ich weiter nach dem Testament suchen. Wir können nicht glauben, dass Frau Bausch nur eine Verfügung für das wenig wertvolle Bild getroffen und ihr übriges Vermögen einschließlich der Immobilien unerwähnt gelassen hat. Frau Jung möchte uns zum Essen einladen, aber wir lehnen dankend ab. Wir wollen bei der Suche nach dem Testament keine Zeit verlieren. Länger als nötig sollten wir uns nicht in Frau Bauschs Wohnung aufhalten. Es ist zwar sehr unwahrscheinlich, dass ihr Neffe plötzlich hier auftaucht, aber ganz ausgeschlossen ist es nicht. Lukas ist nicht begeistert, dass er sich nicht weiter an der Suche beteiligen soll, aber die Tatsache, dass er derjenige ist, der das wichtige Schriftstück gefunden hat, tröstet ihn.

Philipp und ich stellen in den nächsten drei Stunden die ganze Wohnung auf den Kopf und bilden uns ein, nun wirklich jeden Winkel untersucht zu haben, aber wir können kein Testament finden. Wir drehen sogar die Stühle um, um auf der Unterseite der Sitzflächen nachzuschauen, fassen in die Ritzen des Sofas, suchen hinter Spiegeln und Bildern und an den unmöglichsten Stellen, sogar in den Küchenschränken und im Kühlschrank, aber vergeblich. Schließlich geben wir enttäuscht auf und schließen die Tür zu Frau Bauschs Wohnung hinter uns. Es klingt sehr endgültig in unseren Ohren, als die Tür ins Schloss fällt, denn da wir keinen Schlüssel zur Wohnung besitzen und nicht noch einmal dort einbrechen wollen, war das wohl unsere letzte Chance, das Testament in der Wohnung zu finden – vorausgesetzt, dass es überhaupt eins gibt. Frau Jung kocht uns Kaffee, als wir nach oben kommen, um ihr von unserem Misserfolg zu berichten.

»Ich freue mich so über das Bild«, sagt sie, als sie uns an ihrem Küchentisch Kaffee einschenkt. »Auch dass Frau Bausch überhaupt daran gedacht hat, es uns zu schenken. Es ist eine schöne Erinnerung an sie. Aber viel lieber würde ich es zusammen mit ihr in ihrer Wohnung anschauen. Sie hatte so viel Verständnis und Geduld für die Kinder. Wie eine Oma war sie für sie.« Sie bekommt feuchte Augen. »Und was wird jetzt mit dem Haus?«

Philipp zuckt mit den Schultern. »Keine Ahnung. Wenn wir Glück haben, taucht doch noch irgendwo an offizieller Stelle ein Testament auf, das die Sache zu unseren Gunsten regelt. Falls nicht, wird wohl alles der Neffe erben, und der wird die Häuser vermutlich verkaufen. Es ist traurig, wenn Menschen vergessen, ihre Angelegenheiten in ihrem Sinn zu Lebzeiten zu regeln. Na ja, wahrscheinlich ist es ganz einfach menschlich, weil wir alle ungern an unseren Tod denken und deshalb die Sache vor uns herschieben.«

Wir bedanken uns für den Kaffee und machen uns in gedrückter Stimmung auf den Weg, Philipp geht zurück in sein Antiquariat, ich nach Hause, um dem Doktor Bericht zu erstatten.

Männer

Die Liebe allein versteht das Geheimnis,
andere zu beschenken
und dabei selbst reich zu werden.
(Clemens von Brentano)

Das Leben in den Häusern geht seinen gewohnten Gang. Mit Anita, ich meine Frau Jung – wir sind jetzt per Du –, bin ich inzwischen befreundet. Frau Bauschs Bild hängt nun über ihrer Couch. Ihr Mann hat wohl ein bisschen gemeckert und gesagt, es würde besser ins Kinderzimmer passen, aber in diesem Punkt ist mit Anita nicht zu reden. Wir treffen uns manchmal auf einen Kaffee, oder ich springe ein, wenn sie einen Babysitter braucht. Seit ich mit Lukas gemeinsam auf Schatzsuche war, betrachtet er mich als Verbündete, aber auch mit den anderen drei Kindern komme ich gut klar. Die kleine Svenja mag ich besonders gern. Wenn Anita mich besucht, spielen Lili und Svenja manchmal zusammen, wobei Lili stets betont, dass Svenja im Vergleich zu ihr doch ein rechtes Baby sei. Sie verbringt inzwischen jedes zweite Wochenende bei ihrem Papa und seiner neuen Familie. Seit Lena mit Simon zusammen ist, hat sich ihr Verhältnis zu Patrick zunehmend entspannt. Das spürt Lili und es hilft ihr, in der neuen Familie anzukommen. Das Leben mit dem Baby hat sich eingespielt, und seit »der halbe Bruder« Lili anstrahlt und mit den Beinchen strampelt, wenn sie sich über seine Wiege beugt, hat ihre Eifersucht merklich nachgelassen. Sie darf beim Füttern und Wickeln helfen und findet das Leben als große Schwester gar nicht mehr so schlecht.

Alles wäre also wunderbar, würde die ungeklärte Testamentsgeschichte nicht wie ein Damoklesschwert über unserer Hausgemeinschaft schweben. Jeden Tag öffne ich meinen Briefkasten mit Herzklopfen in banger Erwartung eines Schreibens der Immobiliengesellschaft. Besser gesagt: Ich habe den Briefkasten in banger Erwartung geöffnet, denn inzwischen mischt sich auch freudige Spannung hinein, und das kam so:

Eines Tages habe ich Philipp von meiner Angst erzählt, und am nächsten Tag klemmte in meinem Briefkastenschlitz eine langstielige rote Rose.

»Lieber Philipp«, habe ich ihm gemailt, *»bist du mein Rosenkavalier?«*

Seine Anwort kam prompt: *»Klar, was hast du denn gedacht? Habe ich etwa einen Nebenbuhler?«*

»Nein, keine Sorge«, schrieb ich zurück, *»du bist ›the one and only‹. Vielen Dank, ich habe mich sehr gefreut.«*

»Das war meine Absicht. Ich kann schließlich nicht zulassen, dass du eine ›Briefkastenphobie‹ entwickelst.«

Seither finde ich jeden Tag ein kleines Geschenk in meinem Briefkasten, einen Ring aus einem Kaugummiautomaten, einen Schokoriegel (meine Lieblingssorte, er hat es sich gemerkt!), eine Einladung zum Videoabend, eine hübsche Haarschleife, neulich sogar einen Gutschein für einen gemeinsamen Kinobesuch, dazwischen immer wieder ein Gedicht, meist ein lustiges oder freches, von Ringelnatz oder Kästner zum Beispiel. Jetzt gehe ich jeden Tag in freudiger Erwartung an meinen Briefkasten, gespannt, was Philipp diesmal eingefallen ist.

Heute überrascht er mich mit einem Liebesgedicht. Ich lese:

Bewahre stets die Liebe im Herzen.
Ein Leben ohne sie ist wie ein sonnenloser Garten,
darin die Blumen verwelkt sind.
Das Bewusstsein, zu lieben und geliebt zu werden,
verleiht dem Leben eine Wärme und einen Reichtum,
die nichts anderes ihm geben kann.
(Oscar Wilde)

Ich bin sprachlos, überlege eine Weile hin und her und schicke Philipp dann eine Mail.

Lieber Philipp,

das nenne ich eine Überraschung! Du weißt, dass Oscar Wilde zu meinen Lieblingsautoren gehört, aber dieses Gedicht war mir bisher unbekannt. Es ist wunderschön. Ich werde es meiner Sammlung »Lieblingsgedichte« einverleiben. Das ist wieder so ein Augenblick, wo ich beim Lesen denke: Wenn ich doch so schreiben könnte! Nur, was sollen diese Worte mir sagen?

Hab vielen Dank

Deine Saskia

Die Antwort kommt prompt:

Das, liebe Saskia, musst Du selbst wissen. Du weißt doch: Gedichte wollen interpretiert werden. Das dürfte Dir als Frau, die die Worte zu ihrem Beruf gemacht hat, nicht fremd sein. In diesem Sinn: Viel Spaß beim Interpretieren.

Dein Philipp

Er lässt die Katze nicht aus dem Sack. Eigentlich wollte ich nicht wissen, was Oscar Wilde mir mit diesem Gedicht sagen will, sondern Philipp. Man hat's wirklich nicht leicht mit diesem Mann: Er geht einen Schritt vor und zwei zurück. Aber ich getraue mich nicht, ihn aus der Reserve zu locken. Immerhin stimmt mich seine Nachricht ein wenig hoffnungsfroh.

Lena fragt mich, was mit mir los sei, ich würde neuerdings permanent gut gelaunt und lächelnd durch die Gegend laufen.

»Ich glaube, ich hab mich verliebt«, gestehe ich ihr.

»In wen? In Philipp? Hat er dir endlich gestanden, dass er in dich verknallt ist?«

»Woher weißt du, dass er in mich verknallt ist?«

Lena lacht. »Na hör mal, so wie der dich ansieht und ins Stottern kommt, sobald er bloß in deine Nähe kommt. Und, hat er?«

»Hat er was?«

»Na, was wohl? Mit dir geschlafen.«

»Nein, das nicht. Er ist ein bisschen schüchtern.«

»Wär ich jetzt nicht drauf gekommen«, gluckst Lena.

»Aber er macht mir kleine Geschenke.«

»Oh, was denn für welche?«, fragt Lena neugierig.

»Na ja, meistens Kleinigkeiten, aber liebevoll ausgesucht.«

»Lass mich raten: Gedichte zum Beispiel.«

»Woher weißt du das?«, frage ich erstaunt.

»Na ja, was kann man von einem soliden, langweiligen Antiquar schon anderes erwarten. Einen Brillantring sicher nicht.«

Ich denke an den Ring aus dem Kaugummiautomaten. Ich fand die Idee originell und lustig. Ein teurer Ring zum jetzigen Zeitpunkt, das wäre total daneben und würde das zarte Pflänzchen Verliebtheit im Nu zertrampeln. Langsam macht Lena mich wütend. »Er ist nicht langweilig, kein bisschen!«

»Nun reg dich doch nicht auf«, sagt Lena, »diese Sorte Männer sind eben dein Beuteschema. Denk mal an Eckart.«

Also Philipp mit Eckart zu vergleichen, das ist wirklich das Letzte. »Du hältst wohl jeden Mann für einen Langweiler, der nicht gleich am ersten Abend mit einem ins Bett hüpft.« Ich bin in der Versuchung, ihr zu erzählen, was mir mit Simon in Verona passiert ist. Bevor ich mich nicht mehr zurückhalten kann, gehe ich lieber. »Also dann, schönen Abend noch. Und danke für den Wein.«

»He, jetzt sei doch nicht beleidigt. War ja nicht böse gemeint«, lenkt Lena ein. »Ich hab ja nicht gesagt, dass Philipp kein netter Kerl ist oder ihr nicht zusammenpasst.«

»Lass gut sein, mir reicht's für heute. Gute Nacht«, sage ich und ziehe die Tür hinter mir zu.

Drei Tage später helfe ich mal wieder bei Simon im Lokal aus. Es ist wie immer viel los, aber inzwischen habe ich Übung und überstehe so einen Abend besser. Trotzdem bin ich müde, als alle Gäste gegangen sind und wir aufgeräumt haben. Ich will mich gerade auf den Nachhauseweg machen, als Simon mich am Arm zurückhält.

»Hast du noch ein paar Minuten?«

Eigentlich will ich möglichst schnell nach Hause ins Bett, aber so wie Simon mich ansieht, kann ich ihm seine Bitte nicht gut abschlagen. Wir setzen uns. Er stellt eine Flasche Wein und Gläser auf den Tisch.

»Für mich bloß Wasser«, sage ich, »ich muss noch fahren. Um was geht's denn?«

»Es geht um Lena«, erklärt Simon und schenkt uns ein. Ich schaue ihn fragend an. »Na ja, du bist doch ihre beste Freundin, oder?«

»Ja, schon.« Trotz ihrer blöden Aussprüche von neulich, denke ich. »Was ist mit ihr?«

»Nun ja«, Simon zeichnet mit dem Finger Kreise auf die Tischdecke, »sie macht mich verrückt, sie klammert. Sie sucht keinen Freund, sondern einen Ehemann und einen Vater für Lili. Das ist echt ätzend. Lange halte ich das nicht mehr aus, dann bin ich weg.«

»Warum sprichst du nicht mit ihr?«

»Hab ich ja, aber sie streitet es ab. Vielleicht kannst du ja mal mit ihr reden.«

»Hör mal, Simon, ich mische mich nicht gern in anderer Leute Beziehungen ein. Das habe ich neulich bei meinen Eltern versucht. Es war gut gemeint, aber am Schluss war alles bloß noch schlimmer. Das ist eine Sache zwischen euch beiden, zwischen Lena und dir.«

Ich versuche, Simon zu erklären, dass Lena ein gebranntes Kind ist, Verlustängste hat und Sicherheit sucht, für sich und für Lili.

»Aber sie muss doch gesehen haben, dass auch eine Ehe keine Sicherheit bietet«, wirft Simon ein.

»Stimmt, aber Logik ist nicht unbedingt Lenas Stärke. Du musst ihr einfach das Gefühl geben, dass sie dir vertrauen kann, auch ohne Trauschein.«

»Und wie soll ich das machen?«

»Zum Beispiel, indem du dich nicht so verhältst wie neulich in Verona«, kann ich mir nicht verkneifen zu sagen.

»Du hast Lena doch nichts davon erzählt?«, fragt Simon erschrocken.

»Nein, natürlich nicht. Aber wenn dir Lena was bedeutet, dann solltest du solche Eskapaden in Zukunft lassen. Ich kann dir nur raten, sprich mit ihr.«

Wir sitzen noch ein paar Minuten am Tisch und reden miteinander.

»Schade«, sagt Simon und greift über den Tisch nach meiner Hand, »dass das mit uns beiden nichts geworden ist. Ich glaube, wir zwei würden viel besser zusammenpassen als Lena und ich.«

»Oh nein, das glaube ich nicht. Das hast du doch in Verona gemerkt. Lena und du, ihr stimmt in euren Ansichten, was Partnerschaften angeht, viel besser überein. Ich bin keine Frau für eine Nacht.«

»Für zwei?«, fragt Simon und schaut mich mit Dackelblick an. Ich muss lachen. Er hat schon was, das muss ich zugeben, etwas, das jede Frau ein bisschen aus der Ruhe bringt. Aber er ist ein Schmetterling, Saskia, denk dran, und außerdem der Freund deiner besten Freundin. Und Gedichte wirst du von ihm auch nicht geschenkt bekommen.

»Ich pack's dann mal«, sage ich, ziehe meine Hand unter seiner hervor und greife nach meiner Tasche, »bevor du wieder auf dumme Gedanken kommst.«

Simon hilft mir in die Jacke. Dann nimmt er mich fest in die Arme, und während seine linke Hand meinen Rücken hinunterwandert, fährt er mit der anderen durch meine Haare. »Vielen Dank für alles«, flüstert er mir ins Ohr und streift mit seinen Lippen zart meine Wange. »Bist du dir sicher wegen der zwei Nächte?«

»Ganz sicher.«

»Schade.«

Als ich nach Hause fahre, denke ich darüber nach, ob seine Beziehung mit Lena auf lange Sicht halten wird. Wenn ja, würde Lena viel Toleranz mitbringen müssen. Nicht mein Problem, denke ich dann, als ich in unsere Straße einbiege und Ausschau nach einem Parkplatz halte.

Am übernächsten Tag finde ich kein Geschenk in meinem Briefkasten. Ich schaue noch dreimal nach, aber es bleibt bis zum Abend dabei. Auch am darauffolgenden Tag ist es so, und ich beginne, mir Sorgen zu machen. Ob Philipp krank ist? Es ist eine blöde Situation, denn ich kann ihn ja schlecht fragen, warum er mir keine Geschenke mehr schickt. Am Abend des zweiten Tages schicke ich ihm eine SMS:

Lieber Philipp, alles in Ordnung mit Dir?
Herzliche Grüße Saskia

Erst am nächsten Tag erhalte ich eine Antwort.

Hallo Saskia, alles okay. Allerdings kann ich Dich am Mittwoch nicht mit ins Theater nehmen. Ich muss länger arbeiten und fahre direkt von der Arbeit hin. Kannst Du alleine hinkommen? Gruß Philipp

Ich schaue die Mail an und versuche, mir einen Reim darauf zu machen. Das klingt nicht direkt unfreundlich, aber sehr sachlich und geschäftsmäßig. Das ist nicht Philipps gewohnter Ton. Ich überlege lange, dann maile ich zurück:

Lieber Philipp, kein Problem. Ich fahre am Mittwoch alleine zum Theater, wir treffen uns dann dort. Aber ich mache mir Sorgen. Du klingst so komisch. Ist wirklich alles okay mit Dir?
Liebe Grüße Saskia

Auf diese Mail erhalte ich keine Antwort. Ich grüble, ob ich etwas falsch gemacht, Philipp irgendwie gekränkt habe, aber mir will nichts einfallen. Wie sehen uns erst bei der Theaterprobe am Mittwoch wieder. Auf der Bühne läuft alles normal, aber ansonsten ist Philipp nicht so locker wie sonst in der Theaterclique und mir gegenüber mehr als zurückhaltend.

»Ist was mit Philipp?«, fragt Anna, als wir uns nach der Probe vor der Toilettentür treffen. »Habt ihr gestritten?«

»Nein, überhaupt nicht. Aber seit ein paar Tagen ist er richtig komisch. Keine Ahnung, was mit ihm los ist.«

»Na ja, wird schon wieder werden«, Anna tätschelt tröstend meinen Arm. »Jeder hat mal nen schlechten Tag.«

Als Philipp und ich später draußen auf der Straße stehen, nehme ich allen Mut zusammen und frage ihn: »Was ist denn los mit dir? Hab ich was falsch gemacht? Ich weiß zwar nicht, was, aber wenn's so ist, dann tut's mir leid.«

»Vergiss es einfach«, sagt Philipp, dreht sich um und geht schnell zu seinem Auto.

Ich vermisse Philipp, seine Aufmerksamkeiten, seine E-Mails, seine manchmal etwas unbeholfene und gerade deshalb so liebenswerte Art. Wenn ich nur wüsste, was mit ihm los ist.

Der Doktor merkt, dass ich in letzter Zeit anders bin, dass mich etwas bedrückt. »Was ist los mit Ihnen, Saskia?«

Ich beschließe, ihm mein Herz auszuschütten. Normalerweise würde man das bei der besten Freundin tun, aber Lena ist gerade die falsche Adresse.

»Das tut mir leid für Sie«, sagt der Doktor. »Aber so, wie Sie mir das schildern, kann ich mir auch nicht vorstellen, was da schiefgelaufen ist. Ich mag Philipp. Er gehört zu den stillen, tiefen Wassern, die man auf den ersten Blick gern unterschätzt. Ich finde, Sie passen gut zueinander. Reden Sie miteinander. Das ist der einzige Rat, den ich Ihnen geben kann. Das Schweigen und In-sich-hinein-Fressen hat manche Beziehung auf dem Gewissen.«

»Ich will ja mit ihm reden, aber er nicht mit mir«, jammere ich.

»Nun, Philipp und ich sind nicht sehr vertraut miteinander. Aber ich will versuchen, ob ich etwas aus ihm herausbekomme, so von Mann zu Mann. Und jetzt, finde ich, sollten wir einen kleinen Spaziergang machen, was meinen Sie? Das hilft fast immer, wenn einem etwas im Kopf herumgeht, wenigstens für eine Weile.«

Das Testament

Freude lässt sich nur voll auskosten,
wenn sich ein anderer mitfreut.
(Mark Twain)

Mein Telefon klingelt. Es ist Anita. Sie ist so aufgeregt, dass ich zunächst überhaupt nicht verstehe, worum es geht. Sie erzählt etwas von ihrem Mann, einem Bilderrahmen – und schließlich fällt das Wort Testament.

»Testament?«, frage ich. »Sprichst du von Frau Bauschs Testament? Was ist damit?«

»Es ist da! Wir haben es gefunden!«

»Wo? Was steht drin?«

»Das weiß ich nicht.«

»Hast du es denn nicht gelesen?«

Anita fängt noch einmal von vorne an und erzählt mir die ganze Geschichte. Von Anfang an hat sich ihr Mann an dem neuen Gemälde in seinem Wohnzimmer gestört. Aber weil er weiß, wie wichtig es Anita ist, hat er zugestimmt, es hängen zu lassen, unter der Bedingung, dass es wenigstens einen neuen Rahmen bekommt.

»Ich fand den alten Rahmen auch nicht besonders schön. Er war so altmodisch und schnörkelig. Aber ich wollte, dass das Bild genau so bleibt, wie Margarete es mir geschenkt hat. Zum Glück habe ich dann doch nachgegeben, weil ich fand, es sei nur fair, Frank auch ein bisschen entgegenzukommen.«

Also hatte Anita das Bild zum Rahmen weggebracht. Und soeben hat der Besitzer des Geschäfts bei ihr angerufen, um ihr mitzuteilen, dass er, als er das hintere Deckblatt entfernte, ein Kuvert mit der Aufschrift »Testament« gefunden habe.

»Und du hast es noch nicht abgeholt?«, frage ich ungläubig.

»Er hat gesagt, er kann es mir nicht aushändigen. Es sei ein wichtiges Dokument und er wisse gar nicht, ob er mir das geben dürfe. Er will erst die Polizei oder einen Anwalt oder sonst wen fragen. Es ist zum verrückt werden. Jetzt haben wir ein Testament und können nicht erfahren, was drinsteht.«

»Ich hole dich ab«, sage ich. »Nimm das Blatt mit Frau Bauschs letztem Willen mit, das wir in ihrem Nachttisch gefunden haben. Das wollen wir doch mal sehen, ob wir das Testament nicht bekommen.«

Ich habe mir die Sache leichter vorgestellt. Herr Kleinhans, der Besitzer des Bilderladens, nimmt's ganz genau. Den Zettel könne schließlich jeder geschrieben haben. Im Zweifelsfall sogar Anita selbst. Und vermutlich hat der Mann sogar Recht. Hätte der Neffe das Testament hinter dem Bild gefunden, hätten wir uns über Herrn Kleinhans' Sturheit sicher gefreut. Wir reden mit Engelszungen auf den Mann ein und können schließlich erreichen, dass er uns das Testament zwar nicht aushändigt, aber wenigstens lesen lässt. Ich falle Anita um den Hals und tanze mit ihr durch den Laden. Es ist mir völlig egal, was der Mann von uns denkt. Im Testament verfügt Frau Bausch, wie sie es mir gegenüber angekündigt hatte, dass ihr Besitz in eine Stiftung übergehen soll. Ein Anwalt soll als ihr Testamentsvollstrecker fungieren. Ich notiere mir seinen Namen und suche auf meinem Smartphone seine Telefonnummer heraus. Vielleicht ist der Besitzer des Ladens ja bereit, ihm das Testament auszuhändigen. Ich habe Angst, den Laden ohne das wertvolle Dokument zu verlassen. Es ist das Einzige, was wir in der Hand haben, um einen Verkauf der Häuser zu verhindern. Nicht auszudenken, wenn es verloren ginge.

Zunächst habe ich die Sekretärin des Anwalts am Telefon. Sie will mich nicht durchstellen. Dr. Sautter sei erst vorgestern von einer längeren Auslandsreise zurückgekommen, und sie habe strengste Anweisung, ihn nicht zu stören. Ich schildere ihr den Sachverhalt und irgendwie muss es mir gelungen sein, ihr Herz zu erweichen. Es dauert einige Sekunden, dann meldet sich eine etwas ungehaltene Männerstimme, die sich aber gleich freundlicher, besser gesagt, betroffen anhört, als Dr. Sautter erfährt, dass Frau Bausch gestorben ist. Durch seinen Auslandsaufenthalt hatte er nichts davon mitbekommen. Er war über lange Jahre ihr Anwalt gewesen und hatte auch ihr Vermögen verwaltet. Auch von ihrer Absicht, eine Stiftung ins Leben zu rufen, wusste er. Aber Frau Bausch hatte es immer wieder aufgeschoben, die Sache ordnungsgemäß bei ihm zu Papier zu bringen.

»Ein Glück, dass Sie das Testament gefunden haben. Ohne das Dokument hätte ich keine Möglichkeit gehabt, im Sinn von Frau Bausch zu handeln.« Er verspricht, die Aktenberge auf seinem Schreibtisch für eine Weile sich selbst zu überlassen, und gleich vorbeizukommen, um das Testament in Empfang zu nehmen. »Ich bin seit Jahren Kunde bei Herrn Kleinhans. Wir kennen uns. Er wird mir das Kuvert sicher aushändigen.«

Es zeigt sich, dass er Recht hat. Herr Kleinhans überlässt Dr. Sautter das Testament widerspruchslos. Wir begleiten den Anwalt in seine Kanzlei, um die Sache noch einmal in Ruhe durchzusprechen und ihn zu bitten, uns eine Kopie des Testaments auszuhändigen.

»Da Frau Bausch mich zu ihrem Testamentsvollstrecker eingesetzt und eine entsprechende Verfügung hinterlassen hat, dürfte es kein Problem sein, die von ihr angedachte Stiftung ins Leben zu rufen«, erklärt er uns.

»Meinen Sie, der Neffe könnte dagegen Einspruch erheben?«, frage ich ihn.

»Nun ja, versuchen kann er es natürlich, aber soweit ich das beurteilen kann, dürfte er keine Chance haben. Frau Bausch hat ihre Absicht gegenüber mehreren Personen geäußert, auch mir gegenüber, es liegt ein handschriftliches Testament vor, und ich kann bezeugen, dass sie im Vollbesitz ihrer geistigen Kräfte war.«

»Gott sei Dank«, seufzt Anita.

»Ich muss gleich den anderen im Haus Bescheid sagen«, sage ich auf dem Heimweg zu Anita. »Die wissen ja noch gar nichts von ihrem Glück. Kommst du noch mit?«

Anita verneint. Sie will gleich nach Hause und ihrem Mann berichten, dass sein Wunsch nach einem anderen Bilderrahmen der Schlüssel zum Glück war – oder auch ihre Nachgiebigkeit, denke ich, wie man's nimmt.

Dem Doktor, Simon und Lena überbringe ich die freudige Nachricht gleich. Wir verabreden, uns heute Abend zum Feiern zu treffen. Da Simon im Ristorante arbeiten muss, beschließen wir, die Feier ins »Da Luigi« zu verlegen. Philipp ist noch in seiner Buchhandlung, und ich will es ihm wie den Anderen gern persönlich sagen.

Ich höre ihn gegen halb sieben nach Hause kommen. Fünf Minuten später läute ich an seiner Tür.

»Saskia«, sagt er erstaunt. Seine kühle Art tut mir weh.

»Darf ich reinkommen?«

»Ja, sicher. Um was geht's denn?«

Ich erzähle ihm von dem Testament. Vor lauter Freude vergisst Philipp wohl, dass er böse mit mir ist, und fällt mir um den Hals.

»Mein Gott, das ist ja toll. Aber was hat sich Frau Bausch nur dabei gedacht? Wenn's dumm gelaufen wäre, hätten wir das Testament nie gefunden. Dann hätte der Neffe alles geerbt. Und wir ... wir hätten bald auf der Straße gesessen.«

Ja, das kann keiner von uns verstehen. Wenigstens in ihrem Schreiben an Anita hätte sie einen Hinweis auf das Testament geben müssen. Oder sie hätte es bei ihrem Anwalt hinterlegen sollen.

»Philipp, willst du mir nicht endlich sagen, was mit dir los ist? Was hab ich dir denn getan?«

»Das fragst du mich?«

»Ja, natürlich, wen denn sonst?«

»Verlieb dich nicht in den Koch! Erinnerst du dich? Nein, anscheinend hast du's ... vergessen.«

Ich verstehe kein Wort. »Du meinst Simon und ich? Du weißt doch, dass er mit Lena zusammen ist.«

»Das scheint ihn nicht daran zu hindern, auch mit dir ... rumzumachen.«

»Sag mal, spinnst du? Wie kommst du denn darauf?«

»Dominik, mein Freund, der hat euch neulich ... also, als du bei Simon ausgeholfen hast ... da hat er euch gesehen ... von der Straße aus ... durchs erleuchtete Fenster.«

»Ja, und?«

»Es war spät. Das Lokal war schon leer. Nur du warst noch da ... und Simon. Eng umschlungen ... und... Na ja, weißt du ja besser als ich. Warst ja dabei.«

Das war es also! Es dauert eine Weile bis ich Philipp davon überzeugen kann, dass diese Umarmung wirklich nichts zu bedeuten hatte. Ich bin so froh, dass das Missverständnis endlich aus der Welt geschafft ist. Der Doktor hat Recht gehabt, man muss miteinander reden.

»Ich bin nur in einen Koch verliebt, und das bist du«, sage ich und gebe ihm einen Kuss.

Ob es die Freude über das gefundene Testament ist oder die Erleichterung über unser aus der Welt geschafftes Missverständnis oder alles zusammen, Lena jedenfalls wäre heute mit uns zufrieden. Es beginnt mit zärtlichen Streicheleinheiten und Küssen auf dem Sofa und endet da, wo Lenas Geschichten meistens schon am ersten Abend enden: im Bett. Ich kuschle mich an Philipps Brust.

»Ich würde sagen, das ist heute ein sehr erfolgreicher Tag, in jeder Hinsicht«, seufze ich. In diesem Moment klingelt mein Handy.

»Geh nicht ran«, sagt Philipp und küsst die Stelle an meinem Hals, an der ich besonders empfänglich bin. Für einen Mann, der so tut, als könne er in Liebessachen nicht auf drei zählen, hat er meine speziellen Punkte sehr schnell ausgekundschaftet. Er streichelt zärtlich mit seiner Hand über meinen Bauch. Da meldet sich sein Handy.

Philipp stöhnt. »Wer hat eigentlich diese Scheißdinger erfunden?«

»Für einen gebildeten Mann drückst du dich aber sehr gewöhnlich aus«, lache ich.

Als es nicht aufhört zu klingeln, angelt Philipp mit der linken Hand genervt nach dem Handy, das beim Ausziehen aus seiner Hosentasche gefallen ist und jetzt auf dem Boden weiter vor sich hin klingelt.

»Ja? ... Lena ... Was ist los? ... Ja, die ist bei mir ... Ihr wartet auf uns? ... Das muss Saskia wohl vergessen haben ...Tut mir echt leid, aber jetzt geht's nicht. Ich hoffe, ihr seid nicht böse, wenn ihr alleine feiern müsst ... Ja, sag ich ihr. Bis dann.« Philipp legt das Handy weg und konzentriert sich wieder ganz auf mich. »Das war Lena. Ich soll dich grüßen. Und das von neulich nimmt sie zurück, hat sie gesagt. Was meint sie damit?«

»Nicht so wichtig«, sage ich. »Frauengeheimnisse.«

Fest im Hof

*Der Abstand zwischen Himmel und Erde
ist nicht größer als ein Gedanke.
(Sprichwort aus der Mongolei)*

Ich habe ein Déjà-vu. In den Küchen wird geschnippelt und gebacken. Philipp hat die Grills aus dem Keller geholt und baut mit seinen Freunden Biertische und Bänke im Hof auf. Lena und ich legen Papiertischdecken auf und stellen kleine Blumenvasen auf die Tische, während Lili mit Simon Lampions aufhängt und Teelichter auf den Tischen verteilt.

Wir haben uns ganz kurzfristig entschlossen, noch einmal ein Grillfest im Hof zu veranstalten. Die Tage werden kürzer und die Abende kühler, es ist vermutlich die letzte Gelegenheit in diesem Jahr, draußen zu feiern. Wir finden, dass wir allen Grund dazu haben. Lili wollte unser Fest das Testaments-Fest taufen, aber das klang uns Erwachsenen zu sehr nach Beerdigung oder Bibel, deshalb heißt es jetzt Frau-Bausch-Gedächtnis-Fest. Wie auch immer es heißt, wir feiern die Tatsache, dass wir das Testament gefunden haben und uns jetzt nicht mehr der Auszug droht.

Diesmal brauchen wir mehr Tische und Bänke als bei meinem Willkommensfest, denn wir haben auch Anita mit ihrer Familie und die anderen Bewohner aus ihrem Haus eingeladen, und außerdem Dr. Sautter mit seiner Frau und Signora Aleardi. Anitas Mann freut sich darüber, dass man ihm von allen Seiten anerkennend auf die Schulter klopft, weil er darauf bestanden hat, Frau Bauschs Gemälde mit einem neuen Rahmen zu versehen. Ohne seinen Wunsch hätten wir heute keinen Grund zu feiern.

Philipps Freund Dominik spricht mich an. »Hallo, Saskia, was hast du denn mit Philipp gemacht? Der stottert ja gar nicht mehr, wenn er mit dir spricht.«

»Muss wohl eine Spontanheilung über Nacht gewesen sein«, schmunzle ich.

»Verstehe. Ich muss mich übrigens noch bei dir entschuldigen. Das Missverständnis mit Simon und dir tut mir echt leid. Ich hab lange überlegt, ob ich mich da einmischen und Philipp von meiner Beobachtung erzählen soll. Aber er ist einer meiner besten Freunde. Ich wollte nicht, dass er noch mehr verletzt wird, wenn er's irgendwann später erfahren hätte.«

Ich denke daran, wie ich überlegt hatte, ob ich Lena von Simons Avancen erzählen soll und mich dagegen entschieden habe. Und wie ich mich in die Ehe meiner Eltern eingemischt habe. »Ist eine schwierige Entscheidung, ich weiß. Aber mach dir keinen Kopf, das Missverständnis hat sich ja aufgeklärt.«

Natürlich lässt Karl sich nicht entgehen, mit seinen Freunden auf unserem Fest zu spielen. Auch Andrea und ihr Freund sind gekommen. Der Doktor hat ihr gestern Abend von ihrer neuen italienischen Verwandtschaft erzählt.

»Und, was sagst du dazu?«, frage ich sie.

»Na ja«, gesteht sie, »erst war der Gedanke schon gewöhnungsbedürftig. Für mich waren Oma und Opa immer ein Traumpaar. Dass Opa Oma betrogen hat ...«

»Es waren damals andere Zeiten. Es war Krieg, und deine Großeltern waren noch nicht einmal miteinander verlobt«, gebe ich zu bedenken.

»Ja, so sehe ich es jetzt auch. Ich freue mich drauf, sie alle kennenzulernen. Ich bin ein Einzelkind und hab auch keine Vettern und Cousinen, da ist der Gedanke, jetzt zu einer großen Familie zu gehören, schon schön. Ich hoffe, sie tragen mir nicht nach, dass Opa sich gegenüber Maria nicht gerade wie ein Gentleman benommen hat.«

»Den Eindruck hatte ich ganz und gar nicht.«

»Ich werde einen Italienischkurs belegen, damit ich mich ein bisschen mit ihnen unterhalten kann. Ist es nicht irre, dass Opa noch Italienisch lernt in seinem Alter?«

Ja, das finde ich auch. Gerade sitzt er neben der Signora und übt während des Essens munter einfache Sätze wie *Vuole un po' di pane?*, Möchten Sie etwas Brot?, und *Un bicchiere di vino rosso, per favore*, Ein Glas Rotwein bitte. Es scheint, als sei in den vergangenen Monaten ein anderer Mensch aus ihm geworden.

Nach dem Kaffee kommt Lili an die Tische und verteilt kleine Karten und Stifte.

»Die lassen wir nachher mit Luftballons in die Luft fliegen«, erklärt sie. »Philipp und Simon haben sie vorhin aufgeblasen, also mit so Spezialluft gefüllt, damit sie fliegen.«

»Mit Helium«, sagt Philipp.

»Genau. Wenn man das einatmet, spricht man wie Micky Maus. Philipp hat's mir gezeigt. Das ist echt lustig. Jeder soll auf die Karten was für Frau Bausch draufschreiben. Die binden wir dann an die Luftballons. Und dann kann Frau Bausch die Karten im Himmel lesen und sich freuen.«

»Das ist eine schöne Idee«, meint der Doktor. »Hast du dir das ausgedacht?« Lili nickt.

Also beginnen wir alle eifrig zu schreiben. »*Liebe Frau Bausch*«, schreibe ich, »*Sie haben so viel Glück in mein Leben gebracht. Durch Sie habe ich nicht nur meine Traumwohnung bekommen, sondern auch den Mann fürs Leben gefunden. Ich bin sehr traurig, dass Sie uns verlassen haben und vermisse Sie. Danke für alles – Ihre Saskia.*« Svenja, die noch nicht schreiben kann, malt ein Bild und lässt Lili »*Für Oma Bausch von*« darunter schreiben. Das »*Svenja*« schreibt sie in bunten Farben selbst dahinter.

Philipp und Simon bringen die Luftballons an die Tische. Wir binden unsere Karten daran und lassen die Ballons unter großem Hallo der Kinder in den Himmel steigen.

»Bestimmt sieht Frau Bausch das und freut sich«, sagt Lili, während sie den Ballons nachschaut.

Ja, das glaube ich auch.

Inhalt

Traumschwiegersohn ade *7*

Wohnung mit Opa zu vermieten *13*

Harte Schale – weicher Kern? *23*

Die Frau mit dem goldenen Löffel im Mund *29*

Focaccia mit Wein und schüchternem Mann *35*

Einladung zum Fest *40*

Ein Fest für Saskia *46*

Frau-Federle-Tag *51*

Es geschehen noch Zeichen und Wunder *55*

Ein Mann der Überraschungen *63*

Ein Geschenk für Saskia *70*

Und noch ein Geschenk *75*

Ein Poet auf der Couch *89*

Ein Mann namens Simone *96*

Theater, Theater *100*

Eine Frau für alle Fälle *109*

Damals *114*

Spurensuche *124*

Ehekrise *130*

Komm ein bisschen mit nach Italien ... *137*

Erstes Etappenziel: Freiburg *142*

Zebrahaus und Kreisverkehr *150*

Eine italienische Nacht *157*

Spätes Wiedersehen *162*

Reise in die Vergangenheit *171*

Schlechte Nachrichten *181*

Familie auf Italienisch *186*

Heimreise mit Jacuzzi-Wanne *193*
Abschied *203*
Prinzessin Lillifee die Zweite *208*
Eine böse Überraschung *215*
Italienisch für Anfänger *224*
Kugelkäfer-Alarm *230*
Tucholsky am Abend *234*
Einbruch am Morgen *241*
Männer *252*
Das Testament *261*
Fest im Hof *267*

Von der gleichen Autorin

In Ihrer Buchhandlung

Ingrid Geiger

Der Zankapfel

Roman

Große Aufregung in Neubach: Auf den Streuobstwiesen am Ortsrand soll ein Golfplatz gebaut werden. Befürworter und Gegner des Projekts stehen sich unversöhnlich gegenüber – mit dem Dorffrieden ist es vorbei. Die Sache spitzt sich zu, als Frieder, der sein »Stückle« auf keinen Fall verkaufen will, verletzt und bewusstlos in seinem Haus gefunden wird. Die örtliche Polizei glaubt an einen Treppensturz. Der frisch pensionierte Polizist Manfred will es aber genau wissen und begibt sich auf Spurensuche – sehr zum Leidwesen seiner Frau Angelika. Die Sorgen um den aushäusigen Mann und die Freude über die gewitzte kleine Enkelin, Geheimnisse und Geständnisse, ein verpatzter Hochzeitstag und schließlich ein schwäbisches Apfelblütenfest – von all dem erzählt Angelika ihrer Freundin per E-Mail. Mit Humor, Selbstironie und einem Augenzwinkern.

224 Seiten.
ISBN 978-3-8425-1462-1

SILBERBURG